Schwerla · Thaddäus Knopf

Carl Borro Schwerla

Thaddäus Knopf

Ein abenteuerliches Leben

Hugendubel

Umschlagabbildung: coloriertes Foto Brienner Straße, Löwe auf dem Gelände des Wittelsbacher Palais, 14.6.1951. Wir danken dem Stadtarchiv München für die Bereitstellung der Vorlage.

Produktion: Tillmann Roeder
Satz: Fotosatz Otto Gutfreund, Darmstadt
Druck und Bindung: Kösel, Kempten

ISBN 3-88034-040-4

I

Thaddäus Knopf wird am 25. August 1913 im Westen Münchens geboren. Am Nachmittag um halb vier, als die Sonne im Zeichen des Löwen steht.

»Eine ausgesprochen günstige Konstellation«, sagt der Inhaber des Schreibwarenladens in der Bergmannstraße, der später das Horoskop erstellt. »Ein Löwemann, der sich im Leben immer durchbeißen wird, wenn es auch noch so dick kommt. Ein Löwe, den so leicht keiner unterkriegt.«

Als Franz Knopf, Werkzeugmacher und werdender Vater, am Morgen vor der Geburt seine Wohnung verläßt, um zur Arbeit zu gehen, streichelt er seiner jungen Frau zärtlich über das Haar. »Tu tapfer sein, Rosl«, sagt er, »es dauert ja nicht mehr lang. Du hast es bald überstanden.«

»Ich kann's leicht erwarten«, sagt die Rosl und lacht ihn an. »Servus, Franzl.«

»Servus, Rosl.«

Er geht durch die Straßen des Westends, an den von der nahen Eisenbahn ein wenig verrußten Häusern entlang, zu seiner Arbeitsstätte, zu der Zahnradfabrik Kneißl, in der seine Drehbank steht.

Auch Franz Knopf wurde in München geboren. Er ist katholisch und Mitglied des Alpenvereins »Die Naturfreunde«. Seine Frau, die aus Bayrischzell stammt, hat er vor zwei Jahren bei einer Rast auf dem Gipfel der Rotwand kennengelernt.

Schon fünf Monate darauf hatten sie geheiratet. Sie war zwanzig, er vierundzwanzig. Sie führen eine glückliche Ehe.

Jetzt erwartet Frau Rosl ein Kind.

Gegen Mittag fangen plötzlich die Wehen an. Sie legt sich auf das Kanapee, das in der Küche steht. Eine Stunde lang hören die Wehen auf, dann werden sie so stark, daß es für Rosl nicht mehr viel abzuwarten gibt. Sie beißt die Zähne zusammen und klopft mit dem Besenstiel gegen die Decke. Über ihr wohnt die Witwe Angermann. Sie hat Rosl versprochen, sie sofort, wenn es losgeht, ins Krankenhaus zu bringen.

Es dauert kaum zehn Minuten, dann hat die Frau Angermann den Spenglermeister Berger aus dem Hinterhaus mobilisiert. Auf seinem kleinen Transportwagen bringt er die beiden Frauen zum Krankenhaus. Rosl sitzt eingezwängt zwischen ihm und Frau Angermann. Sie preßt die Arme gegen den Leib und schließt die Augen. Drei Stunden später ist sie ihre Schmerzen los.

»Ein nettes Buberl«, lacht die Schwester, die dem Neugeborenen zu seinem ersten Schrei verhilft. Rosl schlägt müde die Augen auf. Sie sieht das Kind lächelnd an. »Oh, mein Gott«, denkt sie, »wie kann einer nur so klein sein.«

Doch das Kind wird erstaunlich rasch größer. Als es zur Taufe getragen wird, ist es schon so schwer, daß der Meier Wiggerl, der Kunstschlosser und beste Freund vom Franz Knopf, fast lahme Arme bekommt, als er es als Taufpate so lange über das Becken halten muß.

Dem Kind wird der Name Thaddäus gegeben.

Frau Rosl war erst ein wenig erschrocken, als sie von ihrem Mann hörte, daß ihr Kind diesen Namen bekommen solle. »Warum denn nicht Florian oder Mathias? Wär das nicht viel schöner?«

»Nein«, sagt Franz, »solche Namen hat ein jeder. Der Unsere – ich stell mir vor, daß der was ganz besonderes is.«

»Und warum ausgerechnet Thaddäus?«

»Das is ein interessanter Name und sicher war das ein ganz eigenartiger Heiliger. Sonst hätt er nicht so g'heiß'n.«

Rosl hat lächelnd nachgegeben. Sie kannte ihren Franz. Er hatte immer so komische Ideen. Oft ganz verspielte, daß man meinen konnte, er sei ein kleiner Bub.

Also dann in Gottesnamen: Thaddäus! Franz sollte seinen Willen haben. Schließlich hatte er ja auch einiges dazu beigetragen, daß Thaddäus auf der Welt war.

Jedenfalls ist er stolz auf diesen Sohn.

Er kann es nicht lange bleiben.

Im August 1914, gerade als Thaddäus das Laufen richtig gelernt hat und auch schon zu reden anfängt, bricht der Krieg aus. Franz Knopf kommt zum Infanterie-Leibregiment. Am 29. Oktober stirbt er in Frankreich den Heldentod.

Thaddäus fragt mit seinen ersten Worten, die er stammeln kann, nach seinem Vater. Frau Rosl sagt ihm, daß er nicht mehr kommen könne, weil er beim lieben Himmelvater sei.

Frau Rosl bekommt eine Halbtagsstellung in einer Bäckerei, in der sie vormittags im Laden steht, während Thaddäus von der Witwe Angermann betreut wird. Als er vier Jahre alt ist, nimmt ihn ein Kindergarten auf. Als er hineinkommt, lachen die Kinder über seinen komischen Namen. Sie heißen Max, Leo oder Ferdinand. Aber das ist ihm gleich. Er schiebt die Kinder auseinander und setzt sich an das Tischchen, auf dem die größten und die buntesten Bauklötze liegen.

Ein kleines Mädchen, das blonde Kringellocken hat, packt ihn am Ärmel und will ihn wegziehen. »Nein«, ruft sie, »des is mei Tischerl! An dem Tischerl sitz i!«

Er sieht zu ihr hinauf. Dann rückt er auf dem kleinen Bänkchen zur Seite, damit sie auch noch Platz hat. »Komm«, sagt er und schiebt ihr ein paar von den Bauklötzen hin. Sie setzt sich neben ihn und lacht ihn aus strahlenden Augen an.

Thaddäus wächst zu einem praktisch veranlagten Kind heran. Mit fünf Jahren trocknet er an den Abenden seiner Mutter das Geschirr ab. An den Nachmittagen kann sie ihn fortschicken, damit er sich an den Kaufläden um Kaffee-Ersatz oder Petroleum anstellt.

Der Krieg dauert jetzt schon vier Jahre lang. Es ist eine schwere Zeit. Die Soldaten in den Schützengräben kämpfen verzweifelt gegen den übermächtigen Feind; die Menschen in der Heimat kämpfen gegen den Hunger. Es werden fleischlose Wochen eingeführt. Kartoffeln gibt es drei Pfund in der Woche, jede Woche ein Ei. Das Brot ist eine dunkle, klebrige Masse; die Marmelade eine Mischung von Wagenschmiere und Naphtalin.

Frau Rosl hat es nicht leicht, ihren kleinen Thaddäus durchzubringen. Doch er schluckt alles, was an abenteuerlichen Ersatzspeisen auf den Tisch kommt. Und es schlägt ihm auch alles an.

Als er an einem Nachmittag – es ist der 7. November 1918 – von der Kramerin ein Körbchen mit zwei halbverfaulten Weißkrautköpfen nach Hause schleppt, tönt von der Theresienwiese herauf lautes Geschrei einer vieltausendköpfigen Menschenmenge. Sie jubelt dem langhaarigen, langbärtigen Kurt Eisner zu, der in ihr das Feuer der Revolution entzündet hat. Sie singen ein Freiheitslied. Dazwischen werden ein paar Schüsse in die Luft gefeuert.

Thaddäus kommt mit seinem Weißkraut aufgeregt in die Wohnung seiner Mutter hinaufgestolpert. »Mamma«, fragt er, »warum kracht's denn da drunten auf der Wies'n so?«

»Damit's Krachen in Frankreich und in Rußland endlich aufhört«, sagt Frau Rosl, »und damit du am End nicht auch nochmal erschossen wirst.«

Thaddäus kann zu dieser Zeit den Gedankengängen seiner Mutter noch nicht folgen. Die Schule, in der er auch auf solche Fragen vorbereitet werden soll, beginnt für ihn erst ein Jahr später.

Bis dahin ist sein bayerisches Vaterland vollkommen umgestaltet. Das Königshaus gibt es nicht mehr. Der weißhaarige König Ludwig III. ist mit seiner Familie nach seinem Sommersitz Wildenwarth geflohen, in der Nähe des Chiemsees, wo er auch sein großes Milchgut hat. Kurt Eisner, der vom Arbeiter- und Soldatenrat gewählte Ministerpräsident der neuen Republik, wird im Februar 1919 erschossen.

Bald darauf marschiert von allen Seiten die »Weiße Garde« auf München zu, um die Stadt von den ans Ruder gekommenen Spartakisten zu befreien. Im Stadtzentrum, am Stachus, am Bahnhofsplatz wird gekämpft und geschossen. Die Revolutionäre vom Arbeiter-, Soldaten- und Bauernrat mit ihren roten Armbinden gehen auf die Befreier mit ihren weißen oder weißblauen Armbinden los. Die Granaten der Geschütze schlagen in die Mauern Münchner Bürgerhäuser ein. Maschinengewehrgarben fetzen durch die Straßen.

»Thaddäus«, sagt Frau Rosl, »geh mir ja nicht nunter auf d'Straß! Daß sie deinen Vater umbracht ham, des reicht.«

Thaddäus bleibt daheim und schaut zum Fenster hinaus. Er wartet, ob nicht doch auch bei ihnen eine Kanonenkugel in die Mauer schlägt.

Bis zum Herbst hat sich die Lage beruhigt. Langsam gibt es auch ein wenig mehr zu essen. Wenn man auch noch lange nicht satt wird, Frau Rosl radelt alle vierzehn Tage zu den Verwandten ihres Mannes hinaus, die in der Dachauer Gegend einen großen Bauernhof haben. Die lassen sie nie im Stich und schießen das Nötige zu, damit Thaddäus für die Schule groß und stark werden kann.

Im Herbst 1919 ist es so weit. »Thaddäus«, sagt Frau Rosl, »morgen früh mußt zum erstenmal in d' Schul gehn. Hast Angst?«

»Warum«, fragt Thaddäus, »warum soll i Angst ham?«

Er setzt sich gleich in die erste Bank. Weil da ein schöner Fensterplatz frei ist. Er wartet gespannt darauf, was nun kommen wird.

Doch das, was er von der jungen Lehrerin im Rahmen des vorgegebenen Lehrstoffes als Neuigkeit erfährt und jetzt aufnehmen und üben soll, das weiß er schon lange vom Kindergarten her. Er malt ohne Anstrengung ein »a« in sein Schreibheft, ein kleines und ein großes.

Beim Rechnen ist es genauso. Von allem, was ihm die Lehrerin beibringen will, weiß er die Hauptsache schon. Doch er macht von seinem vorzeitigen Wissen keinen Gebrauch. Er tut so, als ob alles ganz neu für ihn wäre. Er drängt sich nie vor, er hebt den Finger nie schneller und nie höher als die anderen. Und ein altkluges Kind wird er schon gar nicht.

Die Freunde, die mit ihm spielen, ernennen ihn zum Häuptling, wenn sie als Indianerstamm mit ihren aus Hollerzweigen gefertigten Friedenspfeifen in den Anlagen am Gollierplatz am Lagerfeuer sitzen, und er ist der berühmte Detektiv Nat Pinkerton, wenn sie in den Hinterhöfen ihres Viertels über die verrußten Mauern klettern und die fliehenden Verbrecher verfolgen.

Im Herbst nimmt Frau Rosl einen ganztägigen Posten als Buchhalterin in einem Dachdeckereibetrieb an. Er liegt nur ein paar Schritte von ihrer Wohnung entfernt. So kann sie das Mittagessen für sich und Thaddäus, der zur gleichen Zeit aus der Schule kommt, leicht richten. Wenn sie dann wieder im Büro ist, wäscht Thaddäus das Geschirr ab. Dann macht er seine Hausaufgaben. Sie sind für ihn kein Problem.

Frau Rosl verdient in ihrem Dachdeckereibetrieb im Monat dreihundert Mark. Das würde für sie und ihren Thaddäus gut reichen. Doch die drei blauen Hundertmarkscheine, die ihr der Chef am Ende des Monats auf den Schreibtisch blättert, haben bei weitem nicht mehr den Wert, den sie im Frühling oder Sommer noch hatten. Das Wort »Inflation«, das früher nur die ganz Gescheiten zu deuten gewußt hatten, ist jetzt dem ganzen Land zu einem Begriff geworden. Als in den Biergärten über der Theresienwiese die herbstlichen Blätter von den Bäumen fallen, müssen die Menschen, die unten mit ihren Maßkrügen um die Tische sitzen, für die Maß nicht mehr vierundachtzig Pfennig, sondern fünf Mark bezahlen. Im Winter sind die Hundertmarkscheine fast zum Kleingeld herabgesunken. Jetzt flattern die Tausender über die Ladentische. Im Frühjahr 1923 kommen die Millionenscheine. Bald kostet die Maß Bier 21 Millionen. Kurz darauf 72 Milliarden. Dann geht es auf die Billionen los.

»Mamma«, fragt Thaddäus, »wann kaufst mir denn einen neuen Wintermantel?«

»Am nächst'n Erst'n, wenn i mein Geld krieg.«

Als es so weit ist, bekommt sie fünfzig Billionen ausbezahlt. Doch weil sie erst drei Tage später dazu kommt, mit Thaddäus in die Stadt zu gehen, kann ihr die Verkäuferin beim Hermann Tietz für die fünfzig Billionen statt eines Wintermantels nur noch sechs Taschentücher geben.

Das Verdienen hat für die arbeitenden Menschen seinen Sinn verloren. Die Unternehmer haben für ihre Arbeiter auch bald keine Arbeit mehr.

In diese Sinnlosigkeit hinein krachen am 8. November 1923 draußen im Bürgerbräukeller ein paar Schüsse gegen die Saaldecke. Adolf Hitler, der unbekannte Gefreite aus dem Ersten Weltkrieg hat sie abgefeuert. Er proklamiert die Nationale Revolution und marschiert am nächsten Tag mit seinen SA-Leuten und der Masse seiner

Anhänger zur Feldherrnhalle, um das Dritte Reich zu errichten. Doch unter den Schüssen der Reichswehr bricht die nationale Revolution zusammen.

Ein junger Dachdecker aus Frau Rosls Firma, der in der Weinstraße, im Zentrum der Stadt, an einem Neubau gearbeitet hat, kommt auf seinem Fahrrad aufgeregt in die Dachdeckerei zurückgeradelt. Er erzählt, wie der Aufstand zerschlagen wurde, wie man Adolf Hitler gefangengenommen hat.

»No ja«, sagt Frau Rosl, »dann geht's halt ohne den weiter.«

Es geht damit weiter, daß am 31. Dezember 1923 die zusammengebrochene Währung auf Rentenmark umgestellt wird. So kann Frau Rosl im Februar ihrem Thaddäus den neuen Wintermantel kaufen. Da der Winter lang und kalt ist, kann er ihn bis in den April hinein tragen. Als der Frühling vorbei und der Sommer gekommen ist, geht das Schuljahr und für Thaddäus die vierte Klasse der Volksschule zu Ende. Die guten seiner Mitschüler wechseln in die Realschule oder in das Gymnasium über. Er hat eines der besten Zeugnisse, doch für die höhere Schule reicht das Geld nicht.

»Denk dir nix, Mamma«, sagt Thaddäus, »i wer's auch ohne Realschul zu was bringen.«

Frau Rosl lächelt über das Selbstbewußtsein ihres Sohnes. Er weiß auch schon, was er einmal werden will. Sturzflieger, Tiefseetaucher, Lokomotivführer.

Vorerst bleibt er noch einmal vier Jahre lang, bis zur 8. Klasse, in der Volksschule. Das Abschlußzeugnis, das er mit nach Hause bringt, weist fast lauter Einser auf. Nur im Singen hat er einen Vierer. Das ist die schlechteste Note, die man zu dieser Zeit in einem Fach haben kann.

»No ja«, sagt Herr Kern, der seit ein paar Monaten als Zimmerherr bei Frau Rosl wohnt, »an sich is' ja gleich, obsd singen kannst oder nicht. Nur, wennsd mal Opernsänger wer'n willst, dann beißt's halt aus.«

Herr Kern ist immer so lustig. Er ist Bauführer bei Heilmann & Littmann. Frau Rosl hat ihn bei einer Heweifeier, bei einem Richtfest, kennengelernt, das der Bauherr veranstaltet hat, und zu dem auch der Dachdekkereibetrieb von Frau Rosl eingeladen war. Erst ist Herr Kern mit Frau Rosl ins Kino und ins Deutsche Museum gegangen. Dann hat er sie zum Tanzen ins Café Fürstenhof mitgenommen. Weil Frau Rosl in ihrer Wohnung, aus der sie seit dem Tod ihres Mannes nicht ausgezogen ist, leicht ein Zimmer frei machen konnte, ist Herr Kern als Zimmerherr dann zu ihr gezogen.

Jetzt können sie zusammen »Mensch ärgere dich nicht« spielen oder Radio hören. An den Sonntagen fahren sie, zusammen mit Thaddäus, an die Isar oder an den Starnbergersee. Am letzten Sonntag sind sie auf der Bodenschneid gewesen. Herr Kern hat seinen Aluminiumkocher dabei gehabt. Sie haben Erbswurst mit Wiener Würstchen gekocht. Unter'm Gipfelkreuz von der Bodenschneid hat Thaddäus zum erstenmal die ganze Kette der Berge von oben gesehen. Das Sonnwendjoch, den Großglockner, den Venediger. Es war für ihn eine flimmernde, verzauberte Welt. »Gell, Mamma«, hat er gesagt, »auf die ganz groß'n Berg, wo die Gletscher sin, da darf i auch bald mal hinaufgehn?«

Doch jetzt muß Thaddäus erst einmal mit seiner Mutter und Herrn Kern zusammen darüber nachdenken, welchen Beruf er nach der Schule ergreifen soll. Sturzflieger, Tiefseetaucher, Lokomotivführer sind bei ihm nicht mehr aktuell.

»Vielleicht Werkzeugmacher«, meint Frau Rosl. »So was is der Pappa doch auch g'wes'n.«

Doch Thaddäus tendiert mehr zu einem weniger handwerklichen Beruf hin. »Bankdirektor«, sagt er, »oder so was ähnlich's, ich glaub, das tät ich gern wer'n.«

»No also«, lacht Herr Kern, »dann ruf ich morgen früh einfach die hiesige Filiale von der Reichsbank an. Die hat sicher eine Stelle für einen Bankdirektor frei.«

Der Zufall macht alle weiteren Beratungen überflüssig. Als Thaddäus für Herrn Kern in der Sonnenstraße eine Wasserwaage holen muß, die dieser auf einer Baustelle dort hat liegen lassen, kommt er auf seinem Weg durch die Pettenkoferstraße an einem Geschäft mit fünf großen Auslagen vorbei, in denen elektromedizinische Apparate ausgestellt sind. In der größten Auslage, die im Hintergrund mit schwarzen Tüchern verhangen ist, steht ein Röntgenapparat und vor seinem Bildschirm ein echtes menschliches Skelett.

Thaddäus drückt seine Nase gegen die Fensterscheibe. Er schaut das Skelett von oben bis unten an.

Lauter Knochen und Rippen. Aus dem Totenschädel schauen die Augenhöhlen ganz schwarz heraus. Unter dem Loch, wo die Nase war, grinsen die Zähne unheimlich in den Bildschirm des Röntgenapparates hinein.

Das sind die Gerippe, wie sie in den Bleikammern liegen, die Nat Pinkerton oder Sherlock Holmes auf ihren Verbrecherjagden entdecken. Mit offenem Mund blickt Thaddäus das Skelett an.

Als er sein Gesicht von der durch seinen Atem ganz trüb gewordenen Auslagenscheibe zurücknimmt, sieht er auf dem Boden, weit weg vom Röntgenapparat, ein kleines Schildchen stehen.

»Lehrstelle frei.«

Rechts um die Straßenecke ist der Eingang zum Laden. Thaddäus drückt die vornehme, mit Nickelstreifen eingefaßte Glastüre auf. Der langgestreckte Verkaufsraum, in dem die elektromedizinischen Apparate stehn, ist mit einem weichen moosgrünen Teppich ausgelegt.

Seitlich des Raumes führt eine breite Milchglastür offenbar zu einem Büroraum. Ganz hinten, am Ende des Ladens, gibt es eine zweite, weiß lackierte Tür, hinter der wahrscheinlich noch ein anderes Büro liegt.

Diese Tür öffnet sich. Ein kleiner rundlicher Herr mit einem weißen Zahnbürstenschnurrbart kommt heraus.

»Entschuldigen Sie«, sagt Thaddäus, »könnt ich bei Ihnen die Lehrstelle haben?«

Der Herr schaut Thaddäus erst einmal prüfend an. Dann fragt er: »Wie alt bist' denn?«

»Vierzehn«, sagt Thaddäus. »Im Juli bin ich aus der Schul gekommen.«

»Für so ein Alter«, lächelt der Herr, »bist aber recht klein.«

»Ich werd schon noch größer«, sagt Thaddäus. »Oder nehmen Sie nur ganz Große?«

»Nein«, lächelt der Herr, »aber nur ganz Gute. Kannst' rechnen? Hast' eine annehmbare Handschrift?«

»Warum?« fragt Thaddäus. »Wenn man elektromedizinische Apparate baut, muß man da auch gut schreiben können?«

»Wir suchen keinen Apparatebauer«, sagt der Herr, »wir suchen einen Lehrling fürs Büro.«

Thaddäus sagt enttäuscht: »Ach so – für's Büro. Ich hab mir gedacht...«

Doch im nächsten Augenblick nickt er. »Gut, dann geh ich auch ins Büro! Weil's mir bei Ihnen da herinnen so gut g'fallt.«

Der Herr lacht. Er legt Thaddäus die Hand auf die Schulter. »Also gut. Dann zeig mir dein Zeugnis.«

»Zeugnis hab ich keins dabei. Ich hab ja nicht gewußt, daß ich eine Lehrstelle find. Ich bin bloß zufällig vorbeigekommen.«

Doch zwanzig Minuten später drückt Thaddäus dem Herrn das Zeugnis in die Hand. Er hat es im Laufschritt von zu Hause geholt. »Is' gut genug?« fragt er den Herrn, der die Noten prüfend betrachtet. »Reicht's?«

»Ja«, sagt der Herr, »es reicht.«

Zwei Tage später hat Frau Rosl den Lehrvertrag, der ihren Sohn Thaddäus für drei Jahre an die Firma Reinmeier & Schnell bindet, unterschrieben. Am nächsten Tag tritt Thaddäus seine Lehrstelle an.

Er bekommt seinen Platz in dem Büroraum hinterm Laden, in dem Fräulein Nüßle, die ziemlich reife Buchhalterin ihren Schreibtisch, und die Schrenk Luisl, die junge blonde Stenotypistin, ihr Schreibmaschinentischchen stehen haben.

Die ganze rückwärtige Längswand des Büros ist vom Registraturschrank eingenommen, einem riesigen hölzernen Ungetüm mit über zweihundert Klappdeckelkästchen, in denen die Kundenakten untergebracht sind. Jeder der ärztlichen Kunden hat einen Schnellhefter, und alles was er schreibt und was an ihn geschrieben wird, muß Thaddäus, nachdem er es auf einen langen Tisch dem Alphabet nach sortiert hat, in die Akten einordnen. Eine Heidenarbeit, deren Handhabung und Ablauf dem neuen Lehrling Thaddäus vom Altlehrling Karl erklärt wird. Es dauert nicht lang, bis Thaddäus alles begriffen hat. Dem Altlehrling Karl wird ein gehobener Posten zugewiesen. Thaddäus fuhrwerkt, die kleine Leiter mit sich herumschleifend, mit seinen Akten von einem Klappkästchen zum anderen.

Nebenan, in einem anderen Büro, sitzt der Oberbuchhalter Breinessel. Er ist ein schlanker Fünfziger mit einem kleinen, dunkelblonden Spitzbart. Er ist immer freundlich und heiterer Dinge. Wenn er von Thaddäus einen Kundenakt braucht, sagt er ihm immer ein nettes, aufmunterndes Wort.

»Mamma«, sagt Thaddäus, wie er am Abend seines ersten Arbeitstages nach Hause kommt, »ich glaub, ich hab das große Los gezogen.«

Mit den elektromedizinischen Geräten, mit dem Röntgenapparat und dem Sherlock Holmes-Skelett, das in der schwarz verhangenen Auslage steht, kommt er allerdings wenig zusammen. Nur wenn er durch den langen, teppichbelegten Verkaufsraum zum Büro des Direktors hintergehen muß, kommt er an dem Skelett und an den Geräten und Apparaten vorbei. Doch dann hat er auch keine Zeit, alles, was im Verkaufsraum steht, zu betrachten; wenn er zum Direktor muß, pressiert es immer.

Der Direktor ist der nette, rundliche Herr mit dem weißen Zahnbürstenschnurrbart, der mit Thaddäus, als er zum erstenmal in diesem Raum war, gesprochen hat. Er ist auch derjenige, der die wertvollen Apparate an die ärztliche Kundschaft verkauft. Als Direktor steht er der Zweigniederlassung der Firma Reinmeier & Schnell in München vor, deren Stammhaus mit der Fabrik für die elektromedizinischen Apparate in Frankfurt am Main steht.

Immer wenn Thaddäus zu ihm ins Büro kommt und ihm die Unterschriftsmappen oder die Unterlagen zu einem Geschäftsvorgang bringt, die er sich anschauen will, lacht er Thaddäus vergnügt an. Und Thaddäus lacht vergnügt zurück.

»Dir g'fallts anscheinend bei uns«, sagt der Direktor, »oder nicht?«

»Und wie«, lacht Thaddäus, »ich habe ein Glück g'habt, daß Sie mich g'nommen ham.«

»No also«, sagt der Direktor, »und ich hoff, daß wir das gleiche mit dir haben.« Er gibt Thaddäus den Leitzordner zurück. »Sag dem Herrn Breinessl, ich muß wegen der Sache später nochmal mit ihm reden. Dank dir schön, Thaddäus.«

Als Thaddäus durch den Verkaufsraum zu der Glastüre kommt, die zu den Büroräumen führt, nimmt ihn der Lehrling Karl auf der anderen Seite der Türe schon in Empfang. »Wo bleibst' denn so lang?« fragt er. »Der Breinessl schreit scho die ganze Zeit nach dir.«

Herr Breinessl will von Thaddäus sofort den Akt vom Doktor Weißmann in Schwabmünchen haben. Thaddäus rennt zu seinem Klappenschrank. Er geht tief in die Knie und sucht ganz unten beim Buchstaben »W« den Akt vom Doktor Weißmann.

»Brauchst nicht suchen«, sagt die Schrenk Luisl, die junge Stenotypistin, »der Akt is schon seit vorigem Jahr im Archiv drunten im Keller. Ich hab ihn selber hinuntergetan. Der Doktor is voriges Jahr gestorben.«

»Und wie komm ich ins Archiv?« fragt Thaddäus.

Die Schrenk Luisl steht auf. »Ich geh mit dir nunter.« Sie hat g'rad nichts zu tun, und wenn sie nichts zu tun hat, hat sie auch dem Lehrling Karl immer bei seinen Registraturarbeiten geholfen.

In den Keller kommt man vom Hausflur aus über eine schmale steinerne Treppe. Luisl geht Thaddäus voraus.

Luisl ist vor drei Wochen sechzehn geworden. Gleich nach der Volksschule hat sie einen Kurs in Stenographie und Schreibmaschine besucht und mit »Besonders gut« abgeschlossen. Die Firma Reinmeier & Schnell hat sie gleich als Stenotypistin angestellt.

»Gib obacht«, sagt Luisl, die vor Thaddäus die Kellertreppe hinuntersteigt, »daß d' nicht stolperst.«

Nein, er stolpert nicht. Wenn ihn auch die blonden Locken, die dauernd vor seinem Gesicht herumwedeln, und der komische Duft, der aus der Haut des jungen zarten Nackens aufsteigt, sonderbar irritieren. Daß jemand so riechen kann, das hat Thaddäus bis jetzt noch nie gemerkt.

Luisl sperrt die Türe zu einem großen Kellergeschoß auf. Es ist voll von Regalen, in denen die ausrangierten Kunden- und Lieferantenakten aufgestapelt sind.

»Der Stoß, in dem der Doktor Weißmann drin is, steht ganz da droben«, sagt Luisl. »Wart, ich hol ihn runter.« Sie holt die Leiter aus der Ecke und lehnt sie gegen das Regal. Sie steigt hinauf, bis sie ganz oben steht.

Thaddäus hält die Leiter, damit sie nicht umfällt. Dicht vor seinen Augen sind die jungen schlanken Beine der Luisl. Sie stecken in hauchdünnen, schimmernden Seidenstrümpfen. Sie zeigen sich Thaddäus bis weit hinauf, wo sie unter dem duftigen Stoff von Luisls Sommerkleidchen verschwinden.

Thaddäus muß plötzlich stark schlucken. »Was is denn?« fragt er ungeduldig. »Wie lang brauchst d' noch?«

»Hab ihn ja schon!« ruft Luisl. Sie zieht aus dem Stoß der alten Akten den Doktor Weißmann heraus. Sie steigt die Leiter herunter. »Da is er, der Doktor!« Sie blickt Thaddäus lachend in die Augen. »Kann i was oder kann i nix?«

Thaddäus reißt ihr das Aktenstück aus den Händen. »Geh weiter, der Breinessl wart doch schon.« Er drängt sie hastig zur Tür.

»Oho«, sagt Luisl verblüfft. »Warum pressiert's denn so? Sei doch froh, daß mir nicht gleich wieder naufmüss'n in unseren Kasten.«

Doch Thaddäus ist schon draußen an der Treppe. Ihm ist so, als ob es gut sei, wenn er weit weg von der Luisl wäre.

Luisl schüttelt lachend den Kopf, während sie die Türe zuschließt. »Ein spinnerter Uhu!«

Von diesem Tag an bahnt sich in Thaddäus' Geistesleben eine merkliche Wandlung an. Statt dem »Winnetou« von Karl May liest er jetzt »Die Heilige und ihr Narr«. Es ist ein Bestseller dieser Jahre. Die Luisl hat ihm das Buch geliehen. Immer, wenn das »Seelchen« vorkommt, das verführerische junge Mädchen, das die Handlung so traurig-schön verstrickt, muß er an die Luisl denken.

Ein paar Wochen nachdem sich Thaddäus zur Zufriedenheit aller seiner Vorgesetzten eingearbeitet hat, tritt ein Ereignis ein, das eine starke Ausweitung seiner bisherigen Tätigkeit mit sich bringt.

Das Stammhaus der Firma Reinmeier & Schnell in Frankfurt hat sich mit einer Firma in Berlin liiert, die hochwertige chirurgische Instrumente herstellt. Die Zweigniederlassungen von Reinmeier & Schnell müssen neben den elektromedizinischen Apparaten nun auch die chirurgischen Instrumente verkaufen. Zusammen mit einem Lastwagen voller Kisten, vollgepackt mit chirurgischen Instrumenten, erscheint in der Zweigniederlassung München ein netter älterer Herr. Er heißt Schmitt, und er hat die Aufgabe, die Unzahl der chirurgischen Instrumente in mehrere weiß lackierte Glasschränkchen zu verteilen, die im Verkaufsraum neben den elektromedizinischen Apparaten aufgestellt werden. Das ist eine Heidenarbeit. Da von den übrigen Angestellten jeder – so, wie er es jedenfalls behauptet – mit seiner eigenen Arbeit bis zum äußersten ausgelastet ist, stellt es sich als die einfachste und beste Lösung heraus, als Hilfskraft für Herrn Schmitt den Lehrling Thaddäus Knopf freizustellen.

»Der ist intelligent«, sagt der Oberbuchhalter Breinessl zum Direktor, »der macht seine Registratur nebenbei mit der linken Hand, der ist genau der richtige für Herrn Schmitt.«

Dem Direktor und auch Herrn Schmitt ist es recht, und so wühlt Thaddäus begeistert die chirurgischen Instrumente aus der Holzwolle der Kisten, staubt sie mit einem Pinsel ab, poliert sie mit einem wollenen Tuch und sortiert sie – nach Anweisung von Herrn Schmitt – in die weiß lackierten Glaskästen ein. Dabei lernt er jedes Instrument kennen.

Geburtszange nach Prof. Schindler.

Wundklammer Mayenwald.

Trepanationsbohrer Klink.

»Enorm«, sagt Herr Schmitt zum Direktor, »wie rasch der Junge das alles erfaßt. Auf den passen Sie man auf. Wenn der noch 'n Jährchen älter ist, schmeißt er den ganzen Laden alleine, und ich kann wieder zurück nach Berlin.«

Er verläßt München eher als er denkt. Drei Wochen nachdem die Chirurgische Abteilung eingerichtet ist, wird er von einer schweren Lungenentzündung aus dem Leben gerissen. In einem Leichentransportwagen kehrt er in seine Vaterstadt Berlin zurück.

»Und wir«, fragt der Direktor den Oberbuchhalter, »was machen wir jetzt mit unserer Chirurgischen Abteilung?«

Der Oberbuchhalter zupft nachdenklich an seinem Spitzbärtchen herum. Dann hellt sich sein Gesicht auf. »Was werden wir machen? Wir stellen den Thaddäus ganz hinaus in den Laden. Für die Registratur stellen wir einen neuen Lehrling ein.«

Der Direktor findet die Idee nicht schlecht. Er läßt Thaddäus zu sich ins Büro kommen. »Thaddäus, glaubst du, du könntest – auch ohne den Herrn Schmitt – unsere chirurgischen Instrumente allein verkaufen?«

»Ja, leicht!« lacht Thaddäus. »Die meisten Instrumente kenn ich sowieso, und wenn einer was will, was ich nicht kenn, da schau ich dann halt schnell im Katalog nach.«

Der Direktor streckt ihm die Hand hin. »Thaddäus, ich halt Ihnen den Daumen. Dreißig Mark mehr Gehalt bekommen Sie sowieso.«

Thaddäus schaut ihn erschrocken an. »Dankeschön«, sagt er kleinlaut, »aber daß Sie plötzlich Sie zu mir sagen, muß das auch sein?«

»Natürlich«, sagt der Direktor. »Ehre, wem Ehre gebührt.«

Schon die nächsten Tage zeigen, daß Thaddäus mit dem Verkauf der Instrumente spielend fertig wird. Es braucht niemand Angst zu haben, daß er sich bei der ärztlichen Kundschaft blamieren könnte. Er weiß immer genau, was jeder der Kunden wünscht.

Er ist nun kein Lehrling mehr, er ist, mit seinen siebzehn Jahren, zum ausgewachsenen Handlungsgehilfen aufgestiegen.

Für die Registratur ist schnell ein neuer Lehrling gefunden. Er heißt Theo, und er klappert schon nach acht Tagen genauso laut, wie Thaddäus es tat, mit den Holzdeckeln seines Registraturschrankes herum.

Die Schrenk Luisl – sie wird jetzt achtzehn – ist von der Karriere, die Thaddäus so über Nacht gemacht hat, hingerissen.

»Mensch«, sagt sie, »du hast vielleicht ein Schwein. Kaum siebzehn und schon Chef im Laden. So ein Glück möcht ich auch einmal haben.«

Thaddäus streichelt ihr lächelnd über das blonde Haar. »Wart nur, Luisl, das kommt bei dir schon auch noch. Aber ich glaub, du wirst eher eine Marlene Dietrich.«

Jetzt strahlen Luisls Augen. Die Marlene Dietrich! Ihren neuen Film »Der blaue Engel« hat Luisl schon zweimal gesehen. Sie sagt zu Thaddäus: »Wennst mitgehst, schau ich ihn mir noch einmal an.«

Natürlich geht Thaddäus mit. Am nächsten Samstag in die Abendvorstellung in den »Sendlingertorlichtspielen«. Als der Film zu Ende ist und die Lichter wieder angehen, legt er seine Hand auf Luisls Schulter und schiebt sie, viel zärtlicher, als er jemals im Leben zu irgend jemand war, vor sich her aus den Stuhlreihen hinaus. Durch den dünnen Stoff ihres Sommerkleidchens fühlt er die erregende Wärme ihrer jungen Haut. Vielleicht zittern ihm seine Hände dabei ein ganz klein wenig.

Luisl dreht sich fragend nach ihm um. »Is was, Thaddäus?«

»Nein«, sagt Thaddäus. »Gar nix is. Was soll denn sein?«

Sie lächelt. Mit den vielen Menschen, die durch die Seitentüren strömen, kommen sie hinaus auf die Straße.

Thaddäus fragt sie: »Magst noch mit mir ins ›Tabarin Luitpold‹ gehen? Auf einen Schwedenpunsch?«

Luisl schüttelt die blonden Locken. »Nein. Ich muß heim. Aber begleiten kannst du mich noch, wennst magst.«

Sie schiebt ihren Arm unter den seinen. Sie passen gut zusammen. Er ist genauso groß wie sie.

Sie brauchen nicht weit zu gehen, sie wohnt ganz in der Nähe des Kinos, in der Josephspitalstraße. In einem Haus aus dem Mittelalter, das unter Denkmalschutz steht. Das Haus hat ein schweres, eichenes Tor und eine hölzerne Treppe, die wie eine Himmelsleiter von unten schnurgerade hinauf bis in den zweiten Stock führt.

Luisl sagt: »Wennst noch Lust hast, Thaddäus – meine Eltern sind über's Wochenende bei einer Verwandten in Feldkirchen. Aber seine Schnapsflasche«, sagt sie verschmitzt, »die hat der Herr Papa daheimgelassen.«

Sie wohnt oben im zweiten Stock. »Gib obacht, daß d' nicht ausrutschst«, sagt Luisl, »sonst fallst die ganze Trepp'n 'nunter, ohne daß d' drunten vielleicht wieder aufwachst.«

Thaddäus steigt hinter ihr her. Ihre schlanken, seidenbestrumpften Beine und das duftige wehende Röcklein sind wieder dicht vor seinen Augen.

Im engen Wohnungsflur stehen zwei mächtige Kleiderschränke. Man muß sich schmal machen, damit man einigermaßen an ihnen vorbeikommt. Aus der offenen Küchentür, durch die man auf einen blankgeputzten Herd und eine Anrichte mit einem Tellerbord darüber sieht, riecht es noch ein wenig nach dem Sauerkraut, das es offenbar heute mittag gegeben hat.

Luisl geht durch den ganzen Flur bis zur letzten Tür. »Schau, Thaddäus – das is mein Zimmer!«

Sie hat die Türe geöffnet. Sie dreht den Schalter neben der Türe an. Ein halbes Dutzend weiblicher Filmstars lächeln Thaddäus von der gegenüberliegenden Wand her an. Die Henny Porten, die Asta Nielsen, alles, was ein Frauenherz zu jener Zeit zum Erbeben bringen kann. Selbstverständlich auch die Marlene Dietrich. Das Szenenbild aus dem »Blauen Engel«, das Luisl sich aus der »Filmwoche« ausgeschnitten hat. Marlene im Tingeltangelkostüm auf einem Bierfaß sitzend, mit prallen nackten Schenkeln, über die sich die schwarzen Strapse zu den Rändern der seidenen Strümpfe spannen, in denen die sündhaft schönen Beine stecken.

»Toll, gell?« lächelt Luisl. »Ich bin von Kopf bis Fuß auf Liebe eingestellt.«

Auf Luisls Bett, über das eine türkische Fransendecke gebreitet ist, sitzt ein riesengroßer hellblauer Teddybär, der Thaddäus mit seinen schwarzen Knopfaugen anstarrt. Hinter ihm an der Wand hängt ein eingerahmter Druck, der einen barfüßigen Hirtenjungen zeigt, der in einem windschiefen Stall, umringt von einer Gruppe ungeduldig auf ihn blickender Schafe, auf einem Strohbett liegt, in tiefem, lächelndem Schlaf.

»Der Siebenschläfer«, sagt Luisl. »Der mag nicht aufsteh'n und die Schaf warten auf ihn. Das war schon das Lieblingsbild von meiner Mutter. G'fallts dir?«

Thaddäus nickt schweigend. Luisl schiebt ihm ein buntes, mit arabischen Schriftzeichen verziertes Lederkissen vor die Füße. »Setz dich nieder – das hat mir mein Onkel mitgebracht. Der war als Monteur von Siemens und Halske drunten am Suezkanal.«

Thaddäus läßt sich auf das Lederkissen nieder. Doch es ist so wabbelig, daß er im nächsten Augenblick rücklings auf dem Boden liegt. Luisl lacht ihn schallend aus. Sie kniet sich zu ihm auf den alten abgeschabten Teppich nieder. »Du Dummerl«, sagt sie und legt ihre Arme um ihn. »Du darfst doch nicht umfall'n!«

Er kommt nicht dazu, irgend etwas zu seiner Verteidigung zu sagen. Ihre Locken sind so nah über ihm. Ihre Augen lachen ihn an. Zwischen den roten Lippen leuchten die perlweißen Zähne.

Er wird zum erstenmal in seinem Leben von einem Mädchen geküßt. Er schlingt seine Arme um Luisls Hals. »Luisl«, sagt er und schließt die Augen.

Sie weiß, daß es nun geschehen wird.

Unter seinen Armen sinkt sie ganz auf den Teppich zurück. Sein Gesicht ist ganz nahe über dem ihren.

Sie blickt ihm tief in die Augen. »Thaddäus«, lächelt sie. »Thaddäus.«

Thaddäus weiß nicht, was jetzt in ihm vorgehen müßte. Das, worauf es ankommt, passiert nicht. Er streichelt Luisl über die Stirn, über das Haar. Sie preßt ihn fest an sich. Doch auch sie weiß nicht, wie sie ihm helfen könnte.

Als Thaddäus die Augen schließt und sein Gesicht auf ihre Schultern sinken läßt, schließt auch sie die Augen.

Vom Nachtkästchen her, das neben dem Bett steht, tickt der Wecker, der Luisl jeden Morgen um sieben Uhr aus dem Schlaf reißt. »Komm, Thaddäus«, sagt Luisl nach einer langen Zeit, »i glaub, i hol dir jetzt einen Schnaps.«

Sie schüttelt ihre Locken zurecht und steht auf. »Der Schnaps is im Wohnzimmer drüben«, sagt sie. »I bin glei wieder da.«

Auch Thaddäus richtet sich auf. Er bleibt auf dem Teppich sitzen und lehnt sich erschöpft gegen das wabbelnde Araberkissen. Von der Wand her blickt Marlene

Dietrich, mit den prallen Schenkeln, mit dem schwarzen Straps und den sündhaft schönen Beinen, schadenfroh auf ihn herab.

Als Luisl mit der Schnapsflasche und zwei Gläsern zurückkommt, steht Thaddäus am Fenster und staubt mit den Händen seine Hosenbeine ab. Luisl schenkt die zwei Schnapsgläser voll. Sie hält eines davon Thaddäus entgegen.

»Mach dir nix draus«, sagt sie lächelnd, »mir wern's schon noch lernen.«

Damit sie ganz sicher ist, daß Thaddäus auf der Treppe nicht ausrutscht und die ganze Himmelsleiter hinunterfällt, bleibt sie oben vor der Wohnungstür stehen und schaut ihm nach.

Thaddäus kommt gut hinunter. Er winkt zu Luisl hinauf. »Servus, Luisl«, lacht er. »Gute Nacht!«

Als er am nächsten Morgen in seinen Laden kommt, geht Luisl gerade durch den langen Verkaufsraum hinter zum Büro des Direktors, der sie schon zum Diktat erwartet.

»Grüß dich!« lacht sie, als sie an Thaddäus vorbeigeht.

»Grüaß di!« lacht Thaddäus zurück.

Daß sie so schnell miteinander wieder ins Kino gehen, dazu haben sie keine Zeit mehr. Aus Berlin ist wieder eine Sendung neuer chirurgischer Instrumente gekommen, die Thaddäus in langwieriger Arbeit sortieren und katalogisieren muß. Dazu muß er oft lange über die Arbeitszeit hinaus in seinem Laden bleiben. Auf die Luisl wartet an einem der nächsten Abende ein anderer, etwas älterer junger Mann. Sie hängt sich voller Freude bei ihm ein und geht lachend die Straße mit ihm hinunter. Man sieht es sogar aus der Ferne, wie glücklich sie ist.

2

Thaddäus ist froh, daß er sich in seine neu angekommenen chirurgischen Instrumente vergraben kann. Bis ihm eines Tages einer auf der Straße schon von weitem entgegenruft. »Ja, der Thaddäus!« ruft er. »Ja, Thaddäus, gibt's denn dich auch noch?«

Es ist der Prixmeier Hermann, der die letzten zwei Jahre der Volksschule mit Thaddäus in einer Klasse beisammen war.

Thaddäus kann sich mit einem Schlag daran erinnern, wie klein und abstoßend mager der Prixmeier damals als Vierzehnjähriger war. Die Mitschüler haben ihm nachgerufen: »Der Prixe is ein feiner Kerl, hat Haxn wia ein spanisch Röhrl!«

Klein ist er heute noch. Auch mager. Doch durch ein Jackett mit dick auswattierten Schultern und durch überweit geschnittene Hosen hat er sich ein imponierendes Image zugelegt, so, wie klein gewachsene Männer es gerne tun, wenn sie einen Minderwertigkeitskomplex haben.

Prixmeier geht mit ausgebreiteten Armen auf Thaddäus zu. »Mensch – Meier – an dich hab ich doch dauernd denken müssen! Du wolltest doch Sturzflieger werden. Na, und? Bist du's geworden?«

»Ich verkauf Geburtszangen und Operationsmesser«, sagt Thaddäus, »falls du Bedarf daran haben solltest.«

»Nee«, lacht Prixmeier meckernd, »ich arbeit mit viel lustigeren Apparaten. Ich bin bei Egglberger & Holst ganz groß eingestiegen. Egglberger & Holst kennst du doch? Spielautomaten aus England und Amerika.«

Thaddäus kennt Egglberger & Holst nicht. Hat Prixmeier dort einen gehobenen Posten?

»So gehoben, daß der Laden, zumindest bei uns da herunten, in die Luft fliegt, wenn ich ihnen das Handtuch werfe. Ich bin der süddeutsche Generalvertreter.«

»Allerhand«, sagt Thaddäus, »bei deiner Jugend.«

»Eben drum! Jung und unverbraucht.« Er tippt mit dem Zeigefinger gegen seine Stirne. »Außerdem, da drauf kommt's an. Auf den Grips. Und Grips, den haben wir ja – oder nicht?«

Er hängt sich plötzlich bei Thaddäus ein. »Thaddäus, ich hab dich schon immer gut leiden können. Du hast mich ja auch oft genug abschreiben lassen. Ich glaub, wir sollten den Kontakt wieder aufnehmen. Ich hab gute Verbindung zur Münchner Gesellschaft. Jeden Donnerstag bin ich bei einem Jour fixe drunten in Schwabing. Magst du nicht mal mitkommen?«

Thaddäus schweigt. Es geht ihm durch den Kopf, daß er – seinerseits – den Prixmeier Hermann nie gut hat leiden können. Er ist ein Angeber gewesen. Er hat ihn nur deshalb abschreiben lassen, weil er neben ihm gesessen ist. Gern hat er es nicht getan.

Prixmeier gibt ihm einen Stoß in die Seite. »No, warum überlegst' denn so lang? Gute Verbindungen mit einflußreichen Leuten können nie schaden. Und hübsche Frauen – lustig aber grundanständig – so was magst du doch auch – oder nicht?«

Thaddäus würde am liebsten nein sagen. Aber er kommt dem Prixmeier nicht aus.

»Geh weiter, mit Geburtszangen allein kann kein Mensch glücklich werden. Bei uns triffst du auf Menschen. Und Menschen kann man immer brauchen. Also, Thaddäus, was is?«

»Am Donnerstag?« fragt Thaddäus. »Um welche Zeit?«

»Ab acht Uhr. Jeder kann kommen, wann er mag.« Prixmeier schlägt Thaddäus lachend auf die Schulter. »Man muß auch was für sein Innenleben tun! Übermorgen also – Ainmillerstraße vierundneunzig. Vierter Stock. Ingenieur Bernhard Berg. Das is mein Freund.« Er streckt Thaddäus die Hand hin. »Und bloß im Straßenanzug. Ganz ohne Zwang. Servus, Thaddäus!«

Er winkt ihm noch einmal zu, ehe er um die Ecke verschwindet.

Thaddäus steht am Donnerstagabend, kurz vor halb neun Uhr, in der Ainmillerstraße, im vierten Stock, vor der Wohnungstüre von Ingenieur Bernhard Berg. Durch die Türe klingt lautes Lachen und flotte Marschmusik aus einem Grammophon. Ein Dienstmädchen mit schwarzem Kleid und weißem Schürzchen öffnet ihm, als er geklingelt hat.

»Knopf«, sagt er. »Thaddäus Knopf. Herr Prixmeier hat mich eingeladen.«

Das Mädchen lacht ihn freundlich an. »Guten Abend, Herr Knopf! Bittschön, kommen S' rein.«

Eine große Diele mit dicken persischen Teppichen und ein paar Fellen von exotischen Tieren an den Wänden. Von der Decke hängt eine Ampel aus rotem Rubinglas herab. Sie taucht das Ganze in ein schummeriges Licht.

Das Mädchen nimmt ihm den Hut aus der Hand. Es ist ein echter Mayser, den Thaddäus sich auf Anraten von Herrn Kern, der immer noch als möblierter Zimmerherr bei Frau Rosl wohnt, gekauft hat.

»Nie am verkehrten Ende sparen«, hat Herr Kern gesagt. »Kleider machen Leute.«

So hat sich Thaddäus mit seinem ersten Gehalt als Handlungsgehilfe bei einem Maßschneider einen dunkelbraunen, mit hellen Nadelstreifen dezent durchzogenen Anzug machen lassen. Er hat es sich gut leisten können, denn er wohnt und ißt bei seiner Mutter ja umsonst.

Während das Mädchen den Hut von Thaddäus in einem kleinen Garderoberaum neben der Diele an den Haken hängt, geht von dem Zimmer, aus dem die Marschmusik und das Lachen kommen, die Tür auf. Es ist Prixmeier, der erscheint. Er breitet die Arme aus. »No also, da bist' ja! Du kommst grad recht. Komm rein, wir können dich notwendig brauchen.«

Er zieht Thaddäus an der Hand in das Zimmer. Sie brauchen ihn deshalb so notwendig, weil sie ein Pfänderspiel machen, bei dem zu den Paaren, die im Takt der Musik um ein paar im Kreis aufgestellte Stühle marschieren, gerade noch ein Herr fehlt.

»Herr Thaddäus Knopf!« ruft Prixmeier in das Lachen und Marschieren hinein. »Er spielt mit, vorstellen tu ich ihn nachher.«

Die Männer und Frauen, die hintereinander, Hand in Hand, um die Stühle marschieren, lachen und winken Thaddäus zu. Prixmeier trennt die Hände eines blonden und eines dunkelhaarigen Mädchens und schiebt Thaddäus dazwischen. Nun hat er die Hände der beiden in den seinen. Das dunkelhaarige Mädchen vor ihm reißt ihn, hinter den anderen Marschierern her, mit sich.

»Pat«, ruft Prixmeier ihr nach, »sagen Sie ihm, wie's geht!«

Sie hat es nicht leicht, ihm im Lärm der Musik und des Gelächters die Spielregeln zu erklären. Außerdem spricht sie – sie scheint Engländerin oder Amerikanerin zu sein – gebrochen Deutsch. Sie tut es so charmant und lacht ihn aus ihren großen braunen Augen so hinreißend an, daß ihm die Hemmungen, die er beim Eintritt ins Zimmer noch hatte, rasch vergehen. Er marschiert im Takt der Musik fröhlich hinter ihr her.

»Look«, lacht das Mädchen, »wenn in der Musik eine große Paukenschlag kommt, müssen wir schnell einen freien Stuhl finden. Wenn alle Menschen eine freie Stuhl haben, bleiben zwei Menschen übrig. Dann müssen sie sich küssen. Verstehen Sie das?«

»Sehr gut versteh ich das«, lacht Thaddäus, und weil im gleichen Augenblick aus dem Gramola-Apparat der Paukenschlag ertönt, reißt er das Mädchen mit sich aus der Reihe und sie lassen sich beide, eng nebeneinander, auf einen der noch freien Stühle fallen.

»Oh, that's clever!« lacht sie. »Sie sind eine schlaue Boy!« Sie tupft sich mit einem Seidentüchlein den Schweiß von der Stirn. »Ist meine schöne Augenbraue verwischt?« fragt sie Thaddäus mit großen, unschuldsvollen Augen.

Er streicht mit dem Mittelfinger seiner Hand ganz zart über ihre feingeschwungene, leicht nachgezogene Augenbraue. »Nein«, sagt er, »sie ist wunderbar. Fast wie echt.«

Jetzt hört er, daß sie auch glockenhell lachen kann. Sie hat ihren Arm um seine Schulter gelegt, damit sie von dem kleinen Stuhl, auf dem sie beide sitzen, nicht herunterrutschen. Sie sagt verschmitzt: »Ich glaube, Sie sind eine große Casanova! Eine raffinierte Mann.«

»Im Gegenteil«, sagt Thaddäus, »sonst würd ich nicht jetzt schon mit ihnen da auf dem Stuhl sitzen. Dann wär ich mit Ihnen übrig geblieben.«

Was das Mädchen erwidert, geht im lauten Jubel unter, der in diesem Augenblick durch das Zimmer hallt. Alle

Paare, bis auf das letzte, haben ihren Stuhl gefunden. Die zwei, die übriggeblieben sind, müssen sich küssen. Es ist ein sympathischer Mann von etwa vierzig und ein Mädchen, das wahrscheinlich noch nicht zwanzig ist. Der Mann umarmt sie, und der Kuß dauert so lange, daß das ganze Zimmer applaudiert. Als der Mann den Kuß endlich beendet, bläst das junge Mädchen erschöpft die Backen auf und sieht sich mit erschrockenen Augen in der Runde um.

Eine junge Frau, eine große stattliche Erscheinung in einem ausgefallenen Kleid, das eine Art griechischer Toga ist, nimmt das Mädchen lachend an der Hand. »Kommen Sie, trinken Sie einen Cognac. Wenn man von dem geküßt wird, kann man es brauchen.«

Sie muß es wissen, denn sie ist die Frau des Hauses, die Frau des sympathischen Vierzigers, der so ausdauernd küssen kann. Bernhard Berg, der als Ingenieur bei einer wärmetechnischen Firma arbeitet, ist mit Ilona seit drei Jahren verheiratet. Mit seinen damals achtunddreißig Jahren war er nahe daran, für die Frauenwelt als Ehemann verloren zu sein. Frau Ilona hat es ihm aber dann doch noch angetan. Sie ist siebenundzwanzig.

Nun wendet sich Frau Ilona rasch dem neuen Gast zu. Sie streckt Thaddäus die Hand entgegen.

»Das freut mich, daß wir Sie bei uns haben dürfen!« Sie wendet sich an das Mädchen, das neben ihm steht. »Pat, warst du zufrieden mit ihm als Partner?«

»By gosh«, lacht Pat, »sehr zufrieden. Aber man muß achtgeben vor him. Ich glaube, er ist ein Casanova.«

Sie kann nicht weiterreden, denn Hermann Prixmeier drängt sich neben die beiden Frauen. Er legt seine Hand auf Frau Ilonas Arm.

»Na, Ilona, gefällt er dir? Hab ich nicht recht gehabt, daß er für uns der Richtige ist?«

Frau Ilona entzieht ihren Arm sonderbar rasch seiner Hand. Sie scheint nicht viel Wert auf seine Berührung zu legen. Sie nimmt Thaddäus an der Hand. »Kommen Sie, jetzt ist es aber höchste Zeit, daß Sie auch meinen Mann und unsere Gäste kennenlernen.«

Bernhard Berg freut sich, daß sie so einen netten neuen Gast bekommen haben. Alle anderen drücken Thaddäus ebenso freundschaftlich die Hand. Als ihn alle kennen, geht er wieder zu dem Mädchen Pat zurück.

Sie lacht ihm schon von weitem entgegen. »Nun werden Sie aber müde sein. Von die vielen Hände, die Sie gedrückt haben. Kommen Sie, setzen wir uns auf diese kleine Ding dort.«

Sie setzen sich auf ein schmales Empiresofa, das gerade groß genug für sie beide ist. »Wie kommt es«, fragt sie, »daß Sie erst heute zu uns kommen?«

Thaddäus erzählt ihr, daß er Hermann Prixmeier, der ihn eingeladen hat, nach sehr langer Zeit erst jetzt wieder getroffen hat. Dann sagt er ihr auch, was er selber arbeitet und daß er Thaddäus heißt.

»My goodness«, lacht sie, »Thaddäus! Was ist das für eine komische Name?« Doch im gleichen Augenblick macht sie ein erschrockenes Gesicht. »Oh, excuse me, ich wollte nicht lachen über Ihre Name!«

»Ich freu mich, wenn Sie lachen«, sagt er. »Es lachen viele darüber. Aber ich glaube, er paßt ganz gut zu Pat.«

Pat sieht ihn einen Augenblick in lächelnder Überraschung an. Dann sagt sie: »Ja, das glaube ich auch.«

Sie wechselt rasch das Thema. Außer Pat heiße ich Sheppart. Ich komme aus Cleveland, Ohio. Mein Vater dirigiert dort das Symphonieorchester.«

»Dann musizieren Sie vielleicht auch?«

Pat lächelt. »Ich fange erst ganz von vorne an. Aber ich habe eine gute Lehrer. Eine berühmte Geiger. Er ist ein Freund von meine Vater.« Sie schlägt die Augen bescheiden nieder. »Ob ich eine wirkliche Geigerin werde, weiß ich nicht.«

»Und Ihr Lehrer lebt in München?«

»Ja, hier in Schwabing. Er hat eine kleine Wohnung auch für mich gefunden. Nicht weit von diese Haus hier. Bei die Englische Garten.«

»Eine Geigerin«, sagt Thaddäus, »wie schön.«

»Ja«, sagt Pat, »es ist sehr schön. Und ich habe viel Freude daran.«

Sie können nicht weiterreden, denn von der anderen Seite des Zimmers her, wo der Gramola-Apparat steht, winkt Hermann Prixmeier ihnen lachend zu. Er hat gerade eine neue Platte aufgelegt.

»Auf geht's, Thaddäus!«, ruft er. »Ein Tango. Eigens für euch!«

»Ja«, ruft Thaddäus, »wir kommen schon.«

Doch Pat und Thaddäus stehen nicht sogleich auf. Pat fragt Thaddäus: »Kennen Sie Herrn Prixmeier schon lange? Sie sind gute Freunde?«

Thaddäus zuckt die Achseln. »Freunde ist zuviel gesagt. Wir sind zusammen in die Schule gegangen. In die allerersten Klassen. Er ist neben mir gesessen. Aber so richtige Freunde...« Er redet nicht weiter.

»Er ist auch kein richtiger Freund von Bernhard und Ilona«, sagt Pat. »Es ist ein wenig komisch zugegangen. Die beiden haben ihn auf einem Faschingsfest kennengelernt. Bernhard hat ihn eingeladen zu unserem Abend. Aber ich glaube, er ist nicht mehr sehr froh darüber. Er sagt, er hat eine große Mund. Aber Bernhard kann ihn für unsere Abende nicht mehr loswerden. Er ist eine zähe Mensch.«

Sie steht rasch auf. »Kommen Sie, wollen wir jetzt den Tango tanzen? Sie werden sicher eine sehr gute Tänzer sein.«

Thaddäus schüttelt den Kopf. »Nein, was den Tango betrifft, leider gar nicht.«

Er kann es sagen, ohne zu untertreiben. Seine Mutter und Herr Kern haben sich schon oft bemüht, ihm zur Musik des Radioapparates außer den anderen modernen Tänzen auch den Tango beizubringen, aber mit geringem Erfolg. Und nun soll er die verzwickten Schritte und Synkopen dieses Tanzes mit diesem Mädchen auf das Parkett legen? Dazu fehlt ihm der Mut.

Doch Pat streckt lachend die Arme aus, damit Thaddäus die seinen um ihren Körper lege. »Come on! Ich werde Sie zum Tangomeister machen!«

Sie schwingt mit ihm auf leichten Füßen in den Tanz hinein. Unter dem behutsamen Druck ihrer Arme paßt er sich wie von selbst ihrem weich dahingleitenden Rhythmus an. Sie führt ihn über alle Schwierigkeiten des Tanzes hinweg, doch sie tut es so, daß er immer das Gefühl behält, daß er der Führende sei.

Doch dann legt er seinen Arm enger und enger um sie, er fängt an, die Schritte einzuleiten, denen ihre schlanken

Beine immer williger folgen. Als der letzte Takt der Musik erklingt, reißt er sie mit einer kühnen Synkope mit sich herum, beugt ihren Oberkörper über seinen Arm weit nach rückwärts und blickt ihr, sein Gesicht dicht über dem ihren, lächelnd in die Augen.

»Allright«, lacht sie, als sie sich mit dem Ende der Musik aufrichten, »nun sehen Sie, was Sie für eine wunderbare Tänzer sind.«

Es setzt ohne Pause die grelle Musik eines Foxtrotts ein. Pat und Thaddäus tanzen gleich weiter. Die Musik ist so temperamentvoll, daß Thaddäus Pat fest an sich drücken muß. Sie schmiegt sich eng in seine Arme. Ab und zu schauen sie sich tief in die Augen.

Plötzlich tanzt Prixmeier mit einem jungen Mädchen ganz nah an den beiden vorbei. Er gibt Thaddäus mit seinem Ellbogen einen Stoß in den Rücken. »Be careful«, grinst er. »Halt dich nur schön fest, damit du nicht ausrutschst.«

Thaddäus und Pat lachen ihm höflich zu. Thaddäus bringt Pat mit einem kühnen Foxtrottschritt möglichst weit von ihm weg. Pat schaut Thaddäus dankbar lächelnd an.

Von nun an tanzen die beiden immer nur zusammen. Die anderen Männer versuchen gar nicht mehr, Pat aufzufordern. Zwischen den Tänzen setzt man sich wieder im Kreis zusammen und macht lustige Ratespiele. Pat sitzt dabei sehr nah neben Thaddäus. Als die alte Pendeluhr, die auf dem Kaminsims steht, zwölf Uhr schlägt, ist das Fest zu Ende.

Das hat Frau Ilona so eingeführt. Draußen in der Diele verabschieden sie und ihr Mann sich von den Gästen. Sie lachen und manche umarmen sich.

Thaddäus fragt Pat, ob er sie heimbegleiten dürfe.

»Sicher«, sagt Pat. »Wenn ich allein gehe, werde ich vielleicht von bösen Räubern überfallen.«

Da drängt Prixmeier sich von hinten her zwischen die beiden.

»Ihr werdet doch noch nicht nach Hause gehen? So früh in die Klappe, das macht doch kein anständiger Mensch. Ich geh noch in die Kartause, drüben am Kurfürstenplatz. Geht ihr mit?«

»Nein«, sagt Pat rasch, »ich muß morgen schon in großer Frühe mit meiner Geige bei meinem Professor eine Stunde haben.«

»Und ich«, sagt Thaddäus, »muß auch schon um acht Uhr in meinem Laden sein.« Er klopft Prixmeier lachend auf die Schulter.

»Hermann, dann aber bestimmt das nächste Mal! Und ich dank dir schön, daß du mir zu dem netten Abend verholfen hast. Ich bring Fräulein Sheppard nur noch schnell nach Hause.« Er streckt Prixmeier so ostentativ die Hand hin, daß dieser sie vor Überraschung auch wirklich nimmt. »Dann also bis nächsten Donnerstag«, sagt Thaddäus. »Servus, Hermann!«

Auch Pat gibt Prixmeier die Hand. Er drückt sie lasch und macht eine kühle Verbeugung. Als Pat und Thaddäus sich von Herrn Berg und Frau Ilona verabschiedet haben und Frau Ilona Thaddäus das Versprechen abgenommen hat, daß er nächste Woche auch ganz sicher wiederkommen werde, schiebt Thaddäus Pat sanft vor sich her, durch die Wohnungstür hinaus in das mit einem roten Läufer belegte Treppenhaus. »Jetzt aber Tempo!« sagt er ihr mit halber Stimme ins Ohr. Rasch läuft Pat vor ihm die Treppe hinunter. Prixmeier steht noch oben an der Wohnungstür. Er sieht den beiden mit kalten Blicken, mit zusammengepreßten Lippen nach.

Pat wohnt in der Mandlstraße, am Rande des Englischen Gartens. Von der Ainmillerstraße bis dorthin haben die beiden viel Zeit, um einander aus ihrem Leben zu erzählen. Zwischenhinein sagt Thaddäus: »Wegen Prixmeier hab ich ein schlechtes Gewissen. Daß wir ihn so einfach abgehängt haben. Ohne ihn hätt' ich Sie ja gar nicht kennengelernt.«

Pat, die sich in Thaddäus' Arm eingehängt hat, klopft mit ihrer kleinen, zarten Hand beruhigend auf die seine. »Well, wir werden es das nächste Mal wieder gutmachen.« Sie blickt ihn verschmitzt an. »Ich werde dann den ganzen Abend nur noch mit ihm tanzen. Allright?«

Seine Hand greift nach der ihren, die auf der seinen liegt. »Nein«, sagt er, »lieber nicht.«

Vor einer kleinen Villa in der Mandlstraße bleibt Pat stehen. »Hier ist meine Haus! Ist es nicht wunderschön?«

Die Villa liegt dicht am Schwabinger Bach. Seine kleinen emsigen Wellen fließen, silbern vom Mondlicht beschienen, an den Grundmauern des Hauses vorbei. Oben, vom Dach nur halb bedeckt, liegt eine breite Terrasse, bewachsen mit wildem Wein.

Pat sagt stolz: »Die ganze Terrasse gehört zu meine Wohnung. Dahinter ist eine große Atelier. Eine berühmte Maler hat dort einmal seine Bilder gemacht.« Sie blickt Thaddäus lächelnd an. »Soll ich Sie einmal einladen zu eine Tasse Tee?«

»Je eher«, sagt Thaddäus, »um so besser!« Er drückt ihr die Hand. »Gute Nacht, Miß...«

»Keine Miß«, sagt Pat lächelnd. »Sagen Sie Pat.« Sie gibt ihm den Händedruck herzhaft zurück. »Good night, Thaddäus!« Sie winkt ihm zu. Die Haustür fällt hinter ihr ins Schloß.

Thaddäus steht allein in der mondbeschienenen Straße. Er denkt glücklich lächelnd vor sich hin.

Der nächste Morgen bringt ihm eine Überraschung, die ihn dieses Glück von gestern abend eine ganze Weile vergessen läßt.

Als er dem Direktor die eingelaufene Post in sein Büro bringt, nimmt der Direktor sie ihm freundlich wie immer ab. Er sieht sie oberflächlich an, legt sie auf seinen Schreibtisch. »Schad, Thaddäus«, sagt er, »daß Sie mir jetzt bald keine Post mehr bringen werden. Für mich ist jetzt Feierabend. Am Ersten geh ich in Pension.«

Thaddäus schaut ihn erschrocken an. »Is das wirklich wahr?«

Der Direktor lächelt. »Natürlich. Aber es kommt ja wieder ein andrer. Ein Herr aus dem Stammhaus in Frankfurt. Er bringt sogar seine junge Frau mit. Da weht dann sicher ein frischer Wind.«

Thaddäus sagt nichts mehr. Er preßt die Lippen zusammen. Der Direktor streckt ihm die Hand hin. »Thaddäus, ich wünsch Ihnen jedenfalls viel Glück für die Arbeit bei uns. Bleiben Sie so wie Sie sind. Lassen Sie sich nie unterkriegen.«

Thaddäus drückt dem Direktor fest die Hand. »Ich dank Ihnen schön, Herr Direktor, daß Sie so für mich gesorgt haben.«

»Nichts zu danken. Ich hab es gern getan. Außerdem war's ja meine Pflicht.« Er gibt Thaddäus ein Aktenstück, das er vom Schreibtisch genommen hat. »Geben Sie das, bitte, Herrn Breinessl. Er wartet schon drauf.«

Thaddäus geht mit dem Aktenstück zum Oberbuchhalter ins Büro. Dann setzt er sich an seinen Schreibtisch und starrt vor sich hin. Es ist der erste Abschied, der ihn bedrückt. Er merkt, wie schwer es ist, einen Menschen zu verlieren, dem man so viel verdankt.

Die Klingel aus dem Verkaufsraum, die ihm den Eintritt eines Kunden anzeigt, reißt ihn aus seinen Gedanken. Als der Kunde gegangen ist, hat sich Thaddäus wieder gefangen. Er beginnt, an Pat zu denken. An den gestrigen Abend mit ihr. Wie schön es war, sie in den Armen zu haben.

Sechs Tage sind es noch bis zum nächsten Donnerstag. Für Thaddäus schleichen sie unendlich langsam dahin.

Dann ist es so weit. Wieder steht Thaddäus in der Ainmillerstraße vor der Türe mit dem Schildchen BERNHARD BERG. Wieder öffnet ihm das freundliche Mädchen mit dem schwarzen Kleid und dem weißen Schürzchen. Als er ihr in der Diele seinen Hut gibt – den echten Mayser – tönen aus dem Zimmer, in dem die Gäste sind, die Klänge eines Wiener Walzers.

Drinnen drehen sich die Paare über das Parkett. Frau Ilona hat Thaddäus sogleich gesehen. Sie winkt ihm, am Kopf ihres Tänzers vorbei, lachend zu. Auch Pat, die mit Bernhard Berg tanzt, sieht ihn. Und winkt ihm zu.

Als der Tanz zu Ende ist, küßt Thaddäus erst einmal Frau Ilona die Hand. Bernhard Berg kommt dazu. Sie freuen sich alle, daß er wieder da ist. Bernhard Berg nimmt seine Frau unterm Arm. »Komm, Ilona, hilf mir, die Bowle richten.«

Jetzt stehen sich Thaddäus und Pat alleine gegenüber. Keiner von ihnen weiß, was er sagen soll. Dabei kann es ein Blinder sehen, daß sie tagelang aufeinander gewartet haben. Thaddäus denkt: Jetzt müßte ich die Arme um sie legen und ihr einen unendlich langen Kuß geben. Statt dessen sagt er: »Es hat lang gedauert, bis dieser Donnerstag endlich gekommen ist.«

Pat blickt mit ihren rehbraunen Augen, in denen die kleinen goldenen Lichter schimmern, lächelnd in die seinen. »Ja, das glaube ich auch.«

Die grelle Musik einer Jazzplatte lärmt vom Gramola her durch den Raum. Pat nimmt Thaddäus an der Hand. »Kommen Sie, Thaddäus, tanzen wir!«

Er tanzt mit ihr dahin, als ob außer ihnen niemand im Raum wäre. Sie drückt sich eng an ihn. Er weiß, daß sie genauso glücklich ist wie er.

Das Saxophon heult mit einer grellen Schlußdissonanz auf. Der Tanz ist zu Ende. »Jetzt aber Pause!« ruft Frau Ilona. Die Bowle ist fertig. Alles drängt sich um das riesige Kristallgefäß, das auf einer Kommode funkelt. Jetzt ist es für Thaddäus höchste Zeit, daß er auch die anderen Gäste begrüßt. Sie freuen sich alle, daß er wiedergekommen ist.

Einen vermißt er. Hermann Prixmeier ist nicht da. Als Frau Ilona Thaddäus ein Glas voller Bowle in die Hand drückt, fragt er sie nach Prixmeier. »Er konnte nicht kommen«, sagt sie. »Er hat einen Sturmabend oder so etwas Ähnliches. Ich habe ihn am Telefon nicht ganz verstanden. Sicher hat es irgend etwas mit einem politischen Verein zu tun.« Sie hält Thaddäus ihr eigenes Bowlenglas zum Anstoßen entgegen. »Aber von Politik wollen wir auf unseren Abenden nichts wissen. Wohl bekomms, Herr Knopf!«

»Zum Wohl, gnädige Frau!«

Frau Ilona muß sich einem anderen Gast widmen, der mit seinem Bowlenglas auf sie zukommt. Pat sitzt schon wieder auf dem kleinen Sofa. Sie will es gar nicht mehr verbergen, daß sie auf Thaddäus wartet. Sie plaudern wieder, sie tanzen wieder zusammen, es ist alles so, wie es vor acht Tagen war. Nur noch um vieles schöner.

Als um Mitternacht der silberne Klang der Pendeluhr auf dem Kamin erklingt und die Party zu Ende ist, begleitet Thaddäus Pat wieder nach Hause. Von der Ainmillerstraße bis zur Mandlstraße. Arm in Arm.

»Look, die Schwabingerbach! Im moonlight. Ist es nicht wunderschön?«

Thaddäus drückt ihren Arm noch fester in den seinen. »Ja, Pat. Es ist alles so wunderschön.«

Sie sind vor der Tür der Villa angekommen, in der sie wohnt. Sie blickt Thaddäus an, ohne zu lächeln. »Thaddäus, wollen Sie jetzt noch zu mir hinaufkommen? Wollen Sie jetzt die Tasse Tee haben?«

Er sieht es ihr an, daß sie genau weiß, was sie sagt.

»Ja«, sagt er, »gern.«

Sie sperrt die Haustüre auf. Sie geht ihm voraus, über eine Marmortreppe, die um die Jahrhundertwende herum einmal sehr prächtig gewesen sein muß. An einem Portal aus dunklem Holz im ersten Stock geht sie vorüber, steigt hinauf zum zweiten Stock. Dort sperrt sie ein viel kleineres Holzportal auf.

»Allright. Das ist meine Wohnung.«

Als Thaddäus eintritt, scheint ihm das Mondlicht, das durch ein großes Atelierfenster fällt, direkt ins Gesicht. In der silbernen Dämmerung kann er die Einrichtung des Raumes nur silhouettenhaft erkennen. Ein Tischchen, ein paar Stühle und Sessel, eine breite Couch. An der Wand ein riesiger ovaler Spiegel in einem schweren Goldrahmen.

Pat und Thaddäus bleiben schweigend stehen.

Dann fragt Thaddäus: »Wo ist denn der Schalter? Wollen wir Licht machen?«

Pat steht ganz nah bei ihm. Sie sagt lächelnd: »Brauchen wir das?«

3

Seit dem Anfang dieses Jahres 1932 ist die Zahl der Arbeitslosen in Deutschland über sechs Millionen gestiegen. Für die jungen Menschen, die an den Vormittagen in Schlangen vor den Schaltern des Arbeitsamtes stehen, und an den Nachmittagen auf den Bänken der städtischen Grünanlagen sitzen und Karten spielen, gibt es keine Aussicht und keine Hoffnung auf Arbeit mehr.

Die alten Menschen, von denen immer mehr ihre Arbeit verlieren, haben schon lange resigniert.

Pat und Thaddäus wollen in ihrem Glück noch nichts von der Tragik dieser Tage wissen. Thaddäus braucht keine Angst um seine Stellung zu haben. Die Ärzte, von deren Bedarf an Instrumenten er lebt, kommen immer noch in seinen Laden. Pat geigt sich jeden Vormittag bei ihrem Professor in das Reich der Töne, in dem es für sie keine Sorgen gibt. An den Abenden, fast an jedem Abend, leben die beiden in ihrer glücklichen verliebten Welt.

Zu den geselligen Abenden bei den Bergs sind Thaddäus und Pat nicht mehr gegangen. Thaddäus hatte das Gefühl, daß sie dort den hämischen Bemerkungen Hermann Prixmeiers nicht entkommen würden. »Und du und ich, Thaddäus«, hatte Pat gemeint, »ich glaube, es ist viel schöner, wenn wir allein sind.«

Am allerschönsten ist es, wenn Thaddäus vom Abendessen bis zum nächsten Morgen bei Pat bleibt. Von der breiten Couch aus können sie durch das große Atelierfenster hinauf zu den Sternen schauen. Tief unter ihnen rauscht leise der Bach vorbei.

Der Herbst geht vorbei. Der Winter kommt. Zusammen mit Thaddäus erlebt Pat zum erstenmal den Münchner Fasching. Unter der seidenprangenden Dekoration des Deutschen Theaters »Die Nacht in Venedig«, im kleinen Saal des Gasthauses »Zur Blüte«, der mit Lampions und Girlanden aus Papier geschmückt ist, den »Schwabinger Modellball«.

»Thaddäus«, sagt Pat, als sie nach einem Kostümfest in der Schwabinger Brauerei mit ihm durch die eisklirrende Winternacht durch knöcheltiefen Schnee nach Hause stapft, »Thaddäus, mach doch, daß wir immer so eine schöne Zeit zusammen haben.«

Thaddäus legt die Arme um sie. Er drückt ihr einen langen Kuß auf die Lippen.

Das Glück nimmt wirklich kein Ende. Als der Frühling gekommen ist, spazieren die beiden an den Abenden durch den Englischen Garten, setzen sich oben auf dem Monopteros auf die klobigen Steinstufen des kleinen Tempels und schauen zu, wie das letzte Licht des Tages über den Türmen und Häusern der Innenstadt verdämmert.

Es ist alles so friedlich. Wer sollte daran denken, daß es am Fuße dieser Kirchen, in den nachtdunklen Toreinfahrten dieser Häuser Menschen gibt, die, blind vor politischem Fanatismus, aufeinander losgehen. Die einen in ihrer verschmutzten Arbeitskleidung, die andern in braunen Hemden und frisch gewichsten Marschstiefeln.

Pat und Thaddäus steigen den Monopteroshügel herab, wandern zwischen duftenden Fliederbüschen hinaus zur Prinzregentenstraße. Drüben, auf der anderen Seite der Straße, im Annaviertel, ist das kleine Gasthaus, in dem die beiden ein paarmal im Monat ihren Abendschoppen trinken.

»Zwei Viertel Weißweiler und eine Semmel für jeden.«

»Jawohl, Herr Knopf«, sagt die Kellnerin, »wie immer.«

Als die Gläser leer sind, sagen die beiden gute Nacht. Sie gehen hinaus auf die Straße. Erst ein Stück geradeaus, dann um die Ecke.

Da quillt und stolpert dicht vor ihnen, aus der breiten Einfahrt eines Hauses, das im Hinterhof ein Versammlungslokal hat, ein Knäuel von Menschen, die aufeinander einschlagen. Es sind Kommunisten und SA-Leute. Die einen schlagen mit Holzprügeln und Fahrradketten um sich, die anderen mit Gummiknüppeln und den bloßen Fäusten.

Ehe Thaddäus und Pat zur Seite springen können, torkeln ein paar der Kämpfenden in ihrer blinden Wut direkt vor Thaddäus hin. Sie schlagen wild um sich. Der Schlag eines Koppelschlosses, der den roten Gegner treffen sollte, knallt auf Thaddäus' Schulter nieder. Thaddäus packt den Arm des SA-Mannes, der zu der Koppel gehört, und dreht ihn hinter seinem Rücken hoch. Dem aufbrüllenden SA-Mann springt ein anderer zu Hilfe. Mit der Faust versetzt er Thaddäus einen Schlag gegen das Kinn. Eine Sekunde taumelt Thaddäus, doch dann liegt der andere, sich stöhnend den Bauch haltend, auf dem Pflaster.

»Thaddäus!« schreit Pat voller Angst. Sie weiß nicht, wie sie ihm helfen soll. Da stürzen sich auch schon zwei andere SA-Leute, während ihre Genossen sich weiter mit den Kommunisten herumprügeln, auf Thaddäus. Einer von ihnen hat ihn an der Gurgel. Der andere will ihm den Arm ausdrehen. Da hört man einen dritten brüllen: »Halt – aufhören!«

Es ist einer, der an den Kragenspiegeln seines Braunhemdes zwei Sterne hat. »Aufhören!« schreit er und reißt die beiden Männer, die Thaddäus fertigmachen wollen, von ihm weg.

Thaddäus wischt sich den Schweiß aus den Augen. Er starrt seinen Helfer verblüfft an. Es ist Hermann Prixmeier.

»Mensch«, schreit Prixmeier und zieht Thaddäus an seinem Rockärmel noch ein Stück von seinen wutschnaubenden Gegnern fort, »bist du wahnsinnig?! Gehörst du auch zu der roten Bande?«

Ehe Thaddäus etwas sagen kann, ist Pat zu ihm hingesprungen. Sie klammert sich an seinem Arm fest. Sie schreit Prixmeier an: »Gehen Sie fort! Lassen Sie Thaddäus in Ruhe! Er ist mit mir nur spazierengegangen.«

Prixmeier wird Pat erst jetzt gewahr. Er gibt ihr keine Antwort; er mißt sie mit einem kalten verächtlichen Blick. Er wendet sich Thaddäus zu, er brüllt ihn an: »Hau ab! Und gib obacht das nächstemal, daß du dich nicht wieder an den Verkehrten vergreifst!« Er stürzt sich von neuem blindlings in die Schlägerei.

Pat setzt sich mit Thaddäus im Englischen Garten, den sie auf dem Weg zu ihrer Wohnung durchqueren müssen, auf eine Bank. Sie schweigen. Sie hat ihre Hand in die seine gelegt. Über ihnen glitzern am nachtdunklen Himmel die Sterne.

Pat blickt hinauf in diese unendliche Ruhe.

»Und die Welt könnte so schön sein«, sagt sie. »Oder kann sie es nicht?«

Doch die Welt wird, was Deutschland betrifft, mit jedem Tag schlimmer. Das Heer der Arbeitslosen wächst weiter, die Zahl der Konkurse – auch die der größten Firmen – überschlägt sich. Stein um Stein bröckelt aus den immer brüchiger werdenden Fassaden, zwischen denen die Menschen verzweifelt versuchen weiterzuleben.

Dabei werden die Trupps der Braunhemden, die in geschlossenen Formationen, ihre Kampflieder singend, durch die Straßen ziehen, immer größer und immer lauter. Bei den Wahlen zum Reichstag wird die Nationalsozialistische Deutsche Arbeiterpartei, mit Adolf Hitler an ihrer Spitze, die stärkste Fraktion.

Es sind dunkle Wolken, die auch über Pat und Thaddäus dahinziehen. Doch die beiden sehen sie nicht. Für sie gibt es nur ihr kleines, unantastbares, sicher nie zu Ende gehendes Glück.

Bis eines Tages der Blitz auf sie herniederfährt.

Er tut es in Gestalt eines Briefes, der aus Cleveland in Ohio kommt und an Miß Patricia Sheppard in München-Schwabing, Mandlstraße 142, gerichtet ist.

Es ist ein Brief ihres Vaters. Er schreibt ihr, daß es, so wie er es von den USA aus sehe, für sie nun höchste Zeit sei, dieses Deutschland, dieses dem Abgrund zutreibende arme Stückchen Erde zu verlassen. In Boston könne sie bei einem hervorragenden Geiger, einem früheren Mitglied seines Orchesters, in Ruhe weiterstudieren. Dort werde sie es in ihrer Kunst sicher weiter bringen, als in einem Land, in dem man nichts weiter kann, als einander die Köpfe einzuschlagen.

»Die Passage auf der Il de France«, schreibt er am Ende des Briefes, »ist für dich schon gebucht. Die Karte bekommst du auf der Agentur in Le Havre. Das Schiff fährt am 2. August von dort ab.«

Pat starrt mit zusammengepreßten Lippen auf den Brief.

»In vier Tagen«, sagt sie tonlos. Dann blickt sie auf. »Thaddäus, was ist nun?«

Thaddäus sitzt neben ihr auf der Couch. Er legt sich zurück auf die weiche, flauschige Wolldecke, auf der sie so oft nebeneinandergelegen sind. Er blickt hinauf zu den verschnörkelten Stuckverzierungen des etwas grau gewordenen Plafonds. »Ja«, sagt er nach einer Weile, »was ist nun?«

Drei Tage später steht er auf dem Bahnsteig des Münchner Hauptbahnhofes, auf dem, zwischen den anderen Wagen nach Frankreich, auch der Direktwagen nach Le Havre auf die Abfahrt wartet.

Das Fenster des Abteils, in dem Pat ihren Platz hat, ist heruntergelassen. Pat steht im offenen Fenster. Sie hat ihr tapferstes Lächeln aufgesetzt. »Thaddäus...«, sagt sie.

Da durchdröhnt der lärmende Lautsprecher ihre Stimme. »Alles einsteigen! Türen schließen! Der Zug fährt ab!«

»Pat«, sagt Thaddäus. Sie strecken einander die Hände entgegen. Ihre Finger umklammern sich. Langsam und weich fährt der Zug an. Er zieht die Hände der beiden auseinander.

Thaddäus starrt dem aus dem Bahnhof gleitenden Zug nach. Eine Weile noch sieht er einen Arm, der ein paarmal winkt, dann schlaff herabsinkt. Es ist nurmehr die Rückseite des letzten Wagens, die er noch sieht. Sie wird kleiner und kleiner. Bis sie weit draußen in der Dampfwolke einer auf dem Nebengleis einfahrenden Lokomotive verschwindet.

Thaddäus geht an dem leeren Gleis entlang zum Ausgang des Bahnsteigs. Die große weiße Uhr mit den dicken schwarzen Zeigern, die oben im Eisengebälk des Bahnhofs hängt, zeigt auf Dreiviertelneun Uhr. Thaddäus hatte seinen Direktor gestern abend gefragt, ob er an diesem Morgen statt schon um acht Uhr, erst um neun Uhr ins Geschäft kommen könne. »Selbstverständlich«, hatte der Direktor gesagt, »warum nicht.«

Fünf Minuten nach neun Uhr ist Thaddäus in der Firma. Unter der Tür zum Büro steht die Schrenk Luisl. Sie winkt Thaddäus aufgeregt zu.

»Der neue Direktor ist da! Er hätt erst morgen kommen sollen. Er hat uns schon alle antreten lassen.«

»Und unser Alter?«

»Den haben sie in die Chirurgische Klinik geholt. Da is irgend was mit dem neuen Röntgenapparat passiert, den sie erst gestern bekommen haben.«

Die Klingel aus dem Büro des Direktors läutet schrill. »Luisl« ruft Fräulein Nüßle von ihrem Schreibtisch her, »schau, daß du hinterkommst. Dem pressierts.«

Luisl kommt gleich wieder zurück. Sie sagt zu Thaddäus: »Nach dir hat er gefragt. Er will dich sehen, falls du schon da bist.«

Thaddäus geht durch den langen Verkaufsraum zum Büro des Direktors. Die Tür ist offen. Thaddäus bleibt unter ihr stehen. »Guten Morgen, Herr Direktor. Sie wollten mich sprechen. Ich bin Thaddäus Knopf.«

Ein fahlblonder Bürstenkopf richtet sich auf. Zwei graue Augen, die hinter einer Brille mit dünnem goldenen Rand in einem der Kassenbücher des Oberbuchhalters gelesen haben, sehen Thaddäus kalt an.

»Aha«, sagt der Direktor. »Freut mich, daß ich Sie auch kennenlerne. Fangen Sie immer erst eine Stunde nach Arbeitsbeginn an?«

»Nicht immer«, antwortet Thaddäus. »Nur heute. Ich hab etwas Privates erledigen müssen.«

»Aha. Und da kommen Sie ganz einfach erst eine Stunde später?«

»Nicht ganz so einfach, Herr Direktor. Der Herr Direktor – ich meine Ihr Vorgänger – hat mir gestern abend die Erlaubnis dazu gegeben.«

Thaddäus weiß, daß dieser Mann für immer sein Feind sein wird. Der Direktor scheint ähnliche Gedanken zu haben. Er macht eine vage Bewegung mit der Hand. »Bitte, dann gehen Sie an Ihre Arbeit.«

»Jawohl, Herr Direktor.«

Als Thaddäus sich umgedreht hat, um zu gehen, hält ihn der Direktor zurück. »Moment mal! Sie haben doch sozusagen die Abteilung mit den chirurgischen Instrumenten unter sich?«

»Ja. Ich hab sie, zusammen mit Herrn Schmidt, als wir sie damals von Berlin bekommen haben, eingerichtet.«

»Und Sie haben das Gefühl, daß sie dieser Aufgabe gewachsen sind?«

»Ja«, sagt Thaddäus. »Bis jetzt ist alles ganz gut gegangen.«

»Aber Sie kommen doch eigentlich vom Kaufmännischen her. Als Verkäufer von chirurgischen Instrumenten müßten Sie doch eine Ausbildung haben, die Sie das Wesen der Chirurgie verstehen läßt.«

»Das Wesen der Chirurgie haben mir meine Kunden nach und nach beigebracht. Für mich ist die Hauptsache, daß ich ihnen an Instrumenten immer das anbieten kann, was sie gerade brauchen.«

Der Direktor kaut an seiner Oberlippe herum. Er scheint etwas sagen zu wollen. Doch offenbar spart er es sich für später auf. Die grauen Augen hinter seiner Goldrandbrille senken sich wieder auf das Kassabuch nieder. »Gut, Herr Knopf, Sie können gehen.«

Thaddäus bleibt noch einen Augenblick stehen. Ob ich das Kassabuch nehme, denkt er, und es ihm auf den bleichen Bürstenkopf schlage?

Doch er macht nur eine leichte Verbeugung. Durch den langen Verkaufsraum geht er zurück ins Büro.

»Was sagst jetzt«, fragt ihn die Schrenk Luisl, als er bei ihr und Fräulein Nüßle sitzt, »was sagst du zu dieser Nulpe?«

Thaddäus regt sich nicht auf. »Hunde, die bellen,« sagt er, »beißen nicht.«

»Und neue Besen«, sagt Fräulein Nüßle, während sie im Kartothekenkasten nach einer verschollenen Kundenkarte sucht, »kehren gut. Jetzt bin ich neugierig, wie der Besen ausschaut, den er als Gattin mitgebracht hat.«

Fräulein Nüßle lernt sie noch am Nachmittag des gleichen Tages kennen. Sie kommt nach dem Mittagessen mit ihrem Mann vom ersten Stock herunter, wo dem neuen Direktor vom Stammhaus in Frankfurt, dem ja das ganze Haus gehört, eine Wohnung zur Verfügung gestellt worden ist.

Der Direktor – er heißt Haßelbeck und ist ein geborener Frankfurter – macht seine Frau mit den Angestellten der Firma bekannt. Sie gibt jedem die Hand, sie lacht jeden dabei freimütig an. Es ist eine junge, attraktive, wenn auch vielleicht nicht besonders intelligente Frau. Sie stammt aus einem kleinen Ort im Unterfränkischen, doch sie hat sich – wahrscheinlich als Zögling in einem etwas gehobeneren Institut – eine Umgangsart angeeignet, die auch in der Großstadt, wenn man nicht zu genau hinsieht, zu bestehen vermag.

Man sieht es Fräulein Nüßle an, daß sie den Besen im Geiste zurücknimmt und daß sie mit der Frau des Neuen um vieles mehr einverstanden ist, als mit ihm selber. Der Oberbuchhalter Breinessl, der sich beim Bekanntwerden mit neuen Menschen sonst vor Freude gewiß nicht überschlägt, drückt ihr herzlich die Hand. Als Thaddäus an der Reihe ist, blicken ihre großen, strahlenden Augen ziemlich tief in die seinen. Fräulein Nüßle stellt fest, daß die Hand der Frau Direktor auch viel länger in der von Thaddäus liegt, als in den Händen der anderen.

Doch Frau Haßelbeck wendet sich dann schnell von Thaddäus ab. Sie gibt Theo, dem Lehrling und Nachfolger von Thaddäus, der nun auch schon wieder ein Jahr lang in der Firma ist, die Hand. Mit der anderen tätschelt sie ihm – der schon über die Fünfzehn ist und ganz rot wird – lächelnd die Wange. Daraufhin sagt sie noch einmal allen, wie sehr sie sich auch für ihren Mann darüber freut, daß er so nette Mitarbeiter gefunden habe. Damit verläßt sie das Büro.

»No ja«, sagt Breinessl, während er sich wieder über sein Hauptjournal beugt, »wenn schon eine hat kommen müssen, dann is die immer noch nicht die schlechteste.«

Der Abschied vom alten Direktor fällt keinem von den Angestellten leicht. Er ist ein so netter Junggeselle gewesen. Und er ist bei ihnen in der Firma in Ehren weiß geworden. Dem Fräulein Nüßle schimmert es sogar feucht in den Augen. Thaddäus muß auch ganz komisch schlucken, als er dem Direktor »Auf Wiedersehen« sagt.

Sie wissen alle, daß sie sich nie mehr im Leben wiedersehen werden. Der Direktor wird auf dem Gut eines alten Freundes in Benediktbeuern seinen Lebensabend verbringen. Von Benediktbeuern nach München ist es für einen, der aufgehört hat, zu arbeiten, oft weiter als von München nach Shanghai.

Der neue Direktor steckt seinen Bürstenkopf in jedes Loch, von dem er annimmt, daß er in ihm etwas ausräumen oder besser machen könnte. Als der Doktor Mehringer aus Pfaffenhofen, ein alter Arzt, der Thaddäus als Verkäufer besonders schätzt, sich von ihm den neuen Tonsillenschneider vorlegen läßt und sich mit ihm darüber unterhält, gleitet Haßelbeck aus seinem Büro, verbeugt sich vor Doktor Mehringer verbindlich, stellt sich ihm als neuer Direktor vor und versichert ihm, daß hier in der Firma alles getan werde, um die Kundschaft zufriedenzustellen.

»Ja, ja«, sagt der Doktor, »das ist mir schon bekannt. Der Herr Knopf weiß ja genau, was ich brauche. Er hat mich noch nie im Stich gelassen. Besser als er könnten nicht einmal Sie selber mich bedienen.«

Haßelbeck verbeugt sich leicht. »Das freut mich. Dann kann ich mich ja beruhigt wieder zurückziehen. Auf Wiedersehen, Herr Doktor.« Er geht in sein Büro zurück. Daß er vor Wut die Zähne zusammenbeißt, kann man von hinten nicht sehen.

Der Doktor Mehringer lacht Thaddäus an. »Komischer Heiliger! Ein richtiger Streber – was?«

Thaddäus lächelt ohne etwas zu sagen. Er weiß immer die Form zu wahren. Er wahrt sie auch der jungen Frau Haßelbeck gegenüber, wenn er mit ihr zusammentrifft.

Das geschieht ganz selten. Höchstens wenn er aus dem Hintereingang des Büros ins Treppenhaus hinaus und von dort aus in den Packraum hinübergeht und Frau Haßelbeck zufällig vom ersten Stock her die Treppe herunterkommt. Oder wenn sie plötzlich im Verkaufsraum erscheint und, an Thaddäus vorbei, nach hinten zum Büro ihres Mannes geht.

In solchen Fällen lächelt sie Thaddäus, wenn er sie gegrüßt hat, mit leutseliger Heiterkeit an. »Guten Morgen, Herr Knopf!«

Thaddäus lächelt freundlich zurück. Das ist reine Routinesache; er täte es auch, wenn sie viel weniger attraktiv wäre, als sie es ist. Für Frauen hat er, was das Erotische betrifft, seitdem Pat nicht mehr da ist, gar keinen Nerv mehr. Früher hat er kein schlankes Mädchenbein sehen können, ohne daß er sich nach ihm umgedreht hätte. Doch Pat hat alle derartigen Gefühle mit nach Amerika genommen.

Sie hatte ihm schon, als sie noch auf dem Schiff war, einen Brief von dreiundzwanzig Seiten geschrieben. Als sie dann drüben nach Boston und zum Studium zu dem hervorragenden Geiger gegangen war, ist jeden dritten Tag ein Brief von ihr gekommen. Auf hellblauem Papier. Mit der Versicherung, daß in ihrem ganzen Leben bestimmt keiner mehr kommen würde, den sie mehr lieben könne als ihn. Dann ist das Papier ihrer Briefe plötzlich weiß gewesen. Es trat eine längere Pause ein. Worauf eine Ansichtskarte aus dem Rocky Mountains Nationalpark kam. Mit Bleistift geschrieben. »Ich habe eine herrliche Trip in dieses Valley gemacht. Very, very much Grüße. Pat«. – In die untere linke Ecke der Ansichtskarte war mit grünem Filzstift geschrieben: »Greetings, Bill.«

Frau Rosl sieht der langwierigen Zurückverwandlung ihres Sohnes vom zerknirscht Verlassenen zum normalen Menschen mit äußerster Vorsicht, ohne jede Einmischung, zu. Wenn Thaddäus in den frühen Herbsttagen allein in seinem Zimmer sitzt und durch das offene Fenster über die grauen Dächer des Westends zum abendlich verglimmenden Himmel hinaufschaut, vermeidet sie, ihn zum Abendessen zu rufen. Sie stellt ihm seinen Leberkäs oder seinen weißen Preßsack neben einer Flasche Bier auf den Küchentisch. Wenn Herr Kern ihn fragt, ob er nicht mit ihm und seiner Mutter einen Tarock klopfen wolle, tut er es mit der Vorsicht eines Pflegers im Zoologischen Garten, der einem vergrämten Nashorn ein Büschel Heu vor die Nüstern hält.

Als unten auf der Theresienwiese die Buden für die Schausteller des Oktoberfestes, die Gerüste für die Achterbahnen und die Bierzelte der Brauereien aufgestellt werden, und als dann das Fest beginnt und der Lärm der Drehorgeln und Blaskapellen, der holzkohlengewürzte Duft der gebratenen Steckerlfische und Brathühner zu den Häusern des Westends hinaufsteigen, fängt auch Thaddäus' Herz an, sich aus seinem verlorenen Himmel langsam wieder der Erde zuzuwenden.

Am dritten Abend des Festes sitzt er mit Frau Rosl und Herrn Kern eingezwängt zwischen den fünftausend Menschen, die im Zelt der Bräurosl ihre Krüge heben und zum Gedröhn einer vielköpfigen Blasmusik ihre bierseligen Gesänge zur girlandengeschmückten Zeltdekke hinaufbrüllen. »Trink, trink, Brüderlein trink! Laß doch die Sorgen zu Haus!«

Thaddäus, Frau Rosl und Herr Kern stoßen ihre schweren Krüge gegeneinander. Die Kapelle schmettert den Bayerischen Defiliermarsch über die ausgelassene Menge hin. Von einem Nebentisch, um den herum die Menschen lachen und ihre Krüge schwenken, ruft plötzlich eine helle Frauenstimme zu Thaddäus herüber. »Prost, Herr Knopf!«

Thaddäus schaut nach dem Tisch hinüber. Dort ist eine junge Frau auf ihren Stuhl geklettert. Sie hebt ihren Bierkrug und prostet Thaddäus lachend zu. Es ist Frau Haßelbeck. Frau Martina Haßelbeck, die Frau seines neuen Direktors.

Mit einem einzigen Blick hat Thaddäus erfaßt, daß auf dem Stuhl unter ihr der Bürstenkopf selber sitzt. Auch er hat einen Maßkrug in der Hand. Doch er lächelt nicht. Die grauen Augen hinter seiner Goldrandbrille blicken entrüstet zu seiner Frau empor.

Sie stupft mit ihrer freien Hand lachend auf seine Schulter hinunter. »Schau doch, Alex, da drüben sitzt unser Herr Knopf!«

Haßelbeck scheint Thaddäus gar nicht zu sehen. Er greift nach der Hand seiner Frau und zieht sie daran von ihrem Stuhl herunter. »Komm, Martina«, sagt er, »Frau Beierlein möchte mit dir anstoßen.«

Frau Martina steigt wohl oder übel von ihrem Stuhl herab. Doch dabei prostet sie Thaddäus noch einmal zu. Und lacht ihn mit ihren perlenweißen Zähnen an.

Thaddäus hebt seinen Krug und lächelt zurück. »Prost, gnädige Frau!«

Martina Haßelbeck wendet sich jetzt schnell Frau Beierlein zu. Sie stößt mit ihr und ihrem Mann und dann mit ihrem eigenen an.

Als Thaddäus am nächsten Morgen zu Haßelbeck ins Büro kommt, um ihm die Liste einiger neu angekommener chirurgischer Instrumente vorzulegen, nimmt ihm Haßelbeck die Liste aus der Hand, ohne seinen Gutenmorgengruß zu erwiedern. »Lassen Sie die Liste da«, sagt er, »ich werde sie mir ansehen. Wenn ich fertig bin, bekommen Sie sie zurück.«

Er kommt an diesem Tag nicht mehr dazu, die Liste durchzusehen. Kurz vor Mittag beordert ihn ein Anruf in das Stammhaus nach Frankfurt. Es ist plötzlich eine wichtige Besprechung mit sämtlichen deutschen Filialleitern angesetzt worden. Sie beginnt mit einem Treffen heute abend, und sie wird zwei Tage lang dauern.

Haßelbeck hat nicht einmal mehr Zeit, die Kalbsrouladen zu essen, die Frau Martina oben in der Wohnung im ersten Stock schon fast fertig hat. Während er seinen

Konferenzanzug anzieht, muß sie seinen kleinen Koffer packen. »Zwei Hemden, eins uni, eins gestreift. Und den grauen Pyjama. Vergiß die Manschettenknöpfe nicht, wie das letztemal. Vor übermorgen abend komm ich auf keinen Fall zurück.«

Frau Martina gibt ihm einen Kuß auf die Backe. Er läuft die Treppe eilig hinunter. Er könnte ein Taxi nehmen zum Bahnhof, er wird es natürlich auch auf die Reisespesenabrechnung setzen, doch jetzt kommt er zu Fuß auch noch rechtzeitig zum Zug.

Frau Martina ißt ihre Kalbsrouladen allein. Jetzt kann sie sich Zeit lassen, jetzt wird nicht gehetzt, bloß damit der Herr Direktor möglichst schnell wieder hinunterkommt in seinen Laden. Nach dem Essen denkt sie auch gar nicht daran, sofort das Geschirr abzuwaschen, so, wie es sich – nach Meinung von Haßelbeck – für einen ordentlichen Haushalt gehört. Am Nachmittag geht sie zum Einkaufen in die Innenstadt, am Abend ins Kino. Sie trägt ihren feschen weißen Flauschmantel, dazu das elegante Hütchen, das sie sich – obwohl Haßelbeck es für einen Irrsinn hielt – in einem der teuersten Modegeschäfte in der Theatinerstraße gekauft hat. Mit Genugtuung merkt sie, als sie im Kino sitzt, daß zwischen der Wochenschau, Beiprogramm und dem Hauptfilm nicht nur reife, sondern auch junge Männer zu ihr hinschielen.

Als sie am nächsten Morgen in ihrem hauchdünnen Chiffonmorgenmantel beim Frühstück sitzt – sie ist erst um zehn Uhr aufgestanden – klingelt es an der Wohnungstür. Gemächlich, die halbe Buttersemmel noch in der Hand, geht sie hinaus, um zu öffnen.

Thaddäus Knopf steht draußen im Treppenhaus. »Oh Gott, entschuldigen Sie«, sagt er erschrocken, als er sie so leicht bekleidet vor sich stehen sieht, »ich habe nicht gewußt...«

Ehe er ausgeredet hat, winkt sie ihm lachend ab. Ihre weißen Perlenzähne schimmern ihn an. »Bittschön, warum denn entschuldigen? Schuld bin ja ich. Aber heut', wo mein Mann nicht da ist, hab ich einmal richtig ausschlafen wollen.« Sie macht die Tür noch um ein Stück weiter auf. »Bittschön, woll'n Sie nicht hereinkommen?«

Thaddäus zögert. »Aber ich möcht nicht...« »Und ich möcht nicht da heraußen im Zug stehen, damit ich mir den Tod hol'« lacht Frau Martina. »Also bitte!«

Sie geht Thaddäus voraus ins Wohnzimmer, wo auf dem Tisch noch das Frühstücksgeschirr steht. Sie rückt ihm einen Stuhl zurecht. Es bleibt ihm nichts übrig, als sich zu ihr zu setzen.

»Leider hab ich die ganze Kanne schon ausgetrunken«, sagt sie. »Sonst würde ich Sie zu einer Tasse einladen.« Sie schlägt die Beine übereinander. Der dünne Morgenmantel rutscht ein wenig auseinander. Die Beine, die sich Thaddäus zeigen, sind von einer Länge und Ebenmäßigkeit, wie man es nicht oft zu sehen bekommt.

»Also Herr Knopf, schießen Sie los! Um was geht's?«

Thaddäus gibt ihr einen Zettel, den er die ganze Zeit über in der Hand hatte. »Falls Ihr Mann heute abend anruft, da hab ich ihm die Katalognummern der Instrumente aufgeschrieben, die er für das Krankenhaus Rechts der Isar unbedingt mitbringen sollte. Wir haben sie schon vor vierzehn Tagen bestellt und dreimal reklamiert. Aber die Frankfurter rühren sich nicht. Das könnte ihr Mann sicher in Ordnung bringen.«

»Sicher«, lächelt Frau Martina. »Solche Sachen bringt mein Mann spielend in Ordnung.« Sie sagt es in einem Ton, daß Thaddäus nicht weiß, ob sie es ernst oder ironisch meint. Sie legt den Zettel auf das Büfett aus kaukasischem Nußbaumholz. »Mein Mann ruft bestimmt heute abend an.« Sie holt aus dem Büfett eine Flasche aus geschliffenem Kristallglas. »Sie werden doch sicher ein Gläschen Cognac trinken? Zum Aufmöbeln in der Morgenstunde.« Sie legt ihre Hand auf seine Schulter und blickt ihn verschmitzt an. »Oder brauchen Sie nichts zum Aufmöbeln?«

Jetzt würde auch einer der nicht Thaddäus heißt es merken, daß es kein Kinderspiel sein wird, hier der Standhafte zu bleiben. Martina steht zwischen ihm und dem breiten Fenster, durch das die helle Morgensonne scheint. Martina trägt unter dem hauchdünnen Chiffonmorgenrock ein zartes Nachthemd. Was die Morgensonne für Thaddäus an den Tag bringt, das stellt schon hohe Anforderungen an seinen Charakter.

Er steht schnell auf. »Vielen Dank«, sagt er, »aber...« Er will noch mehr sagen, doch Martina legt ihm die Hand auf den Mund. »Sie können den Cognac ruhig trinken. Nur ein Gläschen und dann basta.« Sie läßt ihre Hand auf seine Schulter herabsinken. »Und wenn Sie dann...«

Das Wort erstirbt ihr auf den Lippen. Die Tür hat sich geöffnet; Haßelbeck steht unter ihr. Seine grauen Äuglein starren durch die Goldrandbrille auf seine Frau, die ihre Hand vor Schreck noch nicht von Thaddäus' Schulter genommen hat.

Thaddäus braucht nur einen Augenblick, um sich zu fangen. Er macht eine leichte Verbeugung zu Martina hin, so daß ihre Hand von selber von seiner Schulter gleitet. »Und wenn ich dann das Rezept von meiner Mutter habe«, ergänzt er ihre Worte, »werde ich es Ihrem Mann geben, damit er es Ihnen bringt.« Er blickt lächelnd nach Haßelbeck. »Überraschen können Sie Ihren Herrn Gemahl dann allerdings nicht mehr.«

Martina müßte nicht Martina sein, wenn sie den Ball nicht sogleich mit beiden Händen auffangen würde. Sie macht ein trauriges Gesicht. »Schade«, sagt sie. Im gleichen Augenblick lacht sie ihren Mann aus unschuldsvollen Augen an. »Herr Knopf wollte mir von seiner Mutter nämlich ein Rezept bringen! Für eine Marzipantorte. Die wollte ich dir als Überraschung zu deinem Geburtstag backen.«

Sie greift rasch nach dem Zettel, der auf dem Büfett liegt. »Außerdem hat er mir diesen Zettel da gebracht. Mit den Katalognummern der Instrumente für das Krankenhaus Rechts der Isar.«

»Für den Fall, Herr Direktor«, sagt Thaddäus, »daß Sie heute abend bei Ihrer Gattin angerufen hätten. Die Frankfurter liefern nicht, obwohl wir schon dreimal...«

Haßelbeck nimmt Martina den Zettel aus der Hand. Er sagt zu Thaddäus: »Das hat sich ja nun erledigt.« Er fügt ironisch hinzu: »Ich danke Ihnen, daß Sie sich im Interesse der Firma so bemüht haben. Ich bin in zehn Minuten unten. Dann können wir über die Sache weiterreden.«

Thaddäus sagt: »Jawohl, gerne, Herr Direktor.« Er macht eine lächelnde Verbeugung nach Martina hin:

»Frau Haßelbeck, ich empfehle mich.« Er verläßt das Zimmer und die Wohnung.

Haßelbeck steht schweigend im Zimmer. Er macht den Mund auf, um etwas zu sagen. Doch er schließt ihn wieder. Dann sagt er: »Mittagessen brauchst du mir nicht zu richten. Ich habe im Speisewagen schon zwei Spiegeleier gegessen.«

»Und warum bist du heut früh schon wieder zurückgekommen? Hat etwas nicht geklappt?«

»Geklappt hat überhaupt nichts.« Haßelbeck geht ins Schlafzimmer, um den Konferenzanzug gegen den Büroanzug zu wechseln. Er redet dabei zu Martina heraus. »Der Generaldirektor mußte zu einer plötzlichen Fusionsverhandlung nach Zürich fliegen. Wir wurden alle wieder heimgeschickt. Und jetzt sei so gut und zieh dich endlich anständig an.«

Er geht ins Bad, um sich zu rasieren. Als er die Wohnung verläßt, blickt Martina ihm kaltlächelnd nach.

Er sieht drunten in seinem Büro die eingegangene Post durch. Plötzlich hört er damit auf. Er starrt vor sich hin. Dann greift er nach dem Telefon. Er verlangt eine Verbindung mit dem Stammhaus in Frankfurt. Als sich das Stammhaus meldet, läßt er sich mit dem Leiter der Personalabteilung verbinden.

»Herr Mittweiler, in Ihrer Einkaufsabteilung ist doch dieser junge Mann, der schon zu meiner Zeit dauernd nach München wollte, weil er hier seine Braut hat. Könnten Sie ihn zu mir herunterschicken? Ich habe augenblicklich Schwierigkeiten mit meiner hiesigen Kraft.«

»Selbstverständlich«, sagt Herr Mittweiler. »Das läßt sich ohne weiteres machen.«

Am nächsten Morgen findet Thaddäus auf seinem Schreibtisch einen Brief, der an ihn gerichtet ist.

»Im Zuge einer Neuordnung in unserem Filialbetrieb sind wir leider genötigt, auf Ihre weiteren Dienste zu verzichten. Aus Gründen, die wir nicht näher zu erläutern brauchen, machen wir von unserem außerordentlichen Kündigungsrecht Gebrauch. Ihr Arbeitsverhältnis mit uns ist somit vom morgigen Tag an beendet. Das Gehalt für den laufenden Monat wird Ihnen von der Buchhaltung ausbezahlt.«

4

Nun gehört auch Thaddäus zu den sieben Millionen Arbeitslosen, die im Herbst 1932 in Deutschland zum Stempeln gehen. Jeden Tag steht er im Arbeitsamt in der Thalkirchner Straße in der langen Schlange vor seinem Schalter, läßt sich die Karte stempeln und holt sich alle acht Tage die Arbeitslosenunterstützung ab. Zwanzig Mark in der Woche. Zuwenig zum Leben, zuviel zum Sterben.

Jeden Morgen um vier Uhr steht er in der Sendlingerstraße vor dem Haus der Münchener Neuesten Nachrichten, um mit dreißig oder vierzig anderen Arbeitslosen eine der ersten Nummern zu ergattern, die, noch naß, aus der Druckerpresse kommen. In der Rubrik »Offene Stellen« sieht manches nach einem Edelstein aus, doch wenn Thaddäus den ganzen Vormittag herumgerannt ist, von einer Firma zur andern, dann weiß er, daß alles doch wieder nur eine Seifenblase war.

Thaddäus trägt sein neues Los mit Fassung. »Einmal wird schon das Richtige kommen«, sagt er. »Einen Vertreter für Pornobücher mach ich jedenfalls nicht.«

»Verhungern brauchst du bei mir sowieso nicht«, lacht Frau Rosl.

»Und die Zigaretten«, sagt Herr Kern, »die gehen uns bestimmt auch nicht aus.«

Herr Kern hat das Glück, daß er, trotzdem jetzt so wenig gebaut wird, immer noch als Bauleiter arbeiten kann. Ebenso wie Frau Rosl in ihrem Dachdeckereibetrieb ihren festen Platz hat, der wahrscheinlich auch nicht so schnell ins Wackeln kommen wird.

An einem Tag, an dem Thaddäus im Arbeitsamt vor seinem Schalter ansteht, um sich die Arbeitslosenunterstützung zu holen, steht ein junger Mann in seinem Alter vor ihm, den er schon einigemale vor oder hinter sich hat stehen sehen. Jetzt kommen sie, weil Thaddäus kein Feuer hat und er dem jungen Mann für das dargereichte Streichholz eine Zigarette anbietet, ins Gespräch. Er heißt Leinberger und war Monteur in einer Zentralheizungsfirma, die ihn aber, weil sie Pleite machte, entlassen mußte. Als er und Thaddäus in der nächsten Zeit immer wieder zusammen im Arbeitsamt vor dem Schalter stehen, wo sie viel Zeit haben, von ihrem Leben zu reden, erfährt Thaddäus, daß Leinberger Mitglied des Vereins für volkstümliches Schwimmen ist. Als er arbeitslos wurde, konnte er den fälligen Beitrag nicht mehr bezahlen. Doch man hat ihm das Geld bis auf weiteres gestundet. »Wenn du Lust hast«, sagt er zu Thaddäus, »als Gastmitglied kannst immer bei uns schwimmen. Den Beitrag werden sie dir sicher auch stunden, bis du wieder was verdienst.«

Für Thaddäus bedeutet der Mittwochabend, an dem er im Schwimmbecken des Müllerschen Volksbades an der Ludwigsbrücke seine Bahnen zieht, ein glückliches Vergessen. Wenn er vom Fünfmeterbrett im Hechtsprung ins funkelnde Wasser taucht, bis hinunter zu den weißen Marmorplatten des Beckenbodens, ist das Arbeitsamt weit weg von ihm. Wenn er, zusammen mit den Mitgliedern des Vereins, im Vereinslokal, dem Nebenzimmer einer kleinen Gaststätte beim Isartor, bei einer Halben Bier sitzt, kommt es ihm nie in den Sinn, daß er jetzt – wenn alles nicht so wäre wie es ist – in der Regina-Bar bei einem Glas Gin-Fizz oder einem Whisky-Soda sitzen könnte.

An den beiden letzten Vereinsabenden hat es sich ergeben, daß ein junges Mädchen, die beste Schwimmerin im ganzen Verein, neben Thaddäus zu sitzen gekommen ist. Sie heißt Mimmi Kistler. Im Verein nennt man sie Trixi.

Jetzt sitzt sie wieder neben ihm. Sie hat goldblonde Ringellocken. Sie sieht aus wie ein fröhliches, immer lachendes Christkindl.

Als Thaddäus ihr sagt, wie nett er sie findet, lacht sie ihn vergnügt an. »Dankschön für das Kompliment. Aber Sie sind auch nicht unsympathisch.« Sie schaut ihm schelmisch in die Augen. »Das darf ich doch sagen – oder nicht?«

Und ob sie es sagen darf! Thaddäus hört es so gern, daß er am nächsten Mittwoch selbstverständlich wieder neben ihr sitzt. Vorher, im Schwimmbecken, kraulen sie

Seite an Seite durchs aufschäumende Wasser oder sie tauchen unter- und übereinander im Becken hin und her. Beim Schwimmen auf der Strecke bleibt Thaddäus aber immer, obwohl er gut in Form ist, um ein großes Stück hinter ihr. Dann wartet sie am Rande des Beckens, ihre schlanken Arme um die verchromte Stange gelegt, und lacht Thaddäus vergnügt entgegen. »Schwimmen müßt' man halt können«, lacht sie und taucht im nächsten Augenblick schon wieder davon.

Manchmal schaut der Leinberger den beiden zu. »Daß unsere Trixi ausgerechnet an dir hängen bleibt«, sagt er zu Thaddäus, »das versteht kein normaler Mensch.«

Thaddäus versteht es selber kaum. Trixi ist sogar zwei Jahre älter als er. So, wie sie gebaut ist, mit ihrer stets heiteren, selbstverständlichen Intelligenz und ihrer Stromlinienform müßten ganz andere Männer Aussicht auf ihre Gunst haben. Männer vor allem, die auf einem soliden Untergrund stehen. Nicht aber heruntergekommene Arbeitslose, die zum Stempeln gehen.

Doch so etwas spielt für Trixi überhaupt keine Rolle. Sie hat nun einmal das Gefühl, daß Thaddäus genau der Richtige für sie ist.

Es wird eine harmonische Freundschaft. Ihre Zusammenkünfte bleiben immer nur auf die Abende beschränkt, denn – wenn Thaddäus auch Zeit genug hätte – Trixi muß untertags ihrem Vater im Geschäft helfen. Er hat eine Kohlenhandlung, die über einen ziemlich großen Kundenkreis verfügt. Trixi macht die Buchführung und sie hilft auch mit, wenn im Detailverkauf die Leute mit ihren Säcken im Kohlenschuppen vor den schwarzen Bergen von Braunkohle, Koks und Eierbriketts stehen und ihre vollen Säcke nicht schnell genug auf ihre Leiterwagen oder Fahrräder aufladen können. Dann hat Trixi alte, blaue, vom Kohlenstaub geschwärzte Trainingshosen an, über einem dicken Pullover eine längst ausrangierte Windbluse, und auf dem Kopf eine dicke braune Pudelmütze, unter der ihre blonden Kringellocken bis aufs letzte Härchen verschwinden. Ihre Hände, die in harten Segeltuchfäustlingen stecken, stoßen die schwere Schaufel in die Kohlenhaufen und füllen – Schaufel um Schaufel – die Säcke, die ihr hingehalten werden. Wenn am Abend die Arbeit getan ist, hat sie allerhand Mühe, den Kohlenstaub von ihrem Körper zu waschen und sich aus einem schwarzen Wollknäuel in die strahlende Trixi zu verwandeln.

Das Verhältnis zwischen Trixi und ihrem Vater ist seit den ersten Jahren ihrer Kindheit mehr als gestört. Er hatte sie nie herbeigesehnt, und als sie dann doch auf der Welt war, hatte er sie das deutlich genug merken lassen. So hatte sie in ihm immer mehr einen Feind als einen väterlichen Freund gesehen. Da er ein Despot war, hatte ihre Mutter weder die Kraft noch den Mut, diesen Zustand zu ändern. Nun, da Trixi einundzwanzig und damit volljährig geworden ist, rechnet sie auch nicht mehr mit der Hilfe der Mutter; sie wird mit Herrn Kistler schon selber fertig.

Sie wird, wie es scheint, mit allem fertig, was ihr das Leben an Problemen vor die Füße wirft. Auch für Thaddäus, der ja nun sehr zu ihrem Leben gehört, findet sie die Arbeit, die er so vergeblich sucht.

»Thaddäus«, sagt sie, »ich weiß, wo du unterschlupfen kannst. Ein Kunde von uns, der mit seinem alten Kohlenofen allerhand Umsatz bei uns macht, hat ein Fotolaboratorium. Da kann er einen brauchen, der ihm hilft. Fahr hin zu ihm, du kannst gleich anfangen.«

Thaddäus radelt am nächsten Morgen ins Fotolaboratorium des Kohlenkunden. Er entwickelt und kopiert die Filme, die die kleineren Fotoläden und die Drogerien von ihren Kunden bekommen und nicht selber bearbeiten können. Das heißt für Thaddäus, daß er jeden Nachmittag ab fünf Uhr von einer Drogerie und einem Fotoladen zum andern radelt, die eingesammelten Filme ins Laboratorium bringt und dort dem Besitzer des Laboratoriums hilft, sie zu entwickeln und davon Kopien oder Vergrößerungen zu machen.

Bis Mitternacht wird entwickelt, am nächsten Tag, von morgens neun Uhr bis nachmittags um fünf Uhr kopiert und vergrößert, worauf Thaddäus die fertigen Produkte zu den Fotoläden und Drogerien radelt, um von dort die neuen Aufträge wieder mitzunehmen. Das bringt ihm dreißig Mark in der Woche ein. Mehr kann der Betrieb nicht verkraften.

Thaddäus ist auch damit zufrieden. Außerdem macht ihm die Arbeit im Fotolaboratorium, vor allem am Vergrößerungsapparat, viel Spaß. Die Zusammenkünfte mit Trixi würden unter seiner Nachtarbeit allerdings stark leiden, wenn er sich nicht ausbedungen hätte, daß er einmal in der Woche, am Mittwochabend von sieben bis neun Uhr, in den Schwimmverein gehen könne, und wenn Trixi nicht auf den Gedanken gekommen wäre, daß sie an einigen Tagen im Laboratorium ja auch noch Hilfsdienste leisten könnte. Dann reißt sie die papierumwickelten Filmspulen auf, hängt einen großen Teil der Filme auch selber in den Entwicklertank, nimmt sie nach den vorgeschriebenen Minuten wieder heraus, um sie eine Weile zu wässern und dann in den Tank mit dem Fixierbad zu hängen. Im schummerig-roten Dunkelkammerlicht ist das eine romantische Arbeit. Wenn sie gegen Mitternacht beendet ist, setzt Thaddäus Trixi vorne auf die Lenkstange seines Fahrrades und radelt sie nach Hause. Da aus der Kameradschaft der beiden inzwischen ein ziemlich heißes Liebesverhältnis geworden ist, wechseln sie unterm Haustor noch ein paar oft recht lange Küsse.

Am längsten sind ihre Küsse an den Samstagabenden. Um sieben Uhr geht Trixis Mutter zu ihrem Frauenkränzchen, das in einer nahegelegenen Gaststätte seinen Kegelabend hat. Trixis Vater geht zu seinem SA-Abend, der im Nebenzimmer einer anderen Gaststätte stattfindet. Als Oberscharführer einer Sturmabteilung der Nationalsozialistischen Arbeiterpartei und als Parteimitglied seit 1923 genießt er an diesen Abenden das Ansehen, das er bei der Arbeit in seinem Kohlenschuppen, im Verkehr mit der spießigen Kundschaft, und auch zu Hause in seiner Familie meist stark vermißt. Beim Absingen ihrer Kampflieder, das Bierglas in den Fäusten, wird er mit seinen Kameraden in eine Zukunft gehoben, in der sie – geleitet von ihrem Führer – bestimmt nichts anderes mehr, als nur noch Macht und Ruhm erleben werden.

So wird jeder Samstagabend und wird jede darauffolgende Nacht für Trixi und Thaddäus zu einem heimlichen, glücklichen Fest. So um sieben Uhr herum verläßt Trixis Mutter das Haus, um zu ihrem Kegelabend zu gehen. Gleich darauf stampft der Vater in seinen blankgewichsten Marschstiefeln, die braune SA-Uniform über den prallen Leib gezwängt, hinaus auf die Straße, um den Weg zu seinem Sturmlokal zu nehmen.

Auf der gegenüberliegenden Seite der Straße steht, unsichtbar im schwarzen Schatten einer offenen Hauseinfahrt, Thaddäus und wartet, bis die beiden endgültig verschwunden sind. Dann ist der Start für ihn frei.

So ist es auch am vorletzten Samstag vor dem Weihnachstfest. Es ist eine mondhelle Nacht. Thaddäus muß besonders lang warten, bis Trixis Eltern verschwunden sind. Dann hat er die Straße mit ein paar langen Sprüngen überquert. Das Haustor ist um diese Zeit noch nicht geschlossen; die Tür der Wohnung, die im Erdgeschoß liegt, ist schon offen und vorsichtig an den Türstock gelehnt. Als Trixis Vater sie hinter sich zugeschlagen hatte, ist Trixi in ihrem duftigen, lustig geblümten Nachthemd aus dem Bett gesprungen, hat die Tür wieder aufgemacht und ist ein paar Sekunden später schon wieder in ihrem Bett gelegen.

Zwei, drei Sekunden später steht Thaddäus als schwarze Silhouette in ihrem Zimmer. »Gratuliere«, sagt Trixi verschmitzt, »für dein Alter hast du noch ein ganz schönes Tempo.«

Er will sich sogleich auf sie stürzen. Doch sie drückt ihn mit ihrer kleinen Hand von sich weg. »Erst ausziehn«, sagt sie, »wie sich's für anständige Menschen gehört.«

Der Mond ist ein gutes Stück weitergewandert, als die beiden unter der ziemlich stark zerwühlten Daunendecke friedlich nebeneinanderliegen. Trixi hat ihren Kopf, ihre blonden Locken, in Thaddäus' Arm gekuschelt. Sie hat die Augen mit den langen seidenweichen Wimpern geschlossen, sie atmet leise, in tiefem Schlaf.

Thaddäus ist noch nicht eingeschlafen. Er blickt zu dem schmalen Spalt der Vorhänge hin, hinter dem der Mond jetzt hoch über den Häusern am Himmel hängt. Es ist der gleiche Mond, der damals in Schwabing drunten vor Pats Atelierfenster hing. Statt dem Rauschen des Schwabinger Baches gellen jetzt vom Laimer Rangierbahnhof her die hektischen Pfiffe einer hin- und herfahrenden Lokomotive.

Thaddäus könnte nicht sagen, daß der Mond über diesen verrußten Häusern nicht genauso schön wie der Mond über Schwabing, und daß die Pfiffe der Lokomotive nicht genauso romantisch wären, wie es das Rauschen des Baches am Rande des Englischen Gartens war. Die Hauptsache, denkt er, daß man es im richtigen Augenblick erlebt.

Über diesen Gedanken fallen auch ihm die Augen zu. Als er sie wieder aufschlägt, ist es draußen vor dem Fenster schon heller Tag. Er fährt erschrocken in die Höhe. »Jessesmaria, wir müssen ja raus!«

Er rüttelt Trixi an den Schultern, damit sie wach wird. Der Vorhang ihrer langen Wimpern geht langsam in die Höhe. Sie blinzelt schlaftrunken in das Morgenlicht, das durch den Spalt zwischen den Gardinen spärlich ins Zimmer fällt. Dann sagt sie lächelnd: »Geh weiter, dreh dich wieder um. So lang die Alten noch da sind, mußt du's schon noch bei mir aushalten.«

Sie schlingt die Arme um seinen Hals und gibt ihm einen langen, langen Kuß.

Mitten in ihre Seligkeit hinein klopft eine harte Faust laut gegen die Tür. Es ist Trixis Vater. Er ruft zornig: »Was is denn Trixi – stehst du überhaupt nicht mehr auf?«

Trixi legt ihre Hand auf Thaddäus' Mund. Sie tut, als ob sie aus tiefem Schlaf erwache. »Warum soll ich denn aufstehn? Heut is doch Sonntag – oder nicht?«

»Natürlich is Sonntag! Und weil Sonntag is, fahren wir zur Tante Berta nach Ebersberg. In drei Viertelstunden geht der Zug!«

»Nein«, sagt Trixi schwach, und es klingt, als ob sie halb schon wieder eingeschlafen wäre, »ich mag nicht zur Tante Berta.«

»Sie mag nicht!« Der Alte schreit wütend ins Wohnzimmer hinein: »Dein Fräulein Tochter mag nicht!« Er hämmert mit der Faust gegen die abgeschlossene Tür. »Trixi – stehst jetzt auf oder nicht?!«

»Ja«, gähnt Trixi, »ich steh auf oder nicht. Einen schönen Gruß an die Tante Berta.«

»Himmelherrgott!« Der Alte würde am liebsten wie ein Stier mit dem Kopf gegen die Tür rennen. Doch er weiß, daß er gegen seine Tochter, seitdem sie ihre Volljährigkeit wie ein Banner vor sich herträgt, nicht mehr viel auszurichten hat. Es bleibt ihm also nichts anderes übrig, als mit den Zähnen zu knirschen.

Seine Frau zieht ihn an seinem Ärmel von Trixis Schlafzimmertür weg. »Geh weiter, Franz, laß sie doch liegen. Sie versteht sich mit der Tante Berta ja sowieso nicht. Die Berta wird froh sein, wenn die Trixi gar nicht kommt.«

Kistler knurrt etwas vor sich hin. Trixi läßt laute Atemzüge hören. So, als ob sie schon wieder in tiefem Schlaf läge. Dabei lauscht sie – zusammen mit Thaddäus – wie es draußen weitergeht.

Eine Viertelstunde lang rumoren Kistler und seine Frau noch in der Wohnung herum, dann fällt die Wohnungstür knallend ins Schloß.

»Wiedersehn«, sagt Trixi vergnügt. Dann drückt sie Thaddäus einen heißen Kuß auf die Lippen. »So«, sagt sie, »jetzt haben wir Zeit bis heute abend.«

Doch Thaddäus gibt ihr den letzten Kuß, noch ehe es dunkel wird. Man weiß ja nie, wie lange der Alte es bei der Tante Berta in Ebersberg aushält.

Trixi bleibt am besten gleich in ihrem Bettchen liegen. Sie winkt Thaddäus mit einem strahlenden Lächeln nach, als er die Tür hinter sich zuzieht.

Draußen auf der Straße ist inzwischen der erste Schnee in diesem Jahr gefallen. Er wirbelt in so dicken Flocken vom Himmel, daß Münchens Straßen sich in ein paar Stunden knöchelhoch mit Schnee bedecken.

»Auf geht's, Thaddäus«, lacht Trixi, als sie ihn am nächsten Abend wiedersieht. »Jetzt fangen wir mit dem Skifahren an! Du hast behauptet, daß du so ein bäriger Fahrer bist.«

»Bärig ist zwar eine Übertreibung, und die stammt bloß von dir, aber so, daß du mich nicht abhängst wie im Wasser, so fahr ich schon.«

»No also, dann probieren wir's an Weihnachten gleich aus. Ich hab Bekannte, die haben in der Nähe von Spitzingsee, über'm Schliersee, eine Skihütte. Die freun sich, wenn ich dich mitbring. Den Christtag und die zwei Feiertage kannst du dich doch freimachen?«

»Natürlich. Bei uns im Fotoladen geht's erst danach wieder richtig los.«

»Und unsere Kohlenkunden wollen sich ihre Feiertage auch nicht von uns verderben lassen.«

Trixis Vater bekommt, als Trixi in ihren Skihosen, den Rucksack über den Schultern und ihre Bretter in der Hand, dabei ist, die Wohnung zu verlassen, einen Wutanfall. »Und was is mit meinem Julfest im SA-Sturm?«! schreit er. »Jeder bringt seine Familie mit. Und ich? Ich muß sagen, meine Tochter feiert mit dem heiligen Joseph unter einem Weihnachtsbaum!«

»Du hast ja die Mutti«, sagt Trixi, »die freut sich, wenn sie mit dir unterm Bild von eurem Führer eure Sturmlieder singen darf. Ich geh zum heiligen Joseph auf die Hütte. Heil Hitler!«

Der Alte haut die Tür hinter ihr zu. Sie marschiert vergnügt, die Bretter über der Schulter, zum Holzkirchner Bahnhof. In einem langen Wintersportzug, vollgepfropft mit fröhlichen Skifahrern, fahren Thaddäus und Trixi über Schliersee nach Fischhausen-Neuhaus, von dort aus stapfen sie, die Seehundsfelle unter die Bretter geschnallt, über den Freudenreichsattel zur Oberen Firstalm hinauf. Gleich unter ihr liegt die Skihütte.

Es wird ein Weihnachtsabend, wie er in Märchenbüchern stehen könnte. Draußen vor der Hütte das weiße Glitzern der tief verschneiten Berge, drinnen der kleine Lichterbaum, der neben dem eisernen Herd auf einem alten Bauernhocker steht. Auf dem Herd summt der Wasserkessel; in den Gläsern duftet der Punsch.

Die kleinen Flämmchen der Christbaumkerzen zaubern in Trixis Augen goldene Lichter. Plötzlich muß sie Thaddäus umarmen. Sie drückt ihn an sich.

»Thaddäus«, sagt sie, ihr Gesicht neben dem seinen, »so ein Weihnachten möcht ich immer in meinem Leben haben.«

Bald nach Mitternacht sind alle Skifahrer draußen im Schlafraum unter ihre dicken Wolldecken gekrochen. Acht liegen auf der einen Seite des Raumes, auf dem Matratzenlager, acht auf der anderen. Thaddäus und Trixi liegen nebeneinander. Ihre Finger sind ineinander verschlungen als sie einschlafen.

Am Abend des zweiten Weihnachtsfeiertages sind sie wieder in München. Nachdem Thaddäus Trixi nach Hause gebracht hat, wird er zu Hause von Frau Rosl und Herrn Kern vergnügt empfangen.

»Nun«, fragt Frau Rosl, »wie war's, Thaddäus?«

»Wunderbar!«

»Das kann ich mir denken«, sagt Herr Kern. Er schenkt Thaddäus ein Glas von dem Punsch ein, der vom Weihnachtsabend her noch übriggeblieben ist. Sie bestaunen noch einmal die Geschenke, die das Christkindl jedem beschert hat.

Als Thaddäus am nächsten Nachmittag gegen fünf Uhr, als es schon dunkel ist, auf seinem Fahrrad mühsam durch den Schnee strampelt, um in den Fotoläden und Drogerien die vielen Filmspulen einzusammeln, die von den Amateuren über Weihnachten verknipst worden sind, fährt er auch an Trixis Kohlenhandlung vorbei. Durch die Spalten des Bretterzaunes, der sie umgibt, kann man die Holzbude sehen, in der Trixi immer arbeitet. Dann sieht man sie im grellen Schein einer Bogenlampe mit ihrer Kohlenschaufel hantieren. Ein dick eingemummelter, von Kohlenstaub schwarz überzogener Wollknäuel. Thaddäus muß immer lachen, wenn er statt seiner zarten Trixi dieses Monstrum sieht.

Heute lacht er nicht. Er sieht keine Trixi, es brennt kein Licht in der Holzbude, die Kohlenhandlung liegt stockfinster und verlassen hinter dem Bretterzaun.

Thaddäus zieht sich die Fäustlinge von den Händen und haucht die eiskalten Finger an. Er preßt nachdenklich die Lippen zusammen. Er überlegt, was Trixis Vater veranlaßt haben könnte, an diesem Abend, am Abend nach den Feiertagen, an dem sicher übermäßig viele Kunden gekommen wären, daß er ausgerechnet an diesem Abend das Geschäft geschlossen hat.

Daß er sich noch einen eigenen Feiertag geleistet hätte, dazu war er zu geizig. War also jemand in der Familie krank? War vielleicht gar Trixi ...?

Thaddäus stülpt sich hastig die Fäustlinge über. Er schlittert auf seinem Fahrrad durch den Schnee bis zu Trixis Wohnung. Jetzt wird er ganz einfach läuten. Warum nicht?

Als er im Parterre des Stiegenhauses auf den Klingelknopf drückt, ist ihm doch ein wenig komisch zumute. Es kann allerhand Überraschendes sein, was ihn jetzt erwartet. Es dauert nur zwei, drei Minuten, dann wird er von seiner Ungewißheit erlöst.

Die Tür wird aufgerissen. Ein kleiner untersetzter Mann mit einem rot angelaufenen Gesicht starrt Thaddäus aus kleinen wässerigen Äuglein an. Er fragt gar nicht, wer es ist, der da vor ihm steht; er schreit Thaddäus an: »Ja – und –?«

»Ich bin Thaddäus Knopf«, sagt Thaddäus. »Ich hätte gern gewußt, wie es Trixi geht.«

Der Alte reißt den Mund auf, daß Thaddäus seine gelben Zähne sieht. »Trixi?! Das soll wohl mein Fräulein Tochter sein?« Seine Äuglein funkeln wütend. »Ich weiß nicht, wie es der Dame geht! Die ist nicht mehr da!«

Er schlägt die Tür vor Thaddäus' Gesicht knallend ins Schloß. Thaddäus steht allein im Stiegenhaus. Er braucht eine ganze Weile, bis er sich gefaßt hat. Er geht langsam zu seinem Fahrrad hinaus, das im Hausgang an die Wand gelehnt steht. Er denkt: Sie wird sich schon rühren.

Als er nach einer Stunde mit all den eingesammelten Filmen ins Fotolaboratorium kommt, liegt ein Zettel auf seinem Arbeitstisch.

Fräulein Kistler hat angerufen. Sie ist unter der Telefonnummer 93465 zu erreichen.

Thaddäus wählt die Nummer. Es meldet sich eine Frauenstimme: »Maria Klein, bitte ....?«

Thaddäus fragt, ob er Fräulein Kistler sprechen könne. »Sicher«, sagt Maria Klein, »einen Moment.«

Dann hört Thaddäus Trixis Stimme. Es ist das erstemal, seitdem er sie kennt, daß ihre Stimme keinen fröhlichen Klang hat.

»Thaddäus, ich bin von daheim fort. Ich hab es mit dem Alten nicht mehr ausgehalten.«

»Warum denn? Was is denn passiert?«

»Ich hab zu seinem Sturmführer Grüß Gott und nicht Heil Hitler gesagt. Ausgerechnet jetzt, wo der Alte Truppenführer hätte werden sollen. Jetzt bin ich ein verruchtes rotes Frauenzimmer, das in seinem Haus nichts mehr zu suchen hat.«

»Und wo bist du jetzt?«

»Bei der Klein Maria. Sie ist früher meine Trainerin gewesen. Sie hat ein Antiquitätengeschäft. Werneckstraße dreiundachtzig. Kannst du morgen vormittag vorbeikommen?«

»Klar. So gegen zwölf Uhr. Wenn wir Mittag machen. Geht's da?«

»Ja, sehr gut. Servus, Thaddäus!«

»Servus, Trixi.«

Thaddäus hängt ein. Werneckstraße, denkt er. Wieder in Schwabing.

Es ist ein winziger Laden, den Thaddäus am nächsten Vormittag betritt. Im schmalen Schaufenster und im engen Raum dahinter stehen alte, gediegene Sachen. Silberne Kerzenleuchter aus der Barockzeit, ein Empiresessel mit hellgelber Seide bezogen, Biedermeierbilder, bemalte Porzellanvasen.

Trixi ist dabei, ein paar Leuchter mit einem Wollappen blankzureiben. »Grüß dich!« lacht sie Thaddäus entgegen, als er eintritt. Jetzt klingt ihre Stimme wieder hell und vergnügt. Das durch ihren SA-Vater ins Wanken gebrachte Gleichgewicht ist offenbar wiederhergestellt.

»Er ist halt ein Spinner, ein fanatischer«, sagt sie, als sie mit Thaddäus und Maria Klein in dem kleinen Wohn- und Schlafraum hinter dem Laden sitzt, wo sie alle drei mit ein paar belegten Broten und einer Kanne Tee Mittag machen.

Maria ist eine sympathische junge Frau, die seit zwei Jahren von ihrem Mann geschieden ist. Er ist mit einer jungen Schwimmschülerin von ihr durchgegangen. Sie ist froh, daß sie ihn los ist; sie schlägt sich mit ihrem Antiquitätenladen ganz gut durch's Leben.

»Und die Trixi«, sagt sie, »die soll jetzt ruhig so lang bei mir bleiben, bis sie irgendwas Annehmbares gefunden hat und sich ein eigenes Zimmer nehmen kann. Auf dem Biedermeiersofa da draußen im Laden kann sie gut schlafen. Immer besser, als wenn sie sich daheim, bei ihrem Oberscharführer, in Hakenkreuzform ins Bett legen muß.«

Trixi legt ihre Hand dankbar auf Marias Schulter. »Lang wirst du mich nicht haben müssen. Meinem Horoskop nach haut's mich in der nächsten Zeit ganz weit vor. Das können wir leicht erwarten.«

Es geht schneller als sie denkt. Vierzehn Tage später – sie hat mit Maria und Thaddäus im Zimmer hinter dem Laden ein nettes Sylvester gefeiert – schwimmt sie, weil es ein Mittwochabend ist, zusammen mit Thaddäus im Becken des Volksbades gerade die letzten fünzig Meter von den vierhundert, die sie für diesen Abend auf dem Trainingsprogramm haben. Da steht am Ende des Bekkens ihre jetzige Trainerin und wartet auf sie. »Trixi, geh, komm doch mal raus. Da is eine Sache, die dich vielleicht interessiert.«

Trixi steigt aus dem Becken. Thaddäus schwimmt drinnen noch weiter. Die Trainerin geht mit Trixi zu einem Herrn, der vorne am Eingang der Schwimmhalle wartet. Er ist an die fünfzig, sieht gut aus und steckt in einem eleganten Anzug. Er drückt Trixi mit einem fast kameradschaftlichen Lächeln die Hand.

»Das ist Kapitän Berry aus London«, sagt die Trainerin. Sie wendet sich an ihn: »Ich glaub, es ist am besten, Sie sagen Fräulein Kistler selber, worum es sich handelt.«

»Oh yes«, sagt Kapitän Berry, »das glaube ich auch.« Er spricht ein stark gebrochenes, für einen Ausländer aber doch recht gutes Deutsch. Er erklärt Trixi, daß er mit seiner, in der ganzen Welt berühmten Varieté-Nummer KAPITÄN BERRY UND SEINE SEEHUNDE, zur Zeit hier in München im Deutschen Theater gastiert. Zu den beiden Seehunden, die in einem riesigen Bassin auf der Bühne hin- und herschwimmen, gehört eine junge Dame, Miß Rosylin, die fast zwei Minuten lang mit den Seehunden tief unten im Wasser Schabernak treibt und am Ende der Nummer von jedem geküßt wird. »Eine fantastische Nummer«, strahlt Kapitän Berry, »und es kommt immer eine große Applaus.«

»Und was hat das mit mir zu tun?« fragt Trixi. »Wollen die Seehunde mich auch küssen?«

»Well, genauso ist es«, sagt Kapitän Berry. Er blickt Trixi treuherzig in die Augen. »Weil Miß Rosylin in eine Krankheit gekommen ist, die man hier in Deutschland die Masern nennt. Und weil morgen abend meine Nummer platzen wird, wenn Sie, Miß Kistler, von den Seehunden nicht geküßt werden wollen. Heute abend schwimmt Miß Rosylin mit ihren Masern noch einmal mit den Seehunden herum. »Ich hoffe«, sagt er zerknirscht, »die Seehunde werden die Krankheit nicht auch noch bekommen.« Er faßt Trixis Hand; er sagt bittend: »Miß Kistler, Ihre Trainerin sagt, Sie sind eine sehr gute Taucherin! Sie können doch sicher eineinhalb Minuten unter Wasser bleiben?«

»Vielleicht sogar eindreiviertel«, lächelt Trixi.

»Und Sie wollen nicht zu mir kommen und mir helfen?« fragt Kapitän Berry. Er blickt sie aus wehmütigen Hundeaugen an.

Trixi fragt: »Und anfangen müßt ich morgen abend?«

»Yes, morgen abend«, sagt Kapitän Berry. Die Wehmut in seinen Augen weicht dem Glanz schon fast erfüllter Hoffnung. »Aber morgen früh und vielleicht auch nachmittag sollten Sie eine Probe haben.« Er legt seine Hand auf Trixis vom Schwimmen noch feuchten Arm. »Miß Kistler, ich glaube, Sie werden meinen Seehunden eine sehr große Freude machen! Werden Sie kommen? Ist es allright?«

Trixi sieht den armen Kapitän noch einen Augenblick lang schweigend an.

Dann sagt sie: »Gut, ich werde mich von Ihren Seehunden küssen lassen. Was krieg ich dafür?«

»Fünf Pfund für jeden Abend«, sagt Kapitän Berry strahlend. »Das sind einhundert Mark. Wenn wir nicht mehr in München sind, bekommen Sie drei Pfund als Reisespesen dazu.«

»Was heißt ›nicht mehr in München sind‹?« fragt Trixi. »Soll ich denn nicht bloß in München bei Ihnen schwimmen? Miß Rosylin wird doch sicher schon bald wieder gesund sein.«

»No«, schüttelt Berry traurig den Kopf, »erst in vier oder fünf Wochen. So lange dauert es, wenn man diese furchtbare Krankheit hat. Aber in vierzehn Tagen muß ich schon nach Kanada starten. Weil ich am zehnten Februar in Montreal in einer Halle mit zweitausend Leuten einen Auftritt habe. Und dann muß ich mit meine Seehunde lange Zeit in Kanada herumreisen, in alle Städte, im ganzen Land. Lieben Sie Kanada nicht? Es ist eine wunderschöne Land. Es wird Ihnen sehr gefallen.«

Trixi gibt ihm keine Antwort. Sie blickt nach Thaddäus, der da drinnen im Becken langsam seine Bahnen zieht. Sie weiß nicht, wieviel tausend Kilometer zwischen München und Kanada liegen. Doch sie weiß, daß es eine Unendlichkeit ist, die ihr Herz dann vom Herzen dieses Mannes trennen wird.

Aber sie weiß auch, daß sie dann weit weg von ihrem Vater sein wird, von diesem Menschen, der ihr seit Jahren ihr Leben vergällt.

»Miß Kistler«, fragt Kapitän Berry in ihr Schweigen hinein, »wollen Sie nicht mit nach Kanada kommen?«

Trixi zuckt die Achseln. »Ich weiß es noch nicht. Ich kann es Ihnen erst morgen sagen.«

Kapitän Berry atmet erleichtert auf. »Allright. Wollen Sie morgen früh um neun Uhr zu mir ins Deutsche Theater kommen? Dort haben wir Probe. Wird Ihnen das möglich sein?«

»Ja«, nickt Trixi, »das geht.«

Sie schütteln sich die Hände. Kapitän Berry verschwindet.

Trixi winkt Thaddäus aus dem Wasser. Als er sich neben sie auf die geheizte Steinbank neben dem Schwimmbecken gesetzt und sie ihm alles erzählt hat, sagt er strahlend: »Mensch, Trixi – so ein Glück kannst nur du haben!«

Trixi blickt ihm in die Augen.

»Und Kanada? Ich in Kanada und du in München?«

Thaddäus schweigt. Er blickt vor sich hin auf den steinernen Boden der Schwimmhalle. »Aber wenn du das Gefühl hast, daß es für dich das richtige ist ...«

»Thaddäus«, sagt Trixi, »Gefühl hab ich nur eins, und was das für eins ist, das weißt du ja.« Sie drückt ihm, trotz der vielen Menschen in der Halle, einen Kuß auf die Wange. Dann lacht sie wieder. »Jetzt tauch ich erst mal vierzehn Tage lang mit den Seehunden im Deutschen Theater herum. Aber dann, Thaddäus, sollen sie lieber ohne mich nach Kanada fahren. Küssen lass ich mich lieber von dir als von einem Seehund.«

Sie hat einen Riesenerfolg mit ihren Seehunden. Zu ihrem ersten Auftritt ist der ganze Schwimmverein ins Deutsche Theater gekommen. Auch Thaddäus hat sich an diesem Abend freigemacht. Er sitzt ganz vorne, in der ersten Reihe.

Das Publikum ist begeistert. Die Seehunde gleiten im grell beleuchteten Wasser des riesigen Bassins, das auf der Bühne steht, auf und nieder, hin und her. Trixi flitzt wie ein funkelnder Blitz zwischen ihnen herum. Sie trägt einen schneeweißen Badeanzug mit tausend gläsernen Glitzersteinchen, die im Scheinwerferlicht wie Diamanten funkeln. Ganze zwei Minuten lang hält sie unter dem Wasser aus. Spielend, als sei sie ins Wasser hineingeboren, tollt sie zwischen den Seehunden herum, krault ihnen den Kopf, streichelt ihren Rücken und bekommt von ihnen am Schluß einen Kuß auf die Stirne. Als sie mit einem letzten eleganten Schwung zur Oberfläche des Bassins emporschießt und sich dann, oben auf dem Rand stehend, lächelnd verbeugt, prasselt der Beifall durch das Haus.

»Narrisch!«, sagt der Bademeister vom Volksbad, als der Vorhang nach dieser Nummer gefallen ist. Auch er hat es sich nicht nehmen lassen, bei diesem Ereignis dabei zu sein. Er hat Trixi im Volksbad schon betreut, als sie noch ein Schulmädchen war. Da ist es nicht anders gegangen, als daß er sich für diesen Abend einen Ersatzbademeister verschafft hat.

Trixi sitzt nach der Vorstellung mit Kapitän Berry und Thaddäus in einer kleinen Weinstube in der Nähe des Deutschen Theaters beisammen. Kapitän Berry ist überglücklich. Thaddäus ist es auch. Von Trixi ganz zu schweigen. Als Thaddäus den Kapitän fragt, ob er manchmal zum morgendlichen Training von Trixi ins Deutsche Theater kommen dürfe, schlägt der Kapitän ihm lachend auf die Schulter. »Aber sicher, mein Freund! Meine Seehunde werden sich freuen, wenn auch Sie zu ihnen kommen.«

Sie freuen sich wirklich. Trixi muß jeden Morgen trainieren, Thaddäus kann sich nur selten freimachen, doch wenn er auf ein Viertelstündchen ins Deutsche Theater hinter die Bühne kommt, wo in einer Ecke tagsüber das gläserne Bassin steht, dann kommen die beiden Seehunde voller Freude auf ihn zugewatschelt. Er streichelt ihr glattes, hartes und doch so geschmeidiges Fell, krault ihnen zärtlich den Kopf. Dann schließen sie die Augen und es ist, als ob sie glücklich lächeln würden. So lange, bis ihr Wärter – er heißt John Turnbright – sie aufmunternd antreibt, über das steile Laufbrett hinauf zum Rand des Bassins zu watscheln, um sich von dort aus in das Wasser zu stürzen. Gleich darauf erscheint Trixi – im schwarzen Badeanzug, den sie zum Training statt des weißen Glitzeranzuges trägt – klettert die Leiter zum Beckenrand hinauf und hechtet, schlank wie ein junger Fisch, zu den Seehunden ins Wasser.

Kapitän Berry ist mit seiner neuen Taucherin außerordentlich zufrieden. John Turnbright, der Seehundswärter, ist ihr von Herzen dankbar. Er hat allen Grund dazu, denn Miß Rosylin, der Trixi so aus der Patsche geholfen hat, ist ja seine Braut. Sie liegt in einem Hotel, gleich beim Deutschen Theater, in einem verdunkelten Zimmer und brütet ihre Masern aus.

Als Trixi zehn Abende lang mit den Seehunden auf der Bühne im Deutschen Theater herumgeschwommen ist, kommt Kapitän Berry, nachdem ihre Nummer zu Ende ist, zu ihr in die Garderobe. Er läßt sich verzweifelt auf einen der Stühle fallen. Er preßt die Lippen zusammen und starrt vor sich hin.

»Kapitän, was ist los?«, fragt Trixi, die schon in ihr Kleid geschlüpft ist. »Was ist Ihnen über die Leber gelaufen?«

Der Kapitän hebt die Blicke zu ihr empor. Das Unglück der ganzen Welt ist in seinen Augen. »Miß Kistler«, sagt er, »wenn Sie in sechs Tagen nicht mit mir nach Kanada reisen, muß ich mit meine Seehunde mir das Leben nehmen.«

»Oh Gott«, sagt Trixi und setzt sich mitleidig lächelnd neben ihn. »Wollen Sie nicht noch ein wenig damit warten? Die Seehunde sind noch so jung.«

Der Kapitän sagt geknickt: »Ich bin auch erst achtundvierzig. Aber mein Agent hat mir aus Montreal gekabelt, daß es ihm unmöglich ist, eine Taucherin für Kanada für mich zu bekommen.« Er blickt Trixi hoffnungslos in die

Augen. »Miß Kistler, ich habe alles versucht, damit ich Sie vielleicht nicht brauche. Aber please – bitte – was soll ich nun machen?«

Trixi schweigt. Jetzt gibt es nichts mehr zu lächeln. Jetzt ist es ernst.

Erst nach einer langen Zeit sagt sie: »Kapitän, es ist so schwer für mich. Warten Sie bis morgen früh, dann werde ich es Ihnen sagen.«

Der Kapitän atmet ein klein wenig auf. »Well, Miß Kistler, ich werde warten.«

Trixi blickt auf die Uhr. Es ist erst zwanzig nach zehn. Thaddäus muß bis Mitternacht im Fotolaboratorium arbeiten. Trixi läuft aus dem Theater. Draußen vor dem Haus springt sie in ein Taxi.

Als sie im roten, fast undurchdringlichen Dunkelkammerlicht bei Thaddäus steht und – während er vor dem Vergrößerungsapparat sitzt – die belichteten Papierbilder in der Schale mit dem Entwickler herumrührt, erfährt auch er die Frage, die das Schicksal jetzt an sie beide stellt.

Thaddäus schweigt lange Zeit. Mechanisch spannt er das Vergrößerungspapier in den Rahmen des Apparates ein. Er sieht Trixi einen Ozeanriesen besteigen und auf ihm in eine Welt entschwinden, die weit, unendlich weit von ihrem kleinen Glück, vom Müllerschen Volksbad und von der Skihütte über'm Spitzingsee entfernt liegt.

Doch dann sagt er: »Wenn du meinst, daß es dein Glück ist – auslassen darfst du es nicht.«

»Ich mein es aber nicht!« Trixi steht jetzt hinter seinem Stuhl. Sie schlingt die Arme um ihn.

»Ich bleib bei dir, Thaddäus. Was soll ich denn ohne dich im Eis und Schnee von Kanada machen?«

Er dreht sich, umschlungen von ihren Armen, nach ihr um. Er drückt ihren Kopf an den seinen. Sie küssen sich. So lange, bis der Wecker, der das Ende der Entwicklungszeit für die Vergrößerungen anzeigt, in ihr Glück hineinrasselt.

»Thaddäus«, fragt Trixi, »kannst du morgen früh zum Training ins Theater kommen?«

»Ja«, sagt Thaddäus, »leicht.«

»Dann sagen wir's dem Kapitän! Von ein paar Seehunden lassen wir uns nicht auseinanderreißen.«

Der Kapitän hat schon voller Unruhe auf Trixi gewartet. Als er sie, zusammen mit Thaddäus, hinter die Bühne kommen sieht, schwindet ihm die letzte Hoffnung.

»Sie kommen nicht mit nach Kanada, Miß Kistler?«

Trixi deutet auf Thaddäus. »Ich will mich nicht von ihm trennen.«

Kapitän Berry blickt Thaddäus leer an. Plötzlich kommt Licht in seine Augen. »Oh Boy« ruft er, Miß Kistler – wenn Sie – ich meine, wenn Mister Knopf es will, dann brauchen Sie sich nicht zu trennen! Mister Turnbright, der meine Seehunde pflegt, will ohne seine Braut nicht nach Kanada fahren. Er will bei ihr bleiben, bis sie gesund ist.«

Jetzt fängt auch Trixis Gesicht an, hell zu werden. »Und dann könnte...?«

»Dann könnte Mister Knopf für meine Seehunde in Kanada der Pfleger sein!« Er legt seine Hand auf Thaddäus' Schulter. »Mister Knopf, glauben Sie nicht, daß es für die beiden Tiere eine große Freude wäre, wenn sie einen so netten Pfleger haben sollten?«

Thaddäus weiß nicht, was er sagen soll. Er blickt vom Kapitän weg zu Trixi hin. Ihr Gesicht strahlt. Sie weiß, was kommen wird.

Thaddäus streckt dem Kapitän die Hand entgegen.

»Gut«, sagt er, »ich gehe mit.«

5

Es ist für Frau Rosl nicht leicht, sich mit der Tatsache abzufinden, daß sie ihren Sohn in ein so fernes Land verlieren soll. Wer weiß, ob das nicht bedeuten kann, daß sie ihn nie mehr sehen wird.

Doch sie redet nicht davon. »Auf jeden Fall kommst du dem aus«, sagt sie, »was uns in Deutschland jetzt blühen wird. Wir werden allerhand hinunterschlucken müssen.«

Gerade vor einer Stunde, kurz ehe Thaddäus von seiner Absprache mit Kapitän Berry nach Hause kam, hatte man im Radio eine Sondermeldung durchgegeben. Der alte Hindenburg, der im April 1932 wieder zum Reichspräsidenten gewählt worden war, hatte an diesem Vormittag – es war der 30. Januar 1933 – Adolf Hitler zum Reichskanzler bestimmt.

Nicht nur die, die schon seit langem zu Hitlers Anhängern zählten, sondern auch kein geringer Teil der Arbeitslosen und jener, die in dieser Zeit des Niedergangs ihre Existenzen immer mehr zerbröckeln sahen, brachen in Begeisterung aus. Jetzt war der Weg frei für ihn, in dem sie ihre letzte Rettung sahen, für ihren Führer.

Die Begeisterungsstürme dröhnen den ganzen Tag, den ganzen Abend lang, bis spät hinein in die Nacht aus dem Lautsprecher. Frau Rosl dreht den Apparat wieder ab, kaum daß sie ihn aufgemacht hat. Als Herr Kern zum Abendessen nach Hause kommt, schaltet er ihn wieder ein. »Bloß, damit wir's nicht vergessen, wenn der ganze Zauber wieder vorbei ist.«

Thaddäus erzählt ihm, daß er in ein paar Tagen nicht mehr bei ihnen sein wird. »Ich glaub, es wird nicht schlecht für mich sein. Aber so, wie es jetzt ausschaut, würd ich die Mutti am liebsten mit hinübernehmen.«

»Geh weiter, Thaddäus«, lacht Herr Kern. »Was soll denn die Mutti bei den Seehunden und bei den Eisbären da drüben in Kanada? Da is es für sie ja bei den Nazis herüben noch besser.« Er legt seine schweren Bauführerhände auf Frau Rosls schmale Finger. »Oder hast du

Angst, Rosl, daß wir zwei mit denen nicht fertig werden?«

Frau Rosl lacht. »Schau ich so aus?« Dann sagt sie zu Thaddäus: »Nein, Thaddäus, um mich brauchst du keine Angst zu haben.«

Da Thaddäus und Trixi schon in drei Tagen in Bremerhaven sein müssen, bleibt zu großen Abschiedsfeiern keine Zeit mehr. An diesem Abend – da es gerade Mittwoch ist – gehen die beiden auf einen kurzen Sprung zum Training ihres Vereins ins Volksbad. Sie drücken die vielen nassen Hände. Als sich hinter Trixis Rücken die gläsernen Schwingtüren schließen, blickt ihr manche der Schwimmerinnen ein wenig neidisch nach.

Zu Hause bei Trixi ist alles im Handumdrehen geschehen. Trixi hat ihren Vater, seitdem sie sein Haus verlassen hat und bei Maria Klein wohnt, nicht mehr gesehen. Nun läuft sie, als der Alte in der Kohlenhandlung ist, rasch zu ihrer Mutter in die Wohnung. Der Abschied dauert dort nur ein paar Minuten. Die Mutter drückt ihr Taschentuch an die Augen. Der Führer Adolf Hitler blickt aus seinem schwarzen Rahmen über dem Kanapee streng und mit verächtlich nach unten gezerrten Mundwinkeln unter seinem stacheligen Schnurrbärtchen auf die unwürdige Tochter seines SA-Oberscharführers herab.

»Grüß Gott, Mutti!« sagt Trixi laut, als sie weggeht.

Sie blinzelt lächelnd zum Führer empor, vor dem sie jetzt eigentlich – statt des bayerischen Grußes – den Arm zum Deutschen Gruß erheben müßte.

Frau Rosl hat für Thaddäus und Trixi an dem Abend, ehe sie am nächsten Morgen nach Bremerhaven fahren, für sie alle und für Herrn Kern eine große Gans gebraten. Bis lange nach Mitternacht bleiben sie zusammen sitzen. Als Trixi dann unter der Wohnungstür steht und Frau Rosl die Hand drückt, fangen ihre Augen ein wenig feucht zu schimmern an. »Mutti«, sagt sie, doch sie unterbricht sich rasch und fragt: »Meinen Sie, daß ich Mutti sagen darf?«

Frau Rosl legt den Arm um Trixis Schultern. »Natürlich, Trixi«, sagt sie, »ich freu mich ja, wenn du es tust.«

Am nächsten Morgen, am 3. Februar 1933, dampft der D-Zug nach Bremerhaven im Münchner Hauptbahnhof ab. Der Kapitän sitzt mit Trixi und Thaddäus vorne in einem der mit weichen Polstern versehenen Wagen; die Seehunde reisen in einer verteerten Holzkiste, mit vielen Luftlöchern im Deckel, im letzten Wagen des Zuges. Ihr riesiges Glasbassin, in dem sie auf der Bühne herumschwimmen, ist schon am Tag vorher mit einem Eilgüterzug nach Bremerhaven abgegangen.

Am 4. Februar nachmittags um vier Uhr legt die »Köln« des Norddeutschen Lloyd vom Pier in Bremerhaven ab. Es ist ein mittelgroßes Passagierschiff, das nur eine zweite und eine dritte Klasse führt. Die dritte Klasse ist durchweg von deutschen Auswanderern besetzt, die drüben in Kanada das Glück finden wollen, das sie daheim in Deutschland nicht mehr haben können.

Acht Tage, nachdem die »Köln« Deutschland verlassen hat, macht sie in Kanada, in Montreal am St. Lorenzstrom, die Leinen wieder fest. Schon am nächsten Abend geht im größten Varieté der Stadt der Vorhang vor dem neuen Programm des Theaters hoch. Es sind lauter Attraktionen, die dem Publikum geboten werden. Eine der attraktivsten davon ist Kapitän Berrys sensationelle Seehundschau.

Der Erfolg, den Trixi mit den Seehunden hat, ist außergewöhnlich. Das Publikum hört nicht auf, zu klatschen. Als der Vorhang gefallen ist und Trixi vom Rand des Glasbassins freudestrahlend in die Kulisse heruntergelaufen kommt, preßt Kapitän Berry sie so sehr an sein Herz, daß sein roter Frack, den er auf der Bühne trägt, tropfnaß wird. »Drei Monate«, sagt er strahlend, »sind uns in Montreal sicher!«

Es werden drei glückliche Monate. Auch für Thaddäus. Die Seehunde haben sich so an ihn gewöhnt, daß sie jämmerlich zu winseln beginnen, wenn er untertags nicht oft genug zu ihnen kommt. Das macht auch ihn mit seiner Arbeit zufrieden.

Außer den vielen anderen Artisten – sie kommen aus England, Frankreich, Spanien, Hongkong – arbeitet der Clown Jolly in diesem Programm. Er stammt aus Paris, sein richtiger Name lautet Marcel Duvier. Er ist etwa sechsunddreißig; wenn er sein Kostüm nicht trägt und nicht als Clown geschminkt ist, könnte man sagen, er sei ein schöner Mann. Es ist auffällig, wie still und zurückgezogen er sich gibt. Kaum, daß er ein paar Worte an die anderen Artisten richtet, wenn er mit ihnen zusammentrifft.

Seine Nummer läuft sogleich nach Trixis Auftritt. Meist kommt er erst in der letzten Sekunde aus seiner Garderobe auf die Bühne.

An einem Abend erscheint er so früh in der Kulisse, daß er Trixis Nummer mit den Seehunden noch sehen kann. Er beobachtet sie mit lächelnden Augen. Als der Beifall vorbei, der Vorhang gefallen ist und Trixi vom Bassin herunter in die Kulisse gelaufen kommt, tritt Marcel höflich zur Seite, um sie vorbeizulassen. Er sagt dabei lächelnd: »Mademoiselle, es ist sehr hübsch gewesen. Ich hoffe, Sie werden nie ertrinken, wenn Sie so lange bei den Tieren im Wasser bleiben.«

»Nein«, sagt Trixi lustig. »Das werd ich ganz bestimmt nicht.« Sie lacht ihm zu und läuft in ihre Garderobe.

Am nächsten Abend steht Marcel wieder in der Kulisse. Diesmal bleibt Trixi, als sie von der Bühne kommt, bei ihm stehen. Sie sagt ihm, jetzt möchte sie auch einmal seine Nummer sehen.

»Oh, no«, sagt Marcel mit bescheidenem Lächeln, »es ist nichts, was man unbedingt sehen müßte.«

Er spricht ein gutes Deutsch, doch mit deutlich französischem Akzent. Auf der Bühne erntet er für seine naiv angelegten und doch so erschütternd komischen Gags begeisterten Beifall.

Trixi steht noch in der Kulisse, als er von der Bühne kommt. »Sie sind doch so gut«, sagt sie, »ich glaube, Sie sollten nicht so bescheiden sein.«

»Merci, Mademoiselle«, sagt Marcel und schlägt seine Augen trotzdem bescheiden nieder. Er verbeugt sich leicht und latscht mit seinen viel zu großen Stiefeln, in seinem knallroten sackartigen Gewand in seine Garderobe.

Am nächsten Abend trifft auch Thaddäus mit Marcel zusammen. Thaddäus hat nach Trixis Auftritt ja immer mit den Seehunden zu tun, sie sehen sich erst, wenn Trixi sich in ihrer Garderobe schon umgezogen hat.

Diesmal will es der Zufall, daß Marcel gerade in dem Augenblick an Trixis Garderobe vorbeikommt, als sie mit Thaddäus heraustritt.

Trixi hat Thaddäus schon von Marcel erzählt. »Ich freu mich«, sagt Thaddäus zu Marcel, »daß wir uns endlich auch kennenlernen.« Er schüttelt Marcels zerbrechliche Hand. Sie sind einander vom ersten Augenblick an sympathisch. Thaddäus muß sich keine große Mühe geben, um Marcel zu überreden, daß er mit ihm und Trixi noch auf einen Drink in eine Bar geht.

Von nun an wird die Freundschaft der drei immer enger. Marcel ist – ebenso wie Kapitän Berry mit Trixi und den Seehunden – für die ganzen drei Monate ans Varieté verpflichtet. Als sie sich zum Ende neigen, sagt Thaddäus zu Trixi: »Ich find es schad, daß unsere Freundschaft mit Marcel jetzt aus sein muß. Er ist doch so ein wunderbarer Mensch – oder nicht?«

Trixi gibt ihm keine Antwort. Erst nach einer langen Weile sagt sie: »Ja, ein wunderbarer Mensch, das ist er wirklich.«

Am letzten Abend, während Trixi sich in ihrer Garderobe für ihren Auftritt zurechtmacht, klopft Thaddäus an der Tür zu Marcels Garderobe. »Oh, Thaddäus«, sagt Marcel erfreut, »wie schön, daß Sie zu mir kommen!«

»Ich möcht Ihnen nur nochmal für die Freundschaft danken«, sagt Thaddäus, »die Sie uns gegeben haben. Sie hat Trixi und mir so viel bedeutet.«

Marcel lächelt verlegen. »Aber nein, Thaddäus, warum sagen Sie das? Ich habe auch von Ihnen und von Mademoiselle Trixi so viel Freundschaft gehabt. Wir sind quitt. Und es wird immer schön sein, wenn wir wieder einmal zusammen auf einer Bühne sein werden.«

»Ja, wenn! Ob das wirklich wieder einmal sein wird, das steht in den Sternen geschrieben.«

»Ich vertraue immer auf meine Sterne«, sagt Marcel. »Ich glaube, sie sind meine Freunde. Kanada und die USA sind nicht so groß, daß wir einander nicht wieder begegnen könnten. Von den großen Bühnen, an denen wir arbeiten wollen, gibt es nicht viele. Will Kapitän

Berry mit seiner Nummer denn nicht noch lange in Kanada herumreisen?«

»Sicher will er. Er hat sogar auch für die USA, für einige Städte im Westen, abgeschlossen. Wenn es so geht, wie es jetzt aussieht, wird er zwei Jahre lang in der Gegend beschäftigt sein.«

»Dann werden unsere Sterne also viel Zeit haben«, sagt Marcel, »daß sie uns wieder zusammenführen.«

Trixi kommt aus ihrer Garderobe gelaufen. Der Augenblick ihres Auftritts ist gekommen. Als ihre Nummer zu Ende und Marcel hinaus auf die Bühne gewatschelt ist, sagt ihr Taddäus, wie überzeugt Marcel davon sei, daß sie sich wiedertreffen würden. Und wie sehr er sich darauf freue.

»Ja«, lächelt Trixi, »ich würde mich auch freuen, wenn wir ihn wieder einmal sehen würden.«

Nach der Vorstellung, die ja nun die letzte war, gibt der Direktor des Varietés für alle Artisten des Programms im Speisesaal des größten Hotels von Montreal ein festliches Abschiedsdinner. An langen Tafeln sitzen an die fünfzig Menschen essend, trinkend, lachend beisammen. Trixi sitzt zwischen Thaddäus und Marcel.

Als Thaddäus mit seiner Nachbarin zur anderen Seite, einer Kunstradfahrerin aus Wien, anstößt und sich lachend mit ihr unterhält, legt Trixi ihre Hand für einen Augenblick auf die Hand Marcels. »Marcel«, sagt sie, »das wäre schön, wenn wir wirklich wieder einmal zusammenkommen würden. Wir müssen es uns beide ganz fest wünschen.«

»Ich wünsche es mir jeden Tag«, sagt Marcel. »Ich wünsche es mir so fest, daß es ganz sicher geschehen wird.«

Bald danach fängt Thaddäus an, müde zu werden. »Trixi, was meinst du? Das ist ein anstrengender Tag gewesen.«

Trixi nickt. »Ja, mir fallen auch schon die Augen zu.« Während sie aufsteht, streckt sie Marcel die Hand entgegen. »Marcel, unser Zug fährt morgen vormittag um zehn Uhr. Werden wir uns vorher noch einmal sehen?«

Marcel hat sich höflich erhoben. »Nein, Mademoiselle, das glaube ich nicht. Ich muß schon um sieben Uhr auf dem Bahnhof sein. Mein Zug nach New York wird nicht auf mich warten wollen.«

»Schade«, sagt Trixi, doch sie sieht Marcel lachend an. Keiner kann ahnen, was in diesem Lachen alles verborgen ist. Vor allem die sichere Hoffnung, daß dies kein endgültiger Abschied ist.

6

Ende September sitzen Thaddäus und Trixi, zusammen mit Kapitän Berry, im Zug, der sie von Regina aus, wo sie zuletzt zwei Monate lang gearbeitet haben, an die Westküste Kanadas, nach Vancouver bringen soll.

Dort, in der Hauptstadt von Britisch Kolumbien, der großen Hafenstadt am Stillen Ozean, werden sie nun viele Monate bleiben. Der Zirkusbau, in dem ihre Nummer läuft, gehört zu den größten, die es im ganzen Land gibt. Kapitän Berry ist voller Zuversicht, daß seine Nummer auch dort zu den Sensationen des Programms wird.

Thaddäus sitzt allein im weichen Samtpolster seines Abteils. Trixi spielt im Abteil nebenan mit Kapitän Berry Karten. Thaddäus blickt hinaus in die Landschaft, die am Fenster des Abteils vorüberzieht. »Britisch Kolumbien«, steht in den Prospekten, die im Waggon für die Fahrgäste verteilt wurden, »das felsige Reich der Rocky Mountains. Das Land der Berge und Gletscher. Die gewaltigsten Eisriesen, die ein Tourist erleben kann.«

Der Bahnlinie entlang, auf der das Feuerroß der Weißen durch die Berge jagt, fließt seit einer Stunde der North Thompson River. Einmal still und beschaulich, dann wieder weiß schäumend in gischtenden Stromschnellen durch enge Felsenbarren.

Thaddäus muß an die Berge daheim in Bayern denken. An die Isar, die vom Karwendel heraus nach München rauscht, durch die Vorderriß, am Scharfreiter, am Brauneck vorbei. An die Sandbänke der Isar, auf denen er mit seiner Mutter im Sommer in der Sonne gelegen ist.

Wie lang das zurückliegt! Wieviel dazwischenliegt.

Fünftausend Kilometer Land, fünftausend Kilometer Meer...

Eine Hand schüttelt zart seine Schulter. »Thaddäus, träumst du?«

Trixi hat ihr Kartenspiel mit Kapitän Berry beendet. »Darf ich mich zu dir setzen? Oder möchtest du lieber allein sein?«

Thaddäus zieht sie behutsam neben sich auf den Sitz nieder. »Geh weiter, Trixi, ich bin doch froh, daß du da bist...«

Sie lehnt ihr Gesicht gegen das seine. Eine Strähne ihres weichen Haares streichelt seine Wange. Sie sehen beide schweigend den waldigen, felsigen Bergen zu, die draußen vor dem Fenster vorübergleiten.

Thaddäus legt den Arm um Trixis Schultern. »Bist du glücklich, Trixi?«

»Natürlich! Du vielleicht nicht?«

»Doch«, sagt Thaddäus. »Nur ein bisserl Heimweh hab ich, wenn ich die Berg da draußen seh.«

»Geh, Thaddäus! Einmal werden wir auch wieder in unseren Bergen sein. Aber eine Zeitlang werden wir halt noch warten müssen.«

Sie hat recht, denkt Thaddäus. Was ihm seine Mutter in ihren Briefen schreibt, klingt nicht so, als ob man sich beeilen müßte, wieder nach Hause zu kommen.

»Sei froh, daß du draußen bist, Thaddäus«, schreibt sie, »und bleib draußen, bis das ganze Theater hier vorbei ist. Lang wird's ja bestimmt nicht mehr dauern.«

So denkt Thaddäus jetzt nicht mehr an die Heimat. Als sie am nächsten Morgen in Vancouver aus dem Zug steigen, läuft Thaddäus, wie er es auf der ganzen Fahrt fast auf jeder Station getan hat, zum Transportwagen am Ende des Zuges. Er teilt seinen beiden Seehunden mit, daß sie in kurzer Zeit aus ihrer Kiste befreit sein werden. Sie winseln ihm durch die Luftlöcher im Deckel ihrer Kiste glücklich ihren Dank zu. Ein paar Stunden später schwimmen sie ausgelassen in ihrem großen Glasbassin herum, das man im riesigen Zirkusbau der Stadt außerhalb der Manege aufgestellt hat.

Die Begeisterung über Trixi und ihre Seehunde ist in Vancouver nicht kleiner als in all den anderen Städten.

Die anderen Nummern des Programms haben den gleichen Erfolg. Der Direktor des Unternehmens kann sich die Hände reiben.

Das Programm läuft noch einen Monat länger, als ursprünglich vorgesehen war. Doch für die Zeit ab 1. Dezember hat Kapitän Berry fest mit einer Varietébühne in Edmonton, im Staat Alberta, abgeschlossen.

Als das Gastspiel in Vancouver in den letzten Novembertagen seinem Ende zugeht, ist der Winter schon längst über Kanada hergefallen. Die Häuser und Straßen Vancouvers sind tief verschneit. Thaddäus und Trixi haben sich dicke Lammfellmäntel gekauft. Sie laufen in hohen Pelzstiefeln durch die Straßen.

An dem Abend, an dem der Vorhang über die letzte Vorstellung des Programms gefallen ist, gibt es wieder eine Abschiedsfeier für die Artisten. Am nächsten Vormittag sitzen Trixi und Thaddäus mit ihrem Kapitän – die Seehunde am Ende des Zuges in ihrer Kiste – wieder in den Polstern eines Pullmannwagens, in dem sie wieder ostwärts, zurück in die eisige Wildnis der Rocky Mountains fahren. Einen Tag und eine Nacht lang wird es dauern, bis sie Edmonton erreicht haben.

Der Schneesturm peitscht durch die Berge, tonnenschwere Räumfahrzeuge müssen sich durch meterhohe Schneeverwehungen fressen, um den Weg für die Züge einigermaßen freizumachen.

Trixi, Thaddäus und der Kapitän sitzen warm und behaglich in ihrem Abteil. Vom Speisewagen aus sehen sie, während der Steward vorsichtig das Fleisch auf ihre Teller legt, wie draußen der Schneesturm fauchend durch die Wälder fährt.

»Mein Gott, Thaddäus«, sagt Trixi, »schau nur, wie's da draußen zugeht. Wenn ich an meinen eingeschneiten Kohlenschuppen in München denk und an die blaugefrorenen Finger, mit denen ich die Kohlen in die Säcke geschaufelt hab. Ich glaub, wir können unserem Schicksal dankbar sein.«

Thaddäus nickt mit dem Kopf. Aber er sagt nichts. Seine Gedanken gehen andere Wege. Er ist mit dem Leben, das er jetzt führt, schon lange nicht mehr zufrieden.

Immer nur Pfleger von zwei Seehunden zu sein. Immer nur eine Arbeit zu leisten, die ein Hilfsarbeiter tun könnte.

Aber was sollte es sonst für ihn geben? Die Einwanderer aus Deutschland, aus ganz Europa, liegen zu Tausenden arbeitslos auf der Straße. Die Farmer haben im Sommer kaum Arbeit genug für sie, vom Winter gar nicht zu reden.

Und was würde ihn in Deutschland erwarten, wenn er wieder zurückkehren würde? Die Millionen von Arbeitslosen sind nur deshalb verschwunden, weil Adolf Hitler, ihr Führer, sie in den Bau der Autobahnen gesteckt hat. »Und die armen Teufel, die dort für einen Hungerlohn schuften müssen«, hat Thaddäus' Mutter ihm geschrieben, »hausen in ihren Baracken wie die Zigeuner.«

Thaddäus reißt sich von diesen Gedanken los. Er weiß, daß er seinem Schicksal wirklich dankbar sein muß. Als er nachts im Schlafwagen, eingemummelt in die weiche Decke in seiner Bettkoje liegt, schläft er, wieder zufrieden mit diesem Schicksal, ein.

In Edmonton wird Trixi mit ihren Seehunden, wie immer, von prasselndem Beifall umrauscht. Das Gastspiel muß auch dort um einen Monat verlängert werden. Kapitän Berry hat Mühe, die auf ihn schon wartenden Direktionen in den anderen Städten immer wieder zu vertrösten.

So geht die Zeit voll ununterbrochener Arbeit dahin. Ehe Thaddäus es sich versieht, ist er schon fast zwei Jahre lang Seehundspfleger bei Kapitän Berry und – Gott sei Dank – immer noch glücklich mit Trixi zusammen.

Vom Westen Kanadas aus sind sie über die Grenze ein großes Stück in die USA hineingestoßen und haben dort in den Städten ihre Erfolge gesammelt. Jetzt, da der Winter wiederum über das Land hergefallen ist, fahren sie im Zug vom Westen, quer durch ganz Kanada, wieder hinüber zum Osten. In Quebec ist Kapitän Berry mit seiner Nummer für die Olympic-Hall, einem mächtigen Varietébau für fünfzehnhundert Zuschauer, verpflichtet.

Die Fahrt hat wieder vier Tage und drei Nächte gedauert. Alle, sicher auch die Seehunde in ihrer Kiste im

Frachtwagen, sind froh, als der Zug in Quebec in die Bahnhofshalle einläuft.

Die Lokomotive stößt ihren letzten Seufzer aus. Die Bahnsteigschaffner klappen die Stufen der Waggons herunter. Trixi steigt vor Thaddäus und Berry die Stufen herunter.

Da bleibt sie wie angewurzelt stehen. Sie starrt auf den Mann, der vor ihr auf dem Bahnsteig steht.

»Marcel!«

Trixi will ihre Arme voller Freude ausbreiten. Doch sie faßt sich; sie läßt sie rasch wieder sinken. Sie streckt Marcel kameradschaftlich die Hand entgegen. »Marcel, wieso sind Sie hier in Quebec?!«

Er drückt ihr sanft die Hand. »Auch ich werde hier in der Olympic-Hall meine Nummer haben.« Er reicht seine Hand Thaddäus, der indessen ebenfalls ausgestiegen ist. »Nun sehen Sie es, Thaddäus, man kann sich oft sehr auf die Sterne verlassen.«

»Und woher haben Sie gewußt«, fragt Thaddäus, »daß wir heute und mit diesem Zug hier ankommen?«

»Sie hatten der Direktion der Olympic-Hall telegrafiert, an welchem Tag und mit welchem Zug Sie drüben im Westen abfahren würden. Es war nicht schwer, herauszubringen, wann dieser Zug hier in Quebec einlaufen würde.«

Thaddäus drückt Marcel noch einmal die Hand. Kapitän Berry fährt aufgeregt dazwischen. »Thaddäus, die Seehunde! Ich glaube, ich höre sie schon heulen.«

Die beiden Männer laufen zum Ende des Zuges. Marcel braucht eine Weile, bis er Trixi wieder etwas sagen kann. Dann blickt er ihr in die Augen. »Es war eine lange Zeit, Mademoiselle Trixi, die Sie fort waren.«

Trixi hält seinen Blick aus. Sie sagt: »Ja, Marcel, eine sehr lange.«

Sie wendet sich rasch ab. »Kommen Sie, vielleicht können wir Thaddäus und dem Kapitän helfen.«

Doch die beiden haben die Kiste mit den jammernden Seehunden mit Hilfe von ein paar Trägern schon auf einen Rollwagen gestellt. Thaddäus und der Kapitän werden sie begleiten, wenn sie auf einem Lastwagen zur Olympic-Hall befördert werden.

Thaddäus sagt zu Marcel: »Sie werden Trixi sicher gern in unser Hotel bringen? Oder kennen Sie sich in Quebec auch noch nicht aus?«

»Doch«, antwortet Marcel, »ich bin früher schon einmal ein paar Wochen lang hier gewesen. Außerdem liegt das Hotel gleich gegenüber vom Bahnhof.«

So fährt Thaddäus mit den Seehunden und dem Kapitän auf dem Rollwagen davon.

Marcel und Trixi gehen vom Bahnhof hinüber zum Hotel. Der hektische Verkehr auf dem Platz läßt ihnen keine Zeit, viel miteinander zu reden. Im Hotel liegt der Schlüssel für Trixis Zimmer schon bereit.

»Wollen Sie so nett sein und hier in der Halle auf mich warten, Marcel?« fragt Trixi.

»Gerne, Mademoiselle Trixi.«

Marcel braucht nicht lange zu warten. Bald kommt Trixi, umgezogen, frisch und strahlend die Treppe heruntergelaufen.

»Jetzt bin ich wieder in Form, Marcel. Wenn ich jetzt irgendwo einen Schluck trinken könnte, würde ich mir nichts anderes mehr wünschen.«

Marcel führt sie zu einer kleinen Bar in der Ecke der Halle. Sie setzen sich nebeneinander auf die hohen Hokker. Der Barkeeper schiebt ihnen die Gläser zu, sie heben sie einander entgegen. Sie trinken langsam. Es ist, als ob sie es hinauszögern wollten, daß einer von ihnen etwas sagen muß. Endlich stellen sie die Gläser auf den Bartisch zurück. Marcel schweigt noch eine Weile. Dann gibt er sich plötzlich einen Ruck. Er sieht zu Trixi auf. Sein Blick ist bittend, schuldbewußt und doch voller Hoffnung. »Mademoiselle Trixi, ich weiß, daß ich es nicht sagen sollte. Ich habe große Sehnsucht nach Ihnen gehabt.«

Trixi schaut ihn schweigend an. Dann schüttelt sie den Kopf. »Nein, Marcel«, sagt sie, »Sehnsucht dürfen Sie nicht nach mir haben.« Sie greift rasch wieder nach ihrem Glas, hält es Marcel entgegen. »Aber gute Freunde, Marcel, das können wir immer bleiben.«

Marcel läßt den Kopf sinken. Er nimmt sein Glas, er hebt es hoch. »Ja«, sagt er seufzend, »gute Freunde.« Er stellt das Glas nieder, ohne getrunken zu haben.

Draußen vor dem Hotel ist ein Taxi vorgefahren. Thaddäus springt heraus. Heiter und vergnügt. Er erzählt Trixi und Marcel, wie gut mit den Seehunden alles gegangen ist. Dann möchte auch er einen Schluck zu trinken haben.

Schon am nächsten Abend läuft das neue Programm in der Olympic-Hall an. Dem Publikum werden lauter Attraktionen geboten. Als Trixi in den letzten Augenblicken vor ihrem Auftritt in ihrem weißen, mit Glitzersteinen übersäten Schwimmtrikot neben Thaddäus in der Kulisse steht, tritt Marcel leise hinter die beiden. Er hat sich schon in den Clown Jolly verwandtelt.

Die Nummer, die diesmal vor der Seehundnummer läuft, ist zu Ende, der Beifall verrauscht, der Vorhang gefallen. Während das riesige Orchester draußen in der Halle seine Zwischenmusik spielt, wird das Glasbassin für die Seehunde eilig auf die Bühne gerollt. Trixis Herz fängt laut zu klopfen an. Thaddäus legt seine Hand beruhigend auf ihre nackte Schulter. Er weiß, wie aufgeregt sie ist, wenn sie auf einer neuen Bühne zum erstenmal hinaus vors Publikum muß.

Mit einem donnernden Paukenschlag bricht die Zwischenmusik draußen vor dem Vorhang ab. Der Vorhang geht in die Höhe. Kapitän Berry, in rotem Frack, den schwarzen Zylinder schräg auf dem Kopf, teilt den Zuschauern mit, welche Sensation sie nun erwartet. Erst einmal führen seine Seehunde eine ganze Weile ihre tollen Kunststücke vor. Das Publikum klatscht mitten in ihr schwebendes Tanzen, in ihre Purzelbäume hinein. Trixi sieht ihnen voller Spannung, fast das Atmen vergessend, zu. In dem Augenblick, in dem die Seehunde, nach ihrem wirbelnden Tanz, steil aufgerichtet aus dem Wasser in die Höhe springen werden, ist es für Trixi soweit, daß sie hinaus auf die Bühne laufen muß.

Es können nur noch Sekunden sein. Plötzlich fühlt Trixi, daß Marcel für einen Augenblick ihre Hand ergreift und sie kräftig drückt. Die Seehunde springen. Trixi schließt die Augen, atmet tief ein, läuft hinaus auf die Bühne, wo sie von Kapitän Berry mit einer eleganten Verbeugung, vom Publikum mit lautem Beifall empfangen wird.

Sie läuft über den verchromten Steg zum Rand des Bassins empor, sie hechtet zu den Seehunden ins Bassin.

Das Wasser quirlt in einer Kaskade glitzernder Perlen vor ihren Augen auf. Die Seehunde beginnen, sie tänzelnd zu umkreisen. Ihr Herz pocht wie wild. Sie will die Zähne zusammenbeißen, doch sie weiß, daß sie lächeln muß.

Die Seehunde fordern sie auf, sich mit ihr im Wasser herumzubalgen. Durch das Gequirle der silbernen Wasserblasen, durch den nebligen Schein des Wassers, sieht sie draußen in der Kulisse, verschwommen, konturenlos, zwei Menschen stehen.

Das Dunkle, kaum Wahrnehmbare, ist Thaddäus in seinem Arbeitsoverall. Das Bunte, rot, weiß und gelb leuchtende ...

Nein! Trixi will es nicht sehen.

Ihre Lippen öffnen sich zum strahlenden Artistenlächeln. Ihr Herzschlag wird wieder ruhig. Sie läßt sich, meisterhaft und überlegen, in das Spiel mit den Seehunden ein.

Der Applaus ist so stark wie er selten war. Als er endlich verebbt und der Vorhang gefallen ist, läuft Trixi den Chromsteg vom Rand des Bassins herunter, läuft Thaddäus weinend in die Arme. Er drückt sie an sich, streichelt ihr behutsam über den Kopf. »Was hast' denn, Trixi?« fragt er verwundert. »Es ist doch alles so gut gelaufen.«

Marcel zieht draußen auf der Bühne schon seine Nummer ab. Das Gelächter des Publikums schallt aus dem Zuschauerraum herein in die Kulisse.

Der Erfolg ist an jedem der kommenden Abende der gleiche. Trixi und Thaddäus können zufrieden sein.

Doch da ist etwas, was Thaddäus zu irritieren beginnt. Marcel hat sich plötzlich deutlich von ihnen zurückgezogen. Nachdem er sie bei ihrer Ankunft in Quebec so freundschaftlich empfangen hatte, ist er plötzlich merkwürdig zurückhaltend geworden.

»Er geht nicht mit uns zum Abendessen«, sagt Thaddäus, als er mit Trixi zusammen im Hotelzimmer ist, »untertags läßt er sich kaum noch sehen. Kannst du das verstehen, Trixi?«

Trixi kann Thaddäus nicht ansehen, da sie ihre ganze Aufmerksamkeit ihren Fingernägeln zuwenden muß, die sie mit der Nagelfeile bearbeitet. »Ich weiß es auch nicht. Vielleicht will er wieder allein sein. Oder er hat das Gefühl, daß er uns zu stark in Anspruch nimmt.«

»Aber wieso denn! Er weiß doch, wie gern wir ihn mögen. Vielleicht muß ich doch einmal mit ihm reden.«

Doch Thaddäus kommt nicht mehr dazu, mit Marcel darüber zu sprechen. Zehn Tage, nachdem das Programm in der Olympic-Hall angelaufen ist, stößt Marcel ein Unglück zu, das ihm die Arbeit als Clown wahrscheinlich für lange Zeit unmöglich machen wird. Bei einem seiner Gags auf der Bühne, in dem er auf eine Leiter steigt und darauf herumbalanciert, ist die Leiter ausgerutscht, Marcel ist heruntergestürzt und mit dem Rückgrat auf einen kantigen eisernen Hocker aufgeschlagen, der in der Nähe der Leiter stand.

Mit dem Ambulanzwagen, mit Blaulicht und Sirene, wurde er in die Klinik gebracht. Der Chefarzt hatte sich das Röntgenbild der Wirbelsäule lange angesehen.

»Zwei Wirbel gebrochen. Ein dritter stark angeschlagen.«

Jetzt liegt Marcel in einem der weißen schweigenden Krankenzimmer der Klinik. Stumm schaut er durch das große Fenster hinaus und hinauf zum eisigen blauen Winterhimmel.

Thaddäus sitzt im Hotelzimmer, auf dem Rand seines Bettes. Er starrt schweigend vor sich hin, hinunter auf das abgetretene Muster des Teppichs. Er schüttelt den Kopf.

»Es ist furchtbar. Was soll er mit seiner kaputten Wirbelsäule denn jetzt machen?«

Er bekommt von Trixi keine Antwort. Sie geht hinaus ins Badezimmer. Doch es dringt kein Geräusch heraus zu Thaddäus.

»Trixi!« ruft Thaddäus. »Trixi!«

Sie rührt sich nicht. Thaddäus steht auf, geht hinaus ins Bad. Trixi steht am geschlossenen Fenster. Sie hat den Arm gegen das Fensterkreuz gelehnt, den Kopf im Arm vergraben, sie schluchzt lautlos vor sich hin.

»Trixi!«

Thaddäus steht hinter ihr. Sie wirft sich herum, schlingt die Arme um seinen Hals, birgt den Kopf an seiner Brust. »Thaddäus«, schluchzt sie, »Marcel und ich, wir haben uns doch so gern.«

Es ist still im Badezimmer. Nur vom Waschbecken her hört man das Tropfen des Wasserhahns.

Nach einer Weile streichelt Thaddäus behutsam über Trixis goldblondes Haar. »Nicht weinen, Trixi«, sagt er. »Gegen so was kann man nichts machen.«

Trixi blickt zu ihm auf. In ihren Augen schimmern Tränen. »Bist du nicht bös, Thaddäus?«

»Warum denn? Du kannst ja auch nichts dafür.«

Er begleitet sie nicht, als sie sich aufmacht, Marcel in der Klinik zu besuchen. »Grüß ihn von mir. Er braucht sich keine Sorgen zu machen. Meinetwegen.«

»Dank dir schön, Thaddäus.« Sie schließt die Tür hinter sich. Erst nach vielen Stunden kommt sie zurück. Ihre Augen sind jetzt wieder heller.

»Wie geht's ihm?« fragt Thaddäus.

»Er liegt mit dem Rücken in einer eisernen Schale. Sechs oder acht Wochen wird's dauern.«

»Und dann?«

»Dann muß er sich noch ein paar Wochen schonen. Vielleicht kann er dann wieder arbeiten.«

»Vielleicht?«

Trixi zuckt die Achseln. Sie sieht Thaddäus unsicher an. »Ich möcht so lang bei ihm bleiben. Wenn's dir nichts ausmacht.«

Thaddäus schüttelt den Kopf. »Die Hauptsache, daß du glücklich bist.«

»Und du?«

»Ich fahr nach Winnipeg. Der Kapitän auf der ›Köln‹ hat mir schon damals, wie wir herübergefahren sind, die Adresse von der Lloyd-Agentur dort gegeben. Der Leiter der Agentur ist ein Deutscher. Er soll ein reizender Mensch sein. Er wird mir sicher zu einem Job verhelfen.«

»Und deine Seehunde?«

»Für die hab ich schon einen neuen Wärter. In der Olympic-Hall ist ein alter Manegenarbeiter, der kaum mehr beschäftigt wird. Der ist ganz vernarrt in sie. Der Kapitän ist auch damit einverstanden.«

Er stockt; dann sagt er: »Zum Marcel werd ich nicht mehr kommen. Ich fahr schon heut abend.«

Trixi schlägt die Augen nieder. »Ja, Thaddäus, ich werd's ihm sagen.«

»Ich wünsch ihm, daß er bald wieder gesund wird.«

Er nimmt ihre Hand. »Und für dich, Trixi, wünsch ich es auch. Damit du mit ihm kein schweres Leben hast.«

Sie blickt ihn an. Mit ihren guten, ehrlichen Augen. »Dank dir schön, Thaddäus. Wir werden uns schon durchschlagen. Und dank dir schön auch für die glückliche Zeit, die ich mit dir gehabt hab.« Sie reißt sich von ihm los und läuft zur Tür. »Servus, Thaddäus!«

Die Tür fällt hinter ihr ins Schloß.

Sie sehen sich nicht mehr. Um zwanzig Uhr fünfzehn verläßt Thaddäus' Zug den Bahnhof von Quebeck.

Thaddäus fährt jetzt nicht mehr in einem Pullmannwagen. Jetzt ist keiner da, der ihm die Reisespesen zahlt. Er sitzt in einem Wagen der Kolonistenklasse. Es ist nicht weniger behaglich. Die sich gegenüberliegenden Sitze sind auch gepolstert und mit einer weichen Lederhaut überzogen. Am Tag kann man die Beine auf den gegenüberliegenden Sitz legen, zur Nachtruhe kann man die Sitze zusammenschieben und sich wie auf einem Bett ausstrecken. Außerdem läßt sich von der Decke herab noch eine eigene Schlafmulde herunterkippen. Am Ende jedes Wagens kann man sich in einer kleinen Küche auf dem schmalen Herd, unter dem stets ein Bündel von Holzscheiten aufgestapelt ist, seine Büchsenmahlzeiten kochen. Zu den Essenszeiten hält der Zug an gewissen Stationen eine gute halbe Stunde, damit man auch dort seinen Hunger stillen kann.

Nach einer Nacht, einem Tag und wieder einer Nacht läuft der Zug am frühen Vormittag in Winnipeg ein. Es ist die Hauptstadt der Weizenprovinz Manitoba. Hunderte von Meilen ringsum gibt es nichts als brettelebenes Weizenland. Jetzt, im Dezember, ist es eine weiße, tief verschneite Unendlichkeit.

Thaddäus geht vom Bahnhof zur Lloyd-Agentur, die an der Mainstreet liegt. Der Direktor – er heißt Bär und stammt aus Hannover – freut sich, daß Thaddäus ihm die

Grüße des Kapitäns der »Köln« bringt. »Wir sind ja alte Kumpel«, sagt er, »wir haben drüben in Deutschland allerhand tolle Stunden zusammen verlebt. Und was«, fragt er Thaddäus, »kann ich für Sie tun?«

»Mir einen Job verschaffen«, sagt Thaddäus, »wenn es nicht zuviel verlangt ist, daß ich Sie darum bitte. Ich bin bis jetzt als Tierpfleger mit einer Varieténummer im Land herumgezogen. Aber ich wäre froh, wenn ich eine andere Arbeit bekommen könnte.«

Bär schweigt. Dann schüttelt er den Kopf. »Eigentlich unmöglich jetzt im Winter. Seit die Ernte vorbei ist, liegen hunderttausend Farmhelfer arbeitslos auf der Straße. Wir haben so viele Einwanderer wie noch nie. Jeder würde auch den armseligsten Job annehmen, wenn es ihn nur gäbe.« Er sieht Thaddäus nachdenklich an. »Was haben Sie in Deutschland denn gearbeitet?«

»Vier Jahre lang erst als Lehrling, dann als Verkäufer in einer elektromedizinischen Firma. Dann – als die große Arbeitslosigkeit kam – in einem Fotolaboratorium Filme entwickelt und Bilder vergrößert.«

Bärs Gesicht hellt sich auf. »Filme entwickelt? Bilder vergrößert? Moment mal – da könnte für Sie etwas in der Luft liegen.« Er kramt in einem Stoß von Briefen, die auf seinem Schreibtisch liegen; er kramt einen der Briefe heraus.

»Da hat mir gerade vor ein paar Tagen ein alter Freund, auch ein Hannoveraner, geschrieben. Er ist schon vor dreißig Jahren herübergekommen. Er lebt jetzt in Jasper, weit drüben im Westen, in den Rocky Mountains, als Fotograf. Jasper Park Lodge, das ist so etwas wie St. Moritz oder Arosa drüben in der Schweiz. Im Sommer Golf, Reiten, Schwimmen, Fischen – im Winter Skiing, Eislauf, Curling. Und zu allen Jahreszeiten ein Leben, das sich nur Leute leisten können, deren Brieftaschen so dick sind, daß sie sie nicht unters Kopfkissen legen können, weil sie sonst zu hoch schlafen.«

»Und diese armen Menschen lassen sich von Ihrem Freund fotografieren?«

»Möglichst oft und in möglichst attraktiven Stellungen. Am Tag beim Sport, in der Nacht mit ihren Ehefrauen oder ständigen Begleiterinnen am Kaminfeuer in der Halle. Aber mein Freund – Klempke heißt er übrigens, und er ist schon weit über die Sechzig – hat in den letzten fünfundzwanzig Jahren dort so viel herumgeknipst, daß er mir dauernd vorjammert, er möchte jetzt entweder aufhören oder zumindest einen guten Gehilfen bekommen.« Bär rüttelt Thaddäus' Ellbogen. »Junge, wenn Sie Geld genug haben, nach Jasper zu fahren – dann springen Sie auf und fahren Sie hin, so schnell Sie können! Der alte Klempke wird Ihnen die Füße küssen, wenn Sie ihm sagen, daß Sie ihm helfen wollen. Das Geld für die Bahnfahrt haben Sie doch?«

»Sicher. Und auch noch einiges darüber. Wie komme ich am schnellsten nach Jasper?«

Bär greift nach einem dicken Kursbuch. In ein paar Augenblicken hat er die richtige Strecke gefunden. »Wenn Sie den Zug heut nacht um elf Uhr dreißig nehmen, sind Sie übermorgen früh um sieben Uhr vierzig dort. Wollen Sie das? Ist das allright?«

»Natürlich, sicher ist es das Beste, was ich jetzt hier bekommen kann.« Thaddäus schüttelt Bär dankbar die Hand. Beim ersten Morgengrauen des übernächsten Tages steigt er in Jasper aus dem Zug.

7

In dem kleinen, hölzernen Stationsgebäude brennen noch ein paar trübe Lichter. In der grauen Dämmerung geistert der Stationsvorsteher den Bahnsteig entlang. Es ist der einzige Mensch, der sich um diesen Zug kümmert. Von der Kolonistenklasse erwartet man in der Jasper Park Lodge keine Gäste. Diese kommen nur mit dem Expreß, falls sie nicht im Hubschrauber landen.

Thaddäus wartet, bis der Zug wieder davongedampft ist. Dann fragt er den, im zunehmenden Tageslicht schon ein wenig mehr erkennbaren Stationsvorsteher nach der Wohnung des Fotografen Alfred Klempke.

»Oh, der alte Freddy!« Er zeigt vergnügt auf eine niedrige Blockhütte, die nicht weit vom Schienenstrang, am Fuß eines kleinen, tief verschneiten Hügels steht. »Well, dieses ist sein Wigwam. Aber ich glaube nicht, daß er Sie schon in wachem Zustand empfangen wird. Er steckt meistens bis tief in die Nacht hinein in seiner Dunkelkammer. Am Morgen bringt ihn dann keiner mehr aus der Falle.«

»Dann geh ich noch ein wenig spazieren«, sagt Thaddäus. »Darf ich meinen Koffer inzwischen hier bei Ihnen stehen lassen?«

Natürlich darf er das. Er macht sich daran, im wunderbar trockenen kanadischen Schnee in der Nähe der Blockhütte ein wenig in der Gegend herumzustapfen.

Er ist noch keine hundert Meter weit gegangen, da tut sich in der Blockhütte ein Fenster auf. Die laute, vom Alter ein wenig rauh gewordene Stimme eines Mannes tönt zu ihm heraus. »Mister Thaddäus, was ist denn los? Sind Sie zum Spazierengehen nach Jasper gekommen?«

Alfred Klempke ist ein Mensch, den man gleich nach dem ersten Händedruck zum Freund haben möchte. Unter einem dicken Schüppel eisgrauer Haare funkeln ein paar pfiffige Äuglein. »Komm rein, Thaddäus«, sagt er. »Der alte Bär in Winnipeg hat mich schon gestern angerufen, daß du kommen würdest. Du brauchst gar nicht lange zu reden. Ich mache dich zu meinem Gehilfen, wenn du mit zwanzig Dollar in der Woche, mit der Hälfte meiner Mahlzeiten und mit dem Strohsack dort hinten in der Ecke als Nachtlager zufrieden bist. Ja oder nein?«

»Natürlich ja«, lacht Thaddäus. Er streckt dem Alten die Hand hin.

Klempke holt aus einem Schrank einen mächtigen schwarzen Fotoapparat. »Er wurde wahrscheinlich schon kurz nach der Steinzeit gebaut«, sagt er, »aber die Linse hat noch ziemlich viele ungetrübte Stellen, und der Verschluß bleibt nur selten hängen. Fotografieren kannst du doch?«

»Ja«, sagt Thaddäus, »ich glaub, für diese Kamera reicht's.«

»Allright, Junge, dann werden wir noch eine Kanne Kaffe und ein paar Spiegeleier um die Ecke bringen, ehe du dich hinausstürzt zu den wilden Millionären.«

Während die beiden frühstücken, muß Thaddäus dem Alten aus seinem bisherigen Leben erzählen. »Well«, sagt Klempke, als er genug davon weiß, »das ist genau der Weg, auf dem viele von den Knilchen angefangen haben, die jetzt da drüben in der Lodge ihr Geld zum Fenster hinauswerfen.« Er steht vom Frühstückstisch auf. »Komm, ich werde dir jetzt zeigen, was man unter der Park Lodge versteht.«

Gleich darauf knattert er in einem Auto, das wahrscheinlich noch älter als seine Kamera ist, aus einem Schuppen hinter der Blockhütte heraus. Knallend und fauchend trägt es die beiden etwa vier Meilen weit zu einem parkähnlichen Gelände, auf dem, in weitem Umkreis, etwa vierzig teils größere, teils kleinere hölzerne Blockhütten im tiefen Schnee verstreut sind. Zwischen den Blockhütten steht ein großes, ebenfalls hölzernes Haus, mit einem riesigen Portal und breiten Fenstern.

»Das ist das Gemeinschaftshaus«, sagt Klempke, »mit Halle, Speisesaal, Bibliothek, Spielzimmern und was sonst noch dazugehört, um sich möglichst attraktiv gegenseitig anzuöden.« Sein Auto bleibt mit einem Knall vor dem Haus stehen.

Ehe Klempke sich anschickt, auszusteigen, sagt er: »Der Aufenthalt hier kostet pro Hütte, inklusive des Fraßes, den man dir vorwirft, rund einhundertfünfzig Dollar. Ein kleiner Whisky kostet so viel wie bei euch in München ein Faß mit dreißig Hektolitern Bier. Was du als sporttreibender Gast an Gebühren für Curlingbahn, Eislauftraining und Skilehrer bezahlst, davon kann in Hinterindien ein halbes Dorf einen ganzen Monat lang leben. Vielleicht übertreibe ich, aber mehr als drei Dollar wird die Übertreibung nicht ausmachen.« Er stößt die blecherne Türe seines Wagens auf. »Und jetzt steig aus, dort drinnen im Gemeinschaftshaus hat der Häuptling des Unternehmens seinen Sitz.«

Der Direktor der Lodge lacht von seinem Schreibtisch her Klempke vergnügt entgegen. »Komm herein, alter Halunke! Ich glaube gar, du bringst mir einen neuen Gast.«

»Nein, du verdorrtes Rübenschwein«, sagt Klempke, »das ist Mister Knopf, einer der bekanntesten Fotografen

Deutschlands. Er wird dafür sorgen, daß ich den Rest meines Lebens nicht allein vor deinen Snobs auf dem Bauch im Schnee herumkriechen muß.«

»Meine Gäste werden sich freuen«, sagt der Direktor, »wenn sie endlich Bilder bekommen, auf denen sie wirklich zu erkennen sind.« Er streckt Thaddäus die Hand hin. »Bei Freddy werden Sie es nicht schwer haben. Schlechter als er kann kein Mensch auf der Welt fotografieren. Ich freu mich, daß Sie da sind. Ich wünsch Ihnen viel Glück!«

»Herzlichen Dank«, sagt Thaddäus. »Ich werde es brauchen können. Die zwanzig Jahre, die Mister Klempke für Sie arbeitet, werde ich so leicht nicht aufholen können.«

»Ausgezeichnet!« ruft Klempke und klopft Thaddäus auf die Schulter. »Du bist ein Mann von Welt. Das hört ein Blinder.«

Der Direktor nickt den beiden lachend zu, als sie sein Büro verlassen.

Zwei Stunden später stapft Klempke mit Thaddäus, jeder mit ein paar Skiern an den Beinen, jeder mit seinem Fotoapparat um den Hals gehängt, auf dem Skiübungshügel hinter dem Lodgegelände herum. Klempke hatte die Skier für Thaddäus und auch die Stiefel und Stöcke dazu aus dem Schuppen hinter seiner Hütte gezogen. Er hatte ihm auch eine Wollmütze über den Kopf und ein Paar alter Segeltuchfäustlinge über die Hände gestülpt.

»Jetzt siehst du aus wie Fritjof Nansen, ehe er nicht zum Nordpol kam.«

Sie knipsen beide auf dem Übungshügel herum. Millionäre, die breitbeinig und mit entsetzt aufgerissenen Augen den Hügel herunterkratzen, Millionäre, die strahlend ihren ersten Schneepflug in die harte Piste fallen. Millionäre, die in ihrer Schußfahrt rücklings in den aufstiebenden Pulverschnee geknallt sind und jetzt die fetten Beine in den teueren Skihosen verzweifelt zum Himmel recken. Dazu die Gattinnen, denen vor Lachen die Bauchfalten unter den nerzverbrämten Windblusen hervorquellen.

Wenn Klempke und Thaddäus auf dem Skiübungshügel fertig sind, kommt das Eislaufstadion und dann die Eisbahn für das Curling dran. Klempke weiht Thaddäus in alle Tricks eines teils ärgerlich abgewehrten, teils freudig herbeigewinkten Fotografen ein.

Punkt zwölf Uhr mittags, wenn die elektrischen Sirenen der Sportstätten die Gäste zum Lunch rufen, knattern Klempke und Thaddäus in dem Auto, das nach Gottes unerforschlichem Ratschluß immer noch nicht zusammengebrochen ist, zu Klempkes Hütte zurück. Bis fünf Uhr nachmittags müssen die Filme entwickelt, die Vergrößerungen fertig sein. Dann klebt Klempke sie als durchnumerierte Musterbilder auf ein paar Pappetafeln, die fünfzehn Minuten später in der Halle des Gemeinschaftshauses hängen, in der die Millionäre ihre vorabendlichen Drinks nehmen und sich wie die Schneekönige freuen, wenn sie ihr Foto auf einer der Tafeln herausgefunden haben und die Nummer bei Klempke bestellen können.

Spätestens um sieben Uhr ist Klempke mit den bestellten Nummern wieder in seiner Hütte. Frühestens kurz nach Mitternacht sind alle Vergrößerungen fertig.

An zwei Abenden in der Woche muß Thaddäus die Vergrößerungen allein machen. Dann ist es Klempke von der Direktion der Lodge gestattet, nach dem Dinner in der Halle oder an der Bar zu fotografieren. Er läßt dezent seine Kamera sehen, und drückt nur dann ab, wenn der Herr im Dinnerjackett oder die Dame im Abendkleid gönnerisch nicken. Dann jagt er – meist gegen zehn Uhr – in seinem keuchenden Auto zu seiner Hütte, auf daß auch die Vergrößerungen dieser Aufnahmen am nächsten Morgen den abgelichteten Gästen der Lodge ausgehändigt werden können.

Thaddäus ist dieses Tempo von seiner Dunkelkammerarbeit in München her gewöhnt. Daß es ein Privatleben – außer den paar Stunden, die er nachts im Schlaf auf seinem Strohsack verbringt – überhaupt nicht gibt, damit findet er sich ab. Er wüßte ja auch gar nicht, was er hier zwischen den Snobs, die nach den Abendmahlzeiten hinter den Pokerkarten oder in den Betten ihrer Lebensgefährtinnen verschwinden, anfangen sollte.

Genau am Morgen des Heiligen Abends macht ihm das Christkind eine besondere Freude. Der Briefträger bringt ihm einen dicken Luftpostbrief aus der Heimat.

Absender: Rosa Kern, Munich, Germany

Rosa Kern. Nicht mehr Rosa Knopf.

Thaddäus lächelt. Zeit ist es ja auch gewesen.

Frau Rosl ist glücklich als abermalige Ehefrau. Stephan Kern ist glücklich, daß Frau Rosl ihn genommen hat. Nun werden sie zusammen einen Weihnachtsabend haben, wie er im Buche steht. Und sie werden unter'm Lichterbaum an Thaddäus denken. Sie werden ihm wünschen, daß er seinen Kummer mit Trixi vergessen hat, und daß auch er an diesem Abend so glücklich sein kann, wie sie es sind.

Daß nicht alle Menschen in Deutschland so froh sein können, meint Frau Rosl, das liegt daran, daß der Mann, der jetzt endgültig ihr Führer ist, aus ihrem Vaterland ein Tausendjähriges Reich gemacht hat, in dem viele kein Vaterland, sondern nur noch ein Gefängnis sehen.

»Zum Glück haben Stephan und ich aber ein so dickes Fell, daß uns die braunen Brüder nicht an den Wagen fahren können. Außerdem sind wir fest davon überzeugt, daß sie nicht lange durchhalten können. Da wird ihnen schon das Ausland dazwischenfunken.«

Auf jeden Fall, schreibt Frau Rosl, wird Thaddäus bestimmt nichts versäumen, wenn er vorerst noch, so lange er eine gute Existenz hat, in Kanada bleibt. Sie und ihr Stephan werden sich um so mehr freuen, wenn sie ihn dann, in aller Freiheit, wieder daheim begrüßen können.

»Na ja«, sagt Klempke, als Thaddäus ihm den Brief vorgelesen hat, »dann brauche ich wenigstens keine Angst zu haben, daß du so schnell wieder von hier abhaust. Und nun hilf mir, die grünen Bohnen und das Hammelfleisch für heute abend herzurichten. Denen in der Lodge drüben werden die Truthähne zum Hals herauswachsen, aber wir wollen was Handfestes auf dem Tisch haben.«

Zeit, um ihr Weihnachtsmahl vorzubereiten, haben Klempke und Thaddäus an diesem Vormittag genug, denn von den Millionären der Lodge wird jetzt kaum einer auf dem Skihügel sein. Sie müssen die Geschenke für ihre Gattinnen oder Girlfriends vorbereiten, die bescheidenen Diamantbroschen oder die vierreihigen Perlenketten.

Auch den ganzen Nachmittag, bis zum späten Abend, haben Klempke und Thaddäus Zeit, das Weihnachtsfest auf ihre Weise in der Hütte zu feiern. Klempke hat einen Punsch gebraut, Thaddäus liegt auf seinem Strohsack auf dem Rücken und träumt sich mit offenen Augen in all die Weihnachtsfeste zurück, die er in seinem jungen Leben bis jetzt gefeiert hat. Klempke stellt die dampfende Schüssel mit dem Hammelfleisch und den grünen Bohnen gerade noch rechtzeitig auf den abendlich gedeckten Tisch, ehe Thaddäus anfängt, schwermütig zu werden.

Gerührt aber wird auch der alte Klempke, als der Hammel bis zum letzten Rest in seinem Magen und von vielen Gläsern des starken Punsches überspült ist.

»Thaddäus«, sagt er, »daß du bei mir bist, das ist das schönste Geschenk, das mir das Christkind seit langem beschert hat.«

Noch einmal stößt er mit Thaddäus auf das Weihnachtsfest, auf ihr Glück, auf viele möglichst scharfe Vergrößerungen an. Dann aber springt er erschrocken auf. »Menschenskind, in zehn Minuten ist es zehn! Das Abendessen in der Lodge drüben ist sicher schon zu Ende. Die Dinnerjacketts und die Abendroben werden schon nach meiner Kamera lechzen. Brau einen neuen Entwickler zusammen und mach das Fixierbad möglichst scharf – in einer Stunde bin ich wieder zurück.«

So geht auch dieser Weihnachtsabend vorbei. Klempke kommt mit einer ganzen Hand voller Rollfilme zurück. Zwischen dem Entwickeln und dem Vergrößern bleiben ihm und Thaddäus nur ein paar Stunden für ihren Schlaf. Gleich nach dem Mittagessen können die Gäste der Lodge voller Begeisterung die Bilder von diesem einmaligen Abend in Empfang nehmen.

Nach dem Weihnachtsfest hält die Sylvesterfeier die beiden Fotografen in Trab. Mit dauernd neuen Gästen der Lodge kommt wieder neue Arbeit in die Dunkelkammer.

So gehen die Wochen dahin. Der junge Frühling treibt den alten Winter immer höher hinauf in die Rocky Mountains.

Aus den Wintergästen werden Sommergäste. Klempke und Thaddäus arbeiten jetzt nicht mehr auf den Skihängen und Eislaufplätzen, ihre Fotoapparate klicken jetzt auf den Golfplätzen, den Reitbahnen an den Fischwassern und an den Swimmingpools.

Ende Juli geschieht, was seit sechs Jahren immer um diese Zeit geschehen ist: Mrs. Vivian Underwood trifft in der Jasper Park Lodge ein.

Mrs. Underwood ist die Witwe des vor sieben Jahren in die Ewigkeit abberufenen Rindfleischkonservenherstellers John M. Underwood, Phönix, Arizona, der sie als trauernde Alleinerbin von rund vierundzwanzig Millionen Dollar im irdischen Dasein zurückgelassen hat.

Mrs. Underwood wird von ihrem Wohnsitz in Phönix erst mittels einer viermotorigen Jetmaschine, dann im Hubschrauber in die Jasper Lodge eingeflogen. Dabei trägt sie jedesmal, wenn sie aus dem Hubschrauber steigt, ein besonders umwerfendes Kleidungsstück. Diesmal ist es ein Hosenanzug aus cyclamenfarbener indischer Seide.

Aus der Ferne gesehen könnte man Mrs. Underwood für eine gute Fünfzigerin halten. Mit jedem Meter, den sie sich nähert, wächst ihr Alter um ein paar Jahre. Wenn man sie dicht vor dem Gesicht hat, fehlt nicht mehr viel an die siebzig.

Der Direktor der Lodge steht – umdrängt von einer Traube von alten Hotelfreunden Mrs. Underwoods – zu ihrem Empfang auf der Hubschrauberwiese bereit. Als sie die Maschine verlassen hat, ist es Thaddäus, den sie als ersten in der Menschentraube entdeckt.

Er hat das Objektiv seiner Kamera auf sie gerichtet. Ihre Augen ruhen wohlgefällig auf seiner jugendlichen, sehnigen Gestalt.

Als die Aufnahme gemacht ist, verbeugt Thaddäus sich leicht. »Thank you very much.« Er wendet sich ab, um zwischen all den Millionären und dem Direktor, die die Maschine umstehen, diskret zu verschwinden.

»Just a moment!«

Es ist Mrs. Underwood, die ihm nachgerufen hat. Thaddäus wendet sich nach ihr um. »Ja – bitte?«

Ihr mit greller Schminke übertünchtes, schon einigemale geliftetes Gesicht lächelt ihm in herablassender Freundlichkeit zu. »Ich habe einigen guten Freunden in

Arizona versprochen, daß ich ihnen ein paar Fotos von meinem Aufenthalt hier mitbringen werde. Auf meinem Pferd, auf dem Golfplatz und so. Wäre es möglich, daß Sie diese Bilder von mir schießen?«

»Sicher«, sagt Thaddäus. »Sie brauchen mir nur zu sagen, wann und wohin ich mit meiner Kamera kommen soll.«

Mrs. Underwood lächelt, daß ihre falschen Zähne in der Sonne blitzen. »Well, junger Mann, Sie werden es rechtzeitig erfahren.«

Nun wendet sie sich dem Direktor und den vielen Freunden zu. Sie breitet glücklich die Arme aus. »Sam, Hallo! Hallo, Peggy! Hallo, Boys!« Die Freunde umarmen sie, drücken ihre Wangen an ihr faltiges Gesicht. Dann wälzt sich die fröhliche Traube der Millionäre, ihre cyclamenfarbene Freundin in der Mitte, dem Blockhaus zu, in dem sie wohnen wird.

Dieses Haus ist das schönste und größte der ganzen Lodge. Es wird nur den prominentesten Gästen zur Verfügung gestellt.

Als Thaddäus Klempke erzählt, daß er von Mrs. Underwood schon bei ihrer Ankunft zu ihrem Leibfotografen ausersehen wurde, grinst der Alte hämisch vor sich hin. »Ein tolles Weib, diese Mumie aus dem Wilden Westen. Sie schnappt sich ihre Opfer schon, noch ehe sie richtig an Land ist. Voriges Jahr ist es der junge Gitarrist der Hotelband gewesen. Er hat ihr nachts, wenn der Klamauk in der Bar zu Ende war, Unterricht auf seinem Saiteninstrument geben müssen. Jetzt hat er eine riesige Tankstelle an einem der verkehrsreichsten Highways in Arizona. Wenn du weißt, was ich meine.«

»In der Sexualkunde bin ich ziemlich auf der Höhe«, sagt Thaddäus. »Um mich brauchst du keine Angst zu haben.«

Er muß schon am nächsten Vormittag für Mrs. Underwood arbeiten. Erst einmal will sie Bilder vom Golfplatz und vom Swimmingpool haben. Auf dem Golfplatz ist Thaddäus dauernd in Sorge, der Ball, den Mrs. Underwood durch die Gegend fetzt, könnte seine Kamera zertrümmern. Am Swimmingpool würde es Thaddäus nicht wundern, wenn sich das Auge seiner Kamera beim Anblick seines Motivs, das an allen Seiten aus einem dem Zerplatzen nahen Bikini quillt, vor Entsetzen verschließen würde. Mrs. Underwood hüllt sich nach jeder Aufnahme sehr rasch in ihren Bademantel. »Wahrscheinlich werde ich diese Bilder nur für mein Privatalbum als Erinnerung verwenden«, sagt sie lächelnd. Dann legt sie ihre nasse Hand auf Thaddäus' Arm. »Nun sollten wir auch noch ein paar Bilder von mir in der Blockhütte, im Livingroom nehmen. Damit man sieht, wie reizend ich wohne. Würde es Ihnen möglich sein, daß Sie heute abend nach dem Dinner mit Ihrer Kamera zu mir kommen?«

»Selbstverständlich, Mrs. Underwood«, sagt Thaddäus, »ich komme, wann es Ihnen recht ist.«

Es ist ihr etwa so um halb zehn Uhr recht.

Um halb zehn Uhr klingelt Thaddäus an der Tür der Blockhütte. Um den Hals hat er seine Kamera hängen, unter den Arm das Blitzgerät geklemmt.

Statt eines Zimmermädchens, wie Thaddäus es erwartete, lächelt ihm Mrs. Underwood persönlich entgegen. »Hallo, Mister Knopf«, sagt sie. »Kommen Sie herein, ich muß Sie selber empfangen, weil mein Mädchen unbedingt zu einer Geburtstagsparty gehen wollte, die für den Gärtner der Lodge gegeben wird. I am so sorry.«

Sie geht ihm voraus in den Livingroom, ins Wohnzimmer. Sie deutet auf einen der rustikalen, mit einem Elchfell bedeckten Armsessel, der mit vielen anderen kanadischen Folkloremöbeln im Raum steht. »Setzen Sie sich, bitte.« Sie geht zur Hausbar, die in Gestalt einer indianischen Kinderwiege eine Batterie von Flaschen enthält.

»Gin? Bloody Mary? Whisky sour?«

»Etwas möglichst hartes«, sagt Thaddäus. »Damit meine Bilder nicht zu weich werden.«

»Sie haben Humor«, lächelt Mrs. Underwood. »Das liebe ich an jungen Männern.«

Sie mischt ihm einen Drink, der es so in sich hat, daß ihm beim ersten Schluck das Wasser in die Augen schießt.

»In welchen Stellungen«, fragt sie, »wollen Sie mich haben?«

Thaddäus stellt sie erst einmal vor die Bibliothek. Gedankenvoll ein Buch lesend. Er blitzt drei Aufnahmen davon. Dann setzt er sie auf einen Hocker vor den Kamin. Trotzdem draußen der kanadische Sommer glüht, ist ein Berg riesiger Birkenscheite im Kamin aufgeschichtet. »Ich glaube nicht, daß wir ihn anzünden müssen«, sagt Mrs. Underwood. »Man wird auch so sehen, wie romantisch er ist.«

Das mit geflammten Arabesken gebatikte Kaminkleid, das sie trägt, paßt gut ins Milieu der Aufnahme.

»Und nun vielleicht ein Bild auf der Couch. So, wie ich dort meistens nach dem Abendessen träume.«

Die Couch ist mit einem dicken Bärenfell bedeckt. Mrs. Underwood läßt sich darauf nieder. »Wie soll ich mich legen? So oder so?«

Thaddäus, die Kamera um den Hals gehängt, bückt sich ein wenig zu ihr nieder, um ihr die malerische Stellung zu geben, die sie sich offenbar wünscht.

Da klammern sich plötzlich ihre von den zurückgerutschten Ärmeln des Kaminkleides nackt gewordenen Arme um seinen Hals. Sie stößt seine Kamera zur Seite, zieht ihn zu sich herab. Sie blickt ihm tief, mit zitternden Katzenpupillen, in die Augen.

»Darling, glaubst du nicht . . .?!«

»Mrs. Underwood«, stöhnt Thaddäus. Er kann nur stöhnen, denn der Riemen der zur Seite geschleuderten Kamera würgt ihm den Hals zu. »Mrs. Underwood . . .!«

Sie wirft ihn rücklings auf das Bärenfell. Ihre schwarz lackierten Fingernägel krallen sich in seine Schultern.

Thaddäus' Hals ist vom strangulierenden Riemen der Kamera frei geworden. Er stößt die Alte von sich, so heftig, daß nun sie auf dem Rücken liegt. Er schreit sie verzweifelt an. »Mrs. Underwood!«

In diesem Augenblick wird die Türe aufgerissen. Der Direktor der Lodge steht erschrocken unter ihr. Er hat den Mund geöffnet, doch er bringt keinen Laut heraus. Dafür ist Mrs. Underwood mit einem Satz in der Höhe. »Was wollen Sie?!« keucht sie den Direktor an.

»Entschuldigen Sie, Mrs. Underwood«, stammelt der Direktor, »ich wollte nur . . . ich wollte Sie nicht stören . . .«

»Sie haben mich nicht gestört«, schnauft Mrs. Underwood, »Sie haben mich vor diesem Wüstling gerettet. Zeigen Sie ihm, wo der Ausgang aus meinen Räumen ist. Sorgen Sie dafür, daß er hier in Ihrer Lodge nicht mehr versuchen kann, anständige Frauen zu vergewaltigen!«

Sie läuft am Direktor vorbei aus dem Zimmer. Der Direktor starrt ihr nach. Dann starrt er zu Thaddäus hin. »Mein Gott«, sagt er, »ist das denn wahr?«

Thaddäus setzt sich auf der Couch, wo die Alte ihn liegen ließ, in die Höhe. Am liebsten würde er laut hinauslachen. Doch es ist nicht schwer zu merken, daß dem erschütterten Direktor nicht zum Lachen zumute ist. »Nehmen Sie es als wahr«, sagt er, »Mrs. Underwood ist der Lodge so viel wert, da bleibt Ihnen ja gar nichts anderes übrig.«

Der Direktor wischt sich mit dem Handrücken den Schweiß von der Stirn. Er setzt sich neben Thaddäus auf die Couch. »Bei allen Heiligen«, sagt er, »Sie wissen ja gar nicht, wie recht Sie haben.«

Am nächsten Morgen sitzt der alte Klempke dem Direktor an seinem Schreibtisch gegenüber. »Und dieser Zuchtel wegen«, schimpft Klempke, »dieser Nymphomanin mit ihrem verwachsenen Johannistrieb, derentwegen soll ich den tüchtigen Jungen nicht mehr beschäftigen dürfen?! Wo bleibt denn da, wenn ich dich fragen darf, die Gerechtigkeit?«

Der Direktor sieht ihn mit gebrochenen Blicken an. »Natürlich, Freddy, bin ich davon überzeugt, daß nicht er sie, sondern daß sie ihn umlegen wollte. Aber diese Frau bringt der Lodge seit sechs Jahren Tausende von Dollar in die Kasse. In dem Augenblick, in dem sie deinen Schützling noch einmal auf dem Gelände sehen würde, was glaubst du, was die den Herren der Verwaltung über ihre Vergewaltigung durch ihn erzählen würde? Die Geschichte aus der Bibel von der Frau Potiphar und ihrem Joseph würde eine Schnulze dagegen sein. Und am Ende würde sie die Direktion ja doch vor die Alternative stellen: er oder ich?«

So kommt es, daß Klempke eine halbe Stunde später mit finsterem Gesicht neben Thaddäus in der Hütte sitzt.

»Vor Wut«, sagt er, »könnte ich mich in den Bauch beißen. Aber was würde das helfen? Die Frage ist: was machen wir jetzt mit dir?«

»Deswegen brauchst du dir keine Gedanken zu machen«, sagt Thaddäus. »Dieses Weib hat mir der Himmel geschickt. Jetzt brauche ich mich nicht selber aufzuraffen, Kanada zu verlassen, jetzt treibt mich der Erzengel Michael persönlich hinaus. Wie ich mich darauf freue, endlich wieder heim nach München zu kommen, das kannst du dir gar nicht vorstellen. Was ich hier herüben in Kanada eigentlich noch soll, das ist mir schon lang ein Rätsel.«

»Und der andere, euer Führer da drüben? Freust du dich auf den auch?«

»Angst vor ihm habe ich jedenfalls nicht. Er wird sich an mir samt seinen Sturmabteilungen die Zähne ausbeißen.«

Klempke schweigt. Man merkt ihm an, daß er Thaddäus die schöne Zuversicht nicht nehmen will.

Thaddäus sagt: »Zum Reisegeld zur Rückfahrt nach Deutschland fehlt mir nicht mehr viel. Ich hab ja beim Zirkus und auch in Jasper allerhand verdient. Und das, was noch abgeht, das werde ich in ein paar Wochen erarbeitet haben. Jetzt fängt ja die Erntezeit an, und dein netter Freund vom Norddeutschen Lloyd in Winnipeg wird mir sicher zu einem Job verhelfen. Für mich gibt es also kein Problem. Aber die andere, die viel größere Frage ist die: was machst du mit deiner vielen Arbeit hier jetzt ohne mich?«

Klempke mahlt ein paar Augenblicke lang nachdenklich mit den Zähnen. Plötzlich weiß er, was er will. »Was ich mache? Ich mache das, mein Junge, was ich schon seit urdenklichen Zeiten machen will! Ich werfe den ganzen Krempel hier über Bord – als erstes die ganze verdammte Kamera – und dann lege ich mich in Niagara Falls, bei einem alten Freund, der dort ein paar überflüssige Millionen und einen wunderbaren Bungalow hat, auf die faule Haut. Er wartet schon lange darauf, daß ich zu ihm ziehe, damit wir zusammen möglichst heiter unserem rüstigen Verfall entgegensehen.« Er schlägt Thaddäus vergnügt auf die Schulter. »Und ehe ich von hier weggehe, werde ich der alten Funzel aus Arizona noch einen Knallfrosch in den fetten Hintern stecken.«

Schon am nächsten Morgen steht er mit Thaddäus auf dem Bahnsteig in Jasper Park. Sie drücken sich zum letztenmal die Hände.

Der Zug kommt läutend und dampfend in die Station eingefahren. Als Thaddäus drinnen im Waggon seinen Platz gefunden hat, läßt er das Fenster herunter.

Klempke blickt zu ihm hinauf und sagt: »Es war eine schöne Zeit mit dir. Wann wirst du in Winnipeg sein?«

»Übermorgen in der Frühe«, sagt Thaddäus, »wenn der Zug nicht vorher in die Luft fliegt.«

8

Der Direktor Bär vom Norddeutschen Lloyd in Winnipeg steht hinter seinem Schreibtisch auf, als Thaddäus zu ihm ins Büro tritt.

»Ja, Herr Knopf, da sind Sie ja wieder! Ist es in Jasper nicht schön gewesen?«

»Zu schön«, sagt Thaddäus, »um wahr zu sein.«

Ehe er von seiner Zeit dort erzählen kann, muß er sich aber dem Mann vorstellen lassen, der in einem Clubsessel auf der anderen Seite von Bärs Schreibtisch sitzt. Es ist ein älterer Herr. Er hat ein offenes, freundliches Gesicht unter leicht angegrauten Haaren.

Es ist Kurt Hartländer, der Passagedirektor für das Gebiet Kanada vom Norddeutschen Lloyd in Bremen. Er ist, wie er es alle paar Jahre einmal tut, nach Kanada gekommen, um sich über die Geschäftslage, die Wünsche und die Sorgen der Lloyd-Agenturen im ganzen Land und auch über die Situation der mit dem Lloyd nach Kanada ausgewanderten Deutschen zu informieren. Wochenlang ist er mit seinem Wagen, den er von Deutschland mit herübergebracht hat, kreuz und quer durch alle Provinzen gefahren. Jetzt hat er, auf der Rückfahrt nach Halifax, von wo er mit dem Schiff wieder nach Bremerhaven fahren wird, hier in Winnipeg bei Direktor Bär noch einmal Station gemacht. Er ist ein besonders guter Freund von ihm; sie haben früher viele Jahre lang beim Lloyd in Bremen zusammengearbeitet.

Hartländer drückt Thaddäus herzlich die Hand. Er sagt: »Nach Jasper Park, in die Lodge, wollte ich schon immer. Aber nie hat mir die Zeit dazu gereicht. Jetzt bin ich gespannt, was Sie davon zu erzählen wissen.«

Thaddäus, dem Direktor Bär einen Stuhl herangerückt hat, erzählt alles, er erzählt so plastisch, daß Bär und Hartländer ihre reine Freude daran haben.

Als Thaddäus auch das für seine Rückkehr nach Winnipeg ausschlaggebende Abenteuer mit Mrs. Underwood zu Ende erzählt hat, sagt Bär lachend: »Das ist typisch für diese reichen, alten, abgewrackten amerikanischen Weiber. Sie jagen ihrer verlorenen Jugend nach, bis ihnen die Zunge aus dem faltigen Hals heraushängt und sie endlich wissen, daß sie nicht mehr am Fenster sind.« Er schiebt Thaddäus ein angebrochenes Päckchen Kaugummi über den Schreibtisch zu. »Wollen Sie etwas zur Beruhigung?«

»Dankeschön, beruhigt bin ich schon lang. Was mir fehlt, das ist ein Job für ein paar Wochen bei der Ernte, bei dem ich mir die paar Dollar verdienen kann, die mir zur Rückfahrt nach Deutschland noch fehlen. Die Ernte geht jetzt doch bald an«, sagt er zu Bär, »glauben Sie, daß sich so ein Job finden ließe?«

Bär sieht ihn ernst an. Er sagt: »Herr Knopf, wir haben ganz schlechte Ernteaussichten. Zehntausende von arbeitslosen Farmhelfern jagen nach Arbeit. Und es werden jetzt erst immer die an die Reihe kommen, die schon am längsten warten.«

Mehr braucht er nicht zu sagen. Alle drei, auch Hartländer aus Bremen, schweigen.

Thaddäus zuckt resigniert die Achseln. »Dann werde ich halt schauen müssen, daß ich in irgendeiner der großen Städte Arbeit finde.«

Direktor Hartländer sagt: »Dort werden Sie überhaupt kein Glück haben. Ich bin durch alle großen Städte gekommen. Dort wimmelt es von Arbeitslosen.« Er schweigt nachdenklich. Plötzlich sagt er: »Wenn Sie wollen, nehme ich Sie in meinem Wagen mit nach Halifax. Dort liegt unsere ›Weserland‹, mit der ich zurück nach

Deutschland fahre. Wenn wir Glück haben, könnten wir auf dem Schiff einen kleinen Job für Sie finden. Dann kommen Sie – sogar mit einer kleinen Löhnung noch – zurück nach Deutschland.«

Thaddäus sieht Hartländer voll überraschter Freude an. »Glauben Sie, daß es so etwas geben könnte?«

»Prophet bin ich keiner, aber ähnliche Sachen habe ich schon erlebt. Von Bremen nach München werden Sie mit Ihrem kleinen Vermögen ja leicht kommen.«

»Und daß Sie dann in München einen annehmbaren Job finden«, sagt Bär, »dazu kann vielleicht ich Ihnen von hier aus schon helfen.« Er schreibt eine Adresse auf einen Zettel.

»Das ist ein alter Bekannter von mir. Er war Repräsentant der rheinischen Schwerindustrie. 1933 hat er sich aus dem Getriebe zurückgezogen und ist vom Rhein nach Oberbayern ausgewandert. In Bad Wiessee am Tegernsee hat er sich angesiedelt. Er hat immer noch Verbindungen zur ganzen Welt. Es würde mich wundern, wenn er nicht ein Loch wüßte, in das Sie hineinschlüpfen können.«

»Herr Bär«, sagt Thaddäus, »dauernd helfen Sie mir. Sie sind ein Engel. Herzlichen Dank.«

»Nichts zu danken«, sagt Bär, »macht dreifünfzig.« Er schiebt Thaddäus den Zettel mit der Adresse hin. »Wenn Sie drüben einen Job gefunden haben, können Sie mir eine Ansichtskarte schreiben.«

Direktor Hartländer hat einen glücklich vor sich hinpfeifenden Beifahrer neben sich sitzen, als sein Wagen noch am gleichen Nachmittag Winnipeg verläßt. Es ist eine herrliche Reise durch den kanadischen Sommer. Fast zwei Tage lang führt sie durch ein unendliches Meer von gelbem, goldenem Weizen. Dann wird das Land hügelig, von wilden Büschen und Wäldern bewachsen, von braun schimmernden Flußläufen durchzogen. Dazwischen immer wieder große und kleine Seen, die wie dunkle Augen zum Himmel emporschimmern. Je weiter der Wagen dem Osten zurollt, um so mehr wandelt sich der fast undurchdringliche Urwald in kultiviertes Land. In den Obstfarmen der Provinzen Ontario und Quebec leuchten die reifenden Früchte zu Hunderttausenden in den Bäumen.

Hartländer macht da und dort unter Tags oft lange Rasten, damit sie die Schönheit des Landes in Ruhe genießen können. Nach sechs Tagen hat der Wagen Halifax, die große Hafenstadt im Osten Kanadas, erreicht. In dem Office der Lloydagentur wird Hartländer von Herrn Kühn, dem Direktor der Agentur, freudig empfangen.

Hartländer stellt Thaddäus seinem Kollegen vor. »Ein junger Mann aus München«, sagt er. »Über zwei Jahre lang hat er sich prächtig in eurem kanadischen Paradies durchgeschlagen. Aber jetzt hat es ihn plötzlich gepackt, jetzt möchte er wieder heim zu Muttern. Ich hab mir gedacht, Heinz, du könntest vielleicht auf der ›Weserland‹, mit der ich zurückfahre, irgendeinen kleinen Job für ihn haben?«

Herr Kühn denkt nach. Dann fällt ihm etwas ein. »Jawohl«, sagt er, »das könnte gehen. Ein Küchenjunge, der in Bremen zur Herfahrt angeheuert hat, ist hier ausgerissen. Natürlich war das von ihm schon vorher eingeplant.« Er fragt Thaddäus: »Können Sie Geschirr waschen, Kartoffeln schälen, Petersilie hacken?«

»Geschirr habe ich schon mit fünf Jahren gewaschen«, sagt Thaddäus. »Kartoffeln habe ich erst später geschält. Petersilie kann ich sicher hacken, nur Knoblauch nicht, weil ich den nicht riechen kann.«

»Dann halten Sie sich eben die Nase zu«, sagt Hartländer.

Er wendet sich an Kühn: »Also, Heinz, wenn's dir recht ist, steche ich mit dem Jungen morgen nachmittag in See.«

Vierundzwanzig Stunden später gehört Thaddäus zur Besatzung der »Weserland«. Er steht auf dem Achterdeck des Schiffes, das vom Pier in Halifax eben abgelegt hat. Er steht ganz unten, wo die Ladeluken sind, wo der Platz zum Luftholen für die Besatzung ist.

Das Schiff ist klar gekommen, die Hafenbauten, die letzten kanadischen Kräne werden immer kleiner. Thaddäus sieht sie schweigend verschwinden. Er nimmt Abschied von einem Land, das ihm viel an Freude und Glück gegeben hat. Nur daran denkt er jetzt. Die Sorgen sind im Dunst zurückgeblieben.

Die Stimme des ersten Küchenjungen reißt ihn aus seinen Gedanken. Im Auftrag des Küchenchefs bringt er die grau-weiß gewürfelte Hose und die weißen Leinenjacken, die Thaddäus in der Küche tragen wird. Die Koje, in der er sich umziehen kann und in der schon sein Koffer steht, wird er mit dem ersten Küchenjungen teilen.

Thaddäus hat sich schnell eingearbeitet. Direktor Hartländer, der im Rahmen seiner Aufgabe sowieso alles inspiziert, was mit dem Wohlbefinden der Lloydpassagiere zusammenhängt, kommt oft in die Küche herunter. Ab und zu sitzt er auch am Abend, wenn im Speisesaal die Lichter ausgegangen sind und sich die Passagiere in der Bar oder im Spiel- und Lesezimmer vergnügen, mit Thaddäus auf dem Mannschaftsdeck zusammen. Das Personal der Küche sieht seine Ahnung, daß Thaddäus in Wirklichkeit mehr ist als nur eine gewöhnliche Küchenhilfe, immer mehr bestätigt.

Am Samstag, den 14. Mai 1935, um neunzehn Uhr, legt die »Weserland« am Pier in Bremerhaven an. Eine Stunde später ist Hartländers Wagen vom Schiff auf den Pier heruntergehievt. Hartländer nimmt Thaddäus im Wagen noch bis Bremen mit. Er fährt Thaddäus sogar zum Bahnhof. Dort wird er den Nachtzug nach München gerade noch erreichen können.

Hartländer drückt ihm vor dem Bahnhof, aus dem Wagen heraus, die Hand. »Es war eine nette Zeit, Thaddäus. Hals- und Beinbruch!«

Der Wagen rollt davon.

Thaddäus trägt seinen Koffer in den Bahnhof. Auf dem Bahnsteig steht sein Zug schon zur Abfahrt bereit. Gleich am ersten Wagen hängt ein weißes Schild mit großen schwarzen Buchstaben. BREMEN – MÜNCHEN.

Als Thaddäus das Wort MÜNCHEN liest, ist ihm, als ob ihm die vom Dampf der Lokomotiven immer leicht durchzogene Luft des Münchner Westends, als ob ihm der schwere Fliederduft des Englischen Gartens schon entgegenschlüge.

9

»Albert«, ruft die Frau Hausmeister Birner aufgeregt und zeigt hinter der Gardine ihres Parterrefensters zur Straße hinaus. »Schnell, geh her da! Schau, wer da drüben daherkommt!«

Herr Birner, der gerade vor dem Volksempfänger sitzt und das Konzert am Sonntagmorgen hört, steht vom Kanapee auf und läuft zum Fenster. Er sieht den jungen Mann, der, einen großen Koffer in der Hand, von der anderen Seite der Westendstraße herüber zum Haus kommt.

»Des is ja der Knopf Thaddäus! Der wo vor zwoa Jahr nach Kanada is. Ja, wiaso kommt denn der scho wieder nach Deutschland?«

Das werden die Hausmeisters Birner erst ein paar Tage später erfahren. Vorerst sehen sie nur noch, daß Thaddäus herein ins Haus geht. Sie lauschen, im Flur ihrer Wohnung stehend, auch noch auf seine Schritte, die an ihrer Wohnungstür vorbei über die Holztreppe hinauf in den zweiten Stock gehen. Dann hören sie, wie Thaddäus dreimal auf den Klingelknopf drückt.

Frau Rosl Kern bleibt wie vom Schlag gerührt unter der geöffneten Wohnungstür stehen.

»Thaddäus!«

Sie fällt ihrem Sohn um den Hals. Sie preßt ihr Gesicht an das seine. Die Tränen quellen ihr aus den Augen.

Sie läßt ihn erst los, als Herr Kern, erschreckt von ihrem Aufschrei, aus dem ganz hinten im Gang gelegenen Bad zur Wohnungstür gelaufen kommt.

Frau Rosl lacht unter Tränen. »Stephan, der Thaddäus is da!«

Auch Herr Kern drückt seinen Stiefsohn an die Brust. »Thaddäus! Das is recht, daß du wieder da bist!«

Es dauert bis zum Mittag, bis Frau Rosls Freude sich einigermaßen beruhigt hat. Thaddäus muß ihr möglichst viel von allem erzählen, was er erlebt hat. Dazwischen hinein läuft sie immer wieder schnell mal in die Küche, um den Hackbraten zu begießen, den sie im Rohr hat.

Als der Hackbraten verzehrt und Frau Rosls Wissensdurst einigermaßen gestillt ist, möchte nun aber auch Thaddäus wissen, wie seine Mutter und ihr neuer Mann diese Jahre des neuen Dritten Reiches überstanden haben. Wie es ihnen gegangen ist und wie es ihnen jetzt geht.

»Ja, mei«, lacht Herr Kern. »Uns geht's so gut, wie's uns im ganz'n Leb'n noch nie 'gangen is. Mir brauch'n uns um gar nix mehr zu kümmern. Der Staat besorgt alles für uns. Er sagt uns, wo und wie mir am best'n in die Partei eintret'n, in welchem Betrieb mir ruhig arbeit'n können, weil er rein arisch is, und bei welcher Stelle mir uns entschuldigen müssen, wenn mir am 1. Mai keine Hakenkreuzfahne zum Fenster hinausgehängt haben, weil wir sie für das Schrebergartenhäuschen in Feldmoching gebraucht haben. Im Urlaub können wir mit einem Kraft-durch-Freude-Dampfer nach Norwegen fahren – dürfen dort nur nicht an Land gehen, weil wir keine Devisen haben – wir können aber auch in Schutzhaft nach Dachau kommen, falls wir möglicherweise kommunistischen Kreisen nahestehen und uns von einem dieser Kommunisten vielleicht bedroht fühlen. In welcher Weise sie sich da draußen um uns annehmen, weiß man nicht, weil keiner, der einmal da draußen war, darüber redet.«

»Aber trotzdem«, sagt Frau Rosl, »wenn man nicht aufs Hirn gefallen ist, kann man sich schon durchschlängeln. Wenn sie was von dir wollen, brauchst du dich bloß dümmer zu stellen als sie selber sind. In die Partei haben sie den Stephan ja auch noch nicht hineingebracht.«

Thaddäus nimmt sich vor, nach dem Rezept seiner Mutter zu handeln. Erst einmal lassen ihn der Staat und die Partei auch noch in Ruhe. Er hat Zeit, sich wieder in das alte München einzugewöhnen und nur das Schöne zu sehen, das ihm von früher her ans Herz gewachsen ist.

Als er ein paar Tage später mit seiner Mutter und Stephan Kern unter den Blütenkerzen der Kastanien im Biergarten des Hackerkellers sitzt, kommt ein alter Münchner an den Tisch, an dem die übrigen Stühle noch nicht besetzt sind. »Heil Hitler«, sagt er mit düsterer Stimme, »is da no frei?« »Natürlich«, sagt Stephan Kern freundlich. »Grüaß Eahna Gott, setz'n S' Eahna nur her!«

Der alte Münchner sieht ihn einen Augenblick mißtrauisch an. Dann hellt sich sein düsteres Gesicht langsam auf. »Bin so frei«, sagt er und läßt sich auf einen der Stühle nieder. Er packt – so, wie Frau Rosl, ihr Mann und Thaddäus es getan haben – seine Brotzeit aus einer Papiertüte und läßt sich von der Kellnerin zu seinem kalten Ripperl und seinem Stück Limburgerkäse eine Maß Bier bringen.

Kaum eine Viertelstunde ist vergangen, da sind die vier schon in ein angeregtes Gespräch verwickelt. Wieder eine Viertelstunde später stoßen sie mit ihren Maßkrügen brüderlich an. »Auf die alte schöne Zeit«, sagt der Münchner. Er blickt sich vorsichtig um, ob an den Nebentischen niemand zuhört. »Und da drauf«, sagt er dann halblaut, »daß die Zeit doch amal wieder so werd.«

Zwei Tage faulenzt Thaddäus noch, am dritten steht er im Postamt an der Bergmannstraße und läßt sich vom Fräulein am Schalter mit der Nummer des Herrn Friedrich Kronenberg in Bad Wiessee verbinden. Das ist der Mann, dessen Adresse Direktor Bär vom Lloyd in Winnipeg Thaddäus gegeben hat. Der Mann aus der rheinischen Schwerindustrie, von dem Bär angenommen hatte, daß er Thaddäus bei seiner Arbeitssuche sicher helfen könne.

Sogleich nachdem das Fräulein die Verbindung mit Bad Wiessee hergestellt hat, ist Friedrich Kronenberg am Apparat. Thaddäus richtet die Grüße von Herrn Bär in Winnipeg aus. Kronenberg freut sich mächtig, daß er von Bär etwas zu hören bekommt. Er dankt Thaddäus herzlich, daß er ihn angerufen hat. Seine Stimme hat einen heiteren rheinischen Klang, es ist die Stimme eines fröhlichen alten Herrn.

Als Thaddäus ihm sagt, daß auch er noch ein Anliegen hätte, und daß Herr Bär gemeint habe, er könne damit ruhig zu Herrn Kronenberg kommen, läßt Kronenberg ihn gar nicht ganz ausreden. »Aber selbstverständlich, Junge«, sagt er, »kommen Sie zu mir! Ein Mensch, den mir der alte Bär schickt, muß doch etwas Besonderes sein. Kommen Sie am besten gleich morgen zu mir heraus – und kommen Sie möglichst früh, daß Sie lange bleiben können. Ich freue mich immer, wenn ich junges Blut um mich habe.«

Thaddäus fährt am nächsten Morgen mit dem Zug, der um halb zehn Uhr in Gmund am Tegernsee ankommt. Von dort bringt ihn der Autobus nach Bad Wiessee. Der erste Mensch, den Thaddäus nach der Straße und nach dem Haus von Friedrich Kronenberg fragt, kann ihm ohne Schwierigkeiten den Weg beschreiben.

Kronenberg – ein netter alter Herr mit weißem Haar und roten Bäckchen – streckt Thaddäus lachend die Hand entgegen, als das Dienstmädchen, eine junge, fröhliche Tegernseerin, den Gast in das Arbeitszimmer geführt hat.

»Schön, daß Sie hier sind«, lacht Kronenberg und rückt einen schweren Armsessel für Thaddäus am Schreibtisch zurecht. »Und nun lassen Sie hören, was mein alter Freund in Winnipeg macht und wie es zugegangen ist, daß Sie ausgerechnet auf ihn gestoßen sind.«

Thaddäus erzählt ihm alles ausführlich, was über Herrn Bär und was über sein eigenes, abenteuerliches Leben in Kanada zu erzählen ist. Kronenberg hört interessiert, öfters vergnügt schmunzelnd, zu. »So ein Leben«, sagt er, als Thaddäus mit seinem Erzählen fertig ist, »hab ich mir auch immer gewünscht, wie ich noch so jung war wie Sie. Und wie wird es nun mit Ihnen weitergehen?«

Thaddäus gesteht ihm, daß Herr Bär gemeint habe, er, Herr Kronenberg, würde sicher das beste Loch wissen, in das Thaddäus hineinschlüpfen könne. »Deshalb«, sagt Thaddäus, »hab ich mir wirklich den Mut genommen, zu Ihnen zu kommen.«

Kronenberg blickt Thaddäus schweigend an. »Sie sprechen Englisch. Sprechen Sie es gut?«

»Ich glaube schon«, sagt Thaddäus. »Ich habe ja ein paar Jahre Gelegenheit genug gehabt, daß ich es lerne.«

»Gut«, sagt Kronenberg. Er schreibt einen Namen, eine Adresse und eine Telefonnummer auf einen Zettel. »Das ist mein Schwiegersohn, Jim Stone. Er vertritt die Pennsylvania Transhand Corporation in Deutschland. Weil er in München studiert hat und es ihm dort so gut gefällt, hat er sich dagegen gewehrt, ein Büro im Ruhrgebiet zu beziehen. Er hat behauptet, von München aus ginge es genausogut. Seine Erfolge haben ihm recht gegeben.« Kronenberg schiebt den Zettel über den Schreibtisch Thaddäus zu. »Gehen Sie zu ihm und sagen Sie ihm, Sie wären der Mann, den er schon seit ein paar Wochen sucht.«

Thaddäus weiß vor Überraschung darüber, daß das alles so schnell geht, gar nicht, wie er Kronenberg danken soll.

Der alte Herr lacht. »Grübeln Sie nicht lange darüber nach, was Sie mir sagen wollen. Ich kann es mir ohnehin denken.« Er steht auf. »Kommen Sie, jetzt zeige ich Ihnen meinen Garten. Beim Mittagessen werden wir uns dann überlegen, was wir am Nachmittag zusammen anstellen werden.«

Im Garten zeigt Kronenberg Thaddäus seine ausgefallen schöne Rosenzucht. Beim Mittagessen erzählt er ihm aus seinem Leben in der Schwerindustrie. Am Nachmittag fahren die beiden fast zwei Stunden lang in Kronenbergs Holzkahn auf dem Tegernsee spazieren. Immer die dunkel bewaldeten Berge, die hellgrün schimmernden Wiesen, den strahlend blauen Himmel über sich. Dann hat Leni unter einer schattigen Linde im Garten den Tisch für eine nahrhafte Brotzeit gedeckt – ein kaltes geräuchertes Schweinshaxl, schäumendes Bier in alten gemütlichen Zinnkrügen.

Gegen Abend bringt Kronenberg Thaddäus zum Autobus. Ehe Thaddäus einsteigt, drückt Kronenberg ihm die Hand. »Viel Glück bei den Amerikanern! Und kommen Sie recht bald wieder.«

Es sind kaum vierzehn Tage vergangen, als Thaddäus schon wieder erscheint. Diesmal geschieht es an einem Sonntag. Thaddäus sitzt im Fond eines riesigen hellblauen Cadillacs, dessen Verdeck zurückgeschlagen ist. Links von ihm ein etwa sechsjähriges heiteres, sommersprossiges Mädchen, rechts ein etwas älterer Junge mit einem schwarzen Cowboyhut auf dem Kopf und einem silbernen Sheriffstern auf dem mit einem wilden Indianergesicht bemalten Polohemdchen. Am Steuer des Wagens sitzt ein Mann von etwa vierzig, mit braungebranntem

Gesicht, einem stacheligen Bürstenkopf, einem knallroten Hemd, das sich prall über den gut genährten Leib spannt. Neben ihm, lachend und schon von weitem dem wartenden Kronenberg zuwinkend, sitzt eine junge hübsche Frau, die Mutter der Familie.

Friedrich Kronenberg breitet die Arme aus, als die ganze Gesellschaft aus dem Wagen quillt. Die Kinder springen an ihm empor, hängen sich an ihn; die junge Frau umarmt ihn, drückt ihm einen Kuß auf die Backe. Der Schwiegersohn schlägt ihm lachend die Pranke auf die Schulter.

Thaddäus bleibt neben dem Wagen stehen, sieht lächelnd der turbulenten Szene zu.

Er ist seit acht Tagen der Sekretär von Jim Stone, dem Manager der deutschen Niederlassung der Pennsylvania Transhand Corporation in München. Außerdem ist Thaddäus im Privatleben zum immer fröhlichen, immer einfallsreichen und oft stark strapazierten Onkel der beiden Kinder Penny und Jack geworden. Hanna Stone, die junge Frau, sieht in Thaddäus außerdem eine große Entlastung für ihren immer viel zu sehr von seinem anstrengenden Job versklavten Mann. Sie hat Gott gedankt, daß ihr Vater die gute Idee hatte, den jungen Mann an die Seite ihres Mannes zu schicken.

Daß Jim Stone, der 1928 für die große amerikanische Firma nach Deutschland gekommen ist, auch nach 1933 von den Einschränkungen, die das deutsche Volk auf sich zu nehmen hat, verschont bleibt, dafür sorgt die unangreifbare Stellung, die sein Konzern auch im Dritten Reich immer noch einnimmt, und dafür sorgen die Führungsstellen des Staates und der Partei, die äußerst daran interessiert sind, daß das notwendigerweise aufrechtzuerhaltende Verhältnis zwischen dem mächtigen Konzern und der deutschen Wirtschaft durch keinerlei Pannen gestört oder auch nur getrübt werden könnte.

Auf jeden Fall hat keiner von denen, die an diesem Sonntagmorgen einander in die Arme fallen oder an ihrem Großvater emporklettern, das Gefühl, daß er dabei »Heil Hitler!« schreien müßte.

Für Thaddäus wird es ein fröhlicher, unbeschwerter Tag. Friedrich Kronenberg und seine Familie geben sich so freundlich zu ihm, als ob er schon jahrelang zu ihnen gehörte. Wenn Penny und Jack ihn lange genug als schurkischen Wildwestgangster, als feige Rothaut am Marterpfahl oder als störrischen Reitesel benutzt haben, holt Friedrich Kronenberg ihn zu sich zu einem Glas Whisky unter die alte Linde, oder Jim Stone sitzt mit ihm auf dem Bootssteg drunten am See und die beiden paffen den Rauch ihrer Shagpfeifen über das sonnenglänzende Wasser hin. Nach dem Mittagessen holt Hanna, die junge Frau, ihn mit ihrem bezauberndsten Lächeln in die Küche, damit er ihr und der rotbackigen Leni beim Geschirrtrocknen helfe.

Als der hellblaue Cadillac spätabends, vollbepackt mit der schreienden und zum Großvater zurückwinkenden Familie zum Gartentor hinausrollt, um nach München zu fahren, kommt es Thaddäus vor, als habe er diesen Sonntag in einem kleinen Paradies verbracht.

Von diesem Gefühl zehrt er noch, als er am nächsten Morgen in seinem Büro, im Vorzimmer des Chefs der Pennsylvania Transhand Corporation sitzt und fröhlich vor sich hinpfeifend die Post öffnet, die er, ehe Jim Stone sie bekommt, durchzusehen hat.

Es wird an die Türe geklopft. »Come in«, sagt Thaddäus, so, wie es in den Geschäftsräumen dieser amerikanischen Firma der Brauch ist. Der holzgeschnitzte Brieföffner fällt ihm um ein Haar aus der Hand, als er den Mann erblickt, der unter der Tür erscheint.

Es ist ein SA-Mann in der Uniform eines wahrscheinlich höheren Führers. Er blickt, die SA-Mütze etwas schräg auf dem Kopf, Thaddäus strahlend an. Er ruft, die Hand in die Höhe stoßend: »Heil Hitler!«

Es ist Hermann Prixmeier.

Thaddäus starrt die Erscheinung verblüfft an. Es verschlägt ihm die Stimme.

Prixmeier stampft mit seinen blankgewichsten Marschstiefeln zum Schreibtisch. Er streckt Thaddäus die Hand entgegen. »Mensch, Thaddäus, daß du wieder im Land bist, das schlägt dem Faß den Boden aus! Daß ich dich so schnell aufgabeln würde, das hast du dir nicht gedacht?«

Thaddäus hat sich inzwischen gefaßt. »So, wie du gebaut bist«, sagt er, während er seine Hand von den knöchernen Fingern Prixmeiers freimacht, »hat es dir sicher keine große Mühe gemacht.«

»Jedenfalls finde ich es toll, daß du wieder bei uns bist. Und diese Stellung bei dieser Firma! Mit dem Fahrrad und deinen entwickelten Filmen im Rucksack brauchst du jedenfalls nicht mehr herumzufahren.«

»Nein«, sagt Thaddäus, »dank meiner amerikanischen Freunde brauch ich das nicht mehr zu tun.«

»Und unser neues Deutschland?! Hat uns der Führer nicht wieder zu Menschen gemacht?«

»Du bist jedenfalls ein großes Tier geworden. Zu welchem Rang darf man dir gratulieren?«

Prixmeier lächelt stolz. »Obersturmführer. Unsere Rangabzeichen werden dir noch nicht geläufig sein.«

»Nein, ich glaub auch nicht, daß ich sie noch lernen werde.«

Das Lachen in Prixmeiers Gesicht friert für einen Augenblick ein. Doch dann zwingt er sich wieder zu einem nachsichtigen Lächeln. »Du bist ja erst seit ein paar Tagen wieder in Deutschland. Du hast ja noch keine Ahnung, was wir aus den kaputten Trümmern gemacht haben. Überall grünt und blüht es.«

»Ich hab bis jetzt eigentlich überall nur braun gesehen. Braun hab ich noch nie gerne gemocht.«

Jetzt wird Prixmeiers Gesicht endgültig hart. Er funkelt Thaddäus aus bösen Augen an. »Du bist gegen uns! Du weißt immer noch nicht, wofür wir gekämpft haben und wofür wir weiterkämpfen?«

»Doch«, sagt Thaddäus, »natürlich weiß ich es. Und g'rad deswegen weil ich es weiß, freu ich mich nicht über euer neues Deutschland. Ich hab Angst, daß ihr es mit euren Marschstiefeln noch ganz zertrampeln werdet.«

Prixmeier starrt Thaddäus entgeistert an. »Glaubst du, daß du es dir leisten kannst, in diesem Ton mit mir zu reden?«

»Ich rede deutsch, wie ich es schon immer getan hab. Weder du noch deine Partei werden mir den Mund zuhalten können.«

Prixmeier sagt kalt: »Du bist nicht um einen Deut besser geworden, als du vor drei Jahren an den Abenden bei Bergs und ihren hochnäsigen Snobs gewesen bist.

Aber eines Tages werdet ihr alle merken, daß ihr ohne uns und ohne die Partei nicht leben könnt.«

»Wenn du gekommen bist, um mir ein Antragsformular für den Eintritt in deine Partei zu bringen«, sagt Thaddäus, »dann hast du deine Zeit verschwendet.«

Prixmeier wird blaß vor Wut. »Du wirst vor uns noch auf dem Bauch liegen. Aber dann werden wir über dich hinwegmarschieren.« Er knallt die Hacken seiner Marschstiefel zusammen. Sein Arm fährt in die Höhe. »Heil Hitler!«

»Und Grüß Gott für die Andersgläubigen«, sagt Thaddäus in das Krachen der zufallenden Türe hinein.

Jim Stone, der, in seinem Büro hinter'm Schreibtisch sitzend, gleich darauf von Thaddäus diese Unterredung erzählt bekommt, kaut nachdenklich an seiner Shagpfeife herum.

»Vom menschlichen Standpunkt aus«, sagt er, »haben Sie es richtig gemacht. Aber diese Menschen sind keine Menschen. Sie werden sich nicht wundern dürfen, wenn Ihr brauner Freund einiges versuchen wird, um Ihnen das Leben schwer zu machen.«

»Damit rechne ich sowieso«, antwortet Thaddäus. »Aber ganz von gestern bin ich ja auch nicht. Ich werde schon fertig werden mit ihm und seiner Partei.«

»Vom Parteiapparat her kann er nichts gegen Sie machen. Daß Sie in diese Partei eintreten, dazu kann man Sie nicht zwingen. Daß man Sie zum Arbeitsdienst einzieht, dazu sind Sie zu alt. Und daß ich Sie, als Ihr Arbeitgeber – wie alle anderen Arbeitgeber es tun müssen –, am 1. Mai zur Kundgebung der Arbeitsfront schikken werde, das werden diese Leute nicht von mir erwarten. Sehen wir also in Ruhe zu, Thaddäus, was vielleicht doch noch passieren könnte.«

Es passiert nichts, das ganze Jahr über. Der Drücker, an dem der SA-Obersturmführer Prixmeier sitzt, scheint doch nicht stark genug zu sein, daß er gegen Thaddäus etwas in Gang setzen könnte.

Als Adolf Hitler sich die »Wehrhoheit des Reiches« wieder zurückholt und damit eine zweijährige Militärdienstzeit für alle tauglichen deutschen jungen Männer in Kraft tritt, erhält Thaddäus ein Schreiben des Wehrkreiskommandos. Er wird aufgefordert, sich bei der für ihn in Frage kommenden Dienststelle zwecks Musterung zum Militärdienst beziehungsweise – da er das zur Einberufung nötige Alter schon überschritten hat – zur Bereitstellung für einen kurzzeitigen Ersatzreservedienst einzufinden.

Jim Stone liest das Schreiben, das Thaddäus ihm gegeben hat, schweigend durch. Dann gibt er es Thaddäus zurück. »Well«, sagt er, »wir müssen sehen, was wir tun können.«

Es trifft sich gut, daß Stone noch am gleichen Tag mit dem Wirtschaftsexperten der NSDAP im Braunen Haus eine wichtige Besprechung hat. Der Experte, dessen Vorzimmer mit zwei SA-Leuten besetzt ist, weiß gut, daß er sehr darauf bedacht sein muß, das Verhältnis der Partei zur Pennsylvania Transhand Corporation immer auf der Ebene einer freundschaftlichen Zusammenarbeit zu halten.

Die Verhandlung dauert ziemlich lange. Stone kommt bei den Fragen, die dabei zu lösen sind, der Gegenseite sehr entgegen. Erst als alles geregelt und in Ordnung ist und Stone sich anschickt, sich vom Experten zu verabschieden, fällt ihm ein, daß dieser ihm vielleicht einen kleinen Gefallen tun könnte. Es handelt sich um den Mitarbeiter Stones, um Mister Thaddäus Knopf, den man eventuell zu einer Militärdienstübung einberufen werde. Für die Pennsylvania Transhand Corporation würde das ein großes Handikap bedeuten, wenn die Niederlassung diese äußerst wichtige Kraft gerade jetzt, wenn auch nur für kurze Zeit, an den Militärdienst verlieren müßte.

Der Experte schreibt den Namen des wichtigen Mitarbeiters auf seinen Notizblock. Es wird für das Braune Haus sicher kein Problem sein, die Wehrdienstverwaltung zu veranlassen, diesen Mann von jeglichem Militärdienst freizustellen.

Als Jim Stone von dieser Besprechung zurück in sein Büro kommt, klopft er Thaddäus zufrieden auf die Schulter. »Well«, sagt er, »ich glaube, Thaddäus, man wird Ihnen von dieser Seite her jetzt keine Steine mehr in den Weg legen.«

So kommt Thaddäus mit keinem Amtsträger der Partei und auch mit keiner Militärperson in Berührung. In seinem Büro, an der Seite Jim Stones, führt er ein interessantes, geschäftliches Leben. Zu Hause, bei seiner Mutter und ihrem Mann, verbringt er gemütliche Abende. Vorausgesetzt, daß er sie nicht mit irgendeinem netten Mädchen in einer Tanzbar oder in seiner eigenen, von seiner Mutter nie gestörten, Bude in der Westendstraße verbringt.

Oftmals an den Feiertagen oder in den Ferien des Sommers 1937 ist Thaddäus mit Jim Stone und seiner Familie auch draußen bei Friedrich Kronenberg in Bad Wiessee. Kronenberg freut sich, daß er seinem Schwiegersohn mit Thaddäus so einen Treffer neben die Seite gestellt hat.

Auch am Kirchweihsonntag – es ist ein strahlender Herbsttag Anfang Oktober – hat Kronenberg seine Familie, und mit ihr Thaddäus, auf der Terrasse seines Hauses um die knusprig braun gebratene Köstlichkeit einer Kirchweihgans versammelt. Die junge Leni, frisch und lachend wie immer, hat sie serviert. Kronenberg, der den ganzen Vormittag im Garten gearbeitet und sich dabei wie ein Junger gefühlt hat, steht mit begeistert gerötetem Gesicht am Tisch und zerlegt die Gans. Der Atem geht ihm vor Freude hoch.

Plötzlich fällt ihm die schwere Geflügelschere aus der Hand. Sein Mund ringt nach Luft, er sinkt stöhnend in seinem Stuhl zusammen.

Jim und Hanna springen hoch. Thaddäus hilft ihnen, den Alten zu stützen. Die Kinder sehen den Großvater erschreckt an.

Er hat die Augen geschlossen. Sein Atem scheint immer langsamer zu gehen. Jim und Thaddäus tragen ihn vorsichtig von der Terrasse ins Wohnzimmer. Hanna läuft zum Telefon.

Zehn Minuten später sitzt der Arzt neben Kronenberg an der Couch.

Herzinfarkt. Eine sofortige Überführung in die Klinik ist notwendig.

Kronenberg schlägt langsam die Augen auf. Er redet so leise, daß Hanna sich ganz nah zu seinem Mund hinunterbeugen muß, um ihn zu verstehen.

»Beermann soll kommen.« Er schließt die Augen.

Hanna erklärt Jim und Thaddäus, wer Beermann ist.

Professor Beermann ist Herzspezialist, eine anerkannte Größe auf seinem Gebiet, ein alter Freund Kronenbergs. Trotzdem er als Jude im ersten Weltkrieg Frontkämpfer war, hat man es ihm und seiner Praxis seit 1933 nicht leicht gemacht. Alle seine Freunde haben ihm geraten, Deutschland zu verlassen, doch er gehört zu jenen, die es immer noch nicht glauben wollen, daß ihnen etwas passieren könne.

Erst vor ein paar Wochen war Kronenberg wieder mit ihm zusammen und hatte ihn abermals gewarnt, doch Beermann wollte nicht hören.

Seine Telefonnummer steht im Verzeichnis, das im Arbeitszimmer Kronenbergs auf dem Schreibtisch liegt. Hanna wählt mit zitternder Hand die Nummer. Es kommt keine Antwort. Sie wählt und wählt. Draußen vor dem Haus ist der Rettungswagen der Klinik vorgefahren. Hanna kommt, ohne Beermann erreicht zu haben, wieder zurück ins Wohnzimmer. Die beiden Krankenträger legen Kronenberg behutsam auf die Bahre.

»Hanna«, sagt er dabei schwach, »sieh zu, daß du Beermann findest.«

Jim und Hanna fahren mit Kronenberg in die Klinik. Thaddäus jagt im Cadillac Jims nach München. Er hat die Adresse Professor Beermanns in der Tasche. Franz-Joseph-Straße 93.

Es ist ein großes, mit Ornamenten der Jugendstilzeit geschmücktes Haus. Marmorstufen führen im glasüberwölbten Treppenhaus zu den Wohnungen hinauf. Im 1. Stock ein Schild an der Tür: PROFESSOR FRITZ BEERMANN.

Thaddäus läutet laut und lange. Nichts rührt sich. Er läutet immer wieder. Nach langer Zeit wendet er sich von der Tür ab, um die Treppe wieder hinunterzusteigen.

Ein junges Mädchen kommt ihm entgegen. Sie trägt einen hellgrauen Regenmantel und eine schwarze Baskenmütze. Unter der Mütze quellen ein paar tiefschwarze Locken hervor. Sie blickt Thaddäus nicht an, als sie an ihm vorbei die Treppe hinaufsteigt.

Thaddäus hat das Gefühl, daß das Mädchen etwas mit Professor Beermann zu tun haben könne. »Verzeihen Sie«, sagt er, »ich suche Professor Beermann. Wissen Sie vielleicht ...«

Das Mädchen sieht ihn mißtrauisch an. »Weshalb wollen Sie zu Professor Beermann?«, fragt sie mit einer dunklen Stimme.

»Ich muß ihn zu Herrn Kronenberg nach Bad Wiessee holen. Herr Kronenberg hat einen Herzinfarkt.«

Das Gesicht des Mädchens verändert sich mit einem Schlag. Sie eilt Thaddäus voraus die letzten Stufen zur Wohnungstür hinauf. Sie holt den Schlüssel aus der Tasche und sperrt auf. »Kommen Sie. Kommen Sie herein.«

Das Mädchen schließt die Tür hinter sich zu. »Ich bin die Sprechstundenhilfe Professor Beermanns. Ist Herr Kronenberg schon klinisch versorgt?«

»Ja, er liegt in der Klinik in Tegernsee. Aber er möchte, daß Professor Beermann zu ihm kommt. Können wir ihn irgendwo möglichst schnell erreichen?«

Das Mädchen blickt Thaddäus schweigend an. Dann sagt sie: »Ja, erreichen können wir ihn. Aber er kann Herrn Kronenberg nicht helfen. Die Nationalsozialisten haben ihm jede Art von Praxis verboten.«

Thaddäus weiß nicht, was er antworten soll. Dann sagt er: »Aber wir können ihn doch abholen und kein Mensch wird erfahren, daß wir ihn nach Tegernsee bringen.« Er faßt die Hand des Mädchens. »Kommen Sie! Vielleicht geht es um jede Minute.«

Noch einen Augenblick lang besinnt sich das Mädchen, dann sagt sie: »Gut, fahren wir.«

Als sie drunten neben Thaddäus im Cadillac sitzt, gibt sie ihm die Adresse an: »Maria-Joseph-Straße dreizehn.«

Thaddäus weiß, daß er nur ein paar Minuten zu fahren hat. Er kennt die Maria-Joseph-Straße gut. Vom Atelier in der Mandlstraße, in dem er damals so oft bei Pat war, konnte er immer zu der kleinen Straße hinübersehen.

»Ich heiße Thaddäus Knopf«, sagt er zu dem Mädchen. »Ich bin der Sekretär von Jim Stone, dem Schwiegersohn von Herrn Kronenberg. Kennen Sie Mister Stone?«

»Nein«, sagt das Mädchen. »Ich kenne nur Herrn Kronenberg. Von der Praxis her. Ich arbeite seit vier Jahren bei Professor Beermann. Ich heiße Barbara Held.«

Thaddäus wendet seinen Blick für einen Moment von der Straße weg und sieht das Mädchen von der Seite her an. Wenn sie seit vier Jahren bei Beermann arbeitet, muß sie mindestens zweiundzwanzig sein. Die kleinen, schwarzen Locken, die unter ihrer Baskenmütze hervorsehen, flattern im Fahrwind, der über den offenen Wagen dahinweht. Sie hat ein feingeschnittenes Gesicht. Die Lippen schimmern in einem hellen, natürlichen Rot.

»Dort vorne ist es!« Barbara zeigt auf ein kleines, villenartiges Haus, auf das der Wagen zurollt. Wie vor allen Häusern in dieser Gegend liegt ein Vorgarten zwischen Straße und Haus.

Thaddäus und Barbara springen gleichzeitig aus dem Wagen. Barbara läuft Thaddäus voraus. »Es ist nicht hier vorne. Die Wohnung liegt rückwärts im Gartenhaus.«

Es ist ein zierliches Häuschen im Stil der Biedermeierzeit. Es steht versteckt hinter dichten Sträuchern.

Barbara klopft dreimal gegen die grün gestrichene Tür. Nach einer Weile geht die Tür auf. Professor Beermann steht dahinter. Es ist ein alter, weißhaariger Herr. Er scheint fast erschrocken, als er Thaddäus neben Barbara stehen sieht.

»Das ist Herr Knopf«, sagt Barbara rasch. »Er will Sie zu Herrn Kronenberg nach Tegernsee holen. Herr Kronenberg liegt mit einem Herzinfarkt in der Klinik.«

Man sieht es dem Professor an, daß er für einen Augenblick erleichtert ist. Doch dann fragt er Thaddäus besorgt: »Ist es schlimm?«

Thaddäus zuckt die Achseln. »Der dortige Arzt hat ihn sofort in die Klinik bringen lassen.«

»Kommen Sie herein«, sagt Beermann mit einer stillen, sympathischen Stimme. Als er mit Thaddäus und Barbara in der Diele des Häuschens steht, reicht er Thaddäus die Hand. »Ich fahre gleich mit Ihnen.« Er wendet sich an Barbara. »Sie fahren doch mit?«

Barbara nickt. »Natürlich. Aber setzen Sie eine Sonnenbrille auf, Herr Professor. Der Wagen steht vor dem Vorderhaus. Sie brauchen nicht über die Straße zu gehen.«

Thaddäus klappt außerdem das Verdeck des Wagens hoch. Professor Beermann lehnt sich rückwärts tief in die Polster. Barbara setzt sich neben ihn. Der Wagen verläßt München, Richtung Holzkirchen-Tegernsee. Eineinhalb Stunden später bleibt er vor der Klinik in Tegernsee stehen.

Als Professor Beermann mit Barbara und Thaddäus das Zimmer betritt, in dem Kronenberg liegt, ist nur mehr der Arzt bei ihm, der ihn in die Klinik gebracht hatte. Er begrüßt Professor Beermann freundlich als Herrn Kollegen. Er kennt ihn nicht. »Herr Kronenberg ist ein alter Freund von Ihnen«, sagt er. »Er legt Wert darauf, daß auch Sie sich seiner annehmen.«

»Ich danke Ihnen«, sagt Beermann, »daß Sie es mir gestatten.«

Der Arzt zieht sich zurück. Kronenberg will Beermann mit der Spur eines Lächelns die Hand entgegenstrecken.

»Du, trau dich nicht und rühr dich«, sagt Beermann, »ich möchte dich noch länger als Freund haben.«

Thaddäus und Barbara bleiben im Hintergrund stehen und sehen schweigend zu, wie Beermann Kronenberg untersucht. Nach einer langen Zeit, in der es totenstill im Zimmer ist, hat Beermann seine Untersuchung beendet. Er legt seine Hand auf Kronenbergs Schulter. »Vier Wochen vollkommene Ruhe, dann kannst du wieder in deinem Garten herumwerkeln.«

Kronenberg lächelt. »Wenn bis dahin nicht zwei Meter Schnee liegen.«

»Um so besser, dann mußt du hinter dem Ofen bleiben.« Er wendet sich an Barbara. »Mehr als das, was die hier in der Klinik machen, kann ich auch nicht für ihn tun.« Er sieht Thaddäus an. »Glauben Sie, daß es möglich ist, daß Sie mich gleich wieder zurück nach München fahren?«

Kronenberg hebt protestierend die Hand. Er sagt schwach: »Du kannst doch bei uns bleiben.«

Beermann blickt ihn mit resigniertem Lächeln an. »Warum, glaubst du, daß Barbara mich versteckt hält? Was, glaubst du, würde dein Nachbar, der Herr Reichsführer Himmler, dazu sagen, wenn er erführe, daß ich als

Arzt bei dir war und dann auch noch bei dir wohnen würde?« Er legt seine Hand wieder sanft auf Kronenbergs Schulter. »Wenn am Tegernsee die Hakenkreuzfahnen wieder verschwunden sind, komme ich für ein halbes Jahr zu dir.«

Kronenberg schließt die Augen. Professor Beermann schweigt.

Die beiden alten Männer, die so gute Freunde sind und es jetzt nicht mehr sein dürfen – das ist so gespenstisch, daß Thaddäus am liebsten zur Seite sehen würde.

Plötzlich fühlt er, wie die Finger Barbaras sein Handgelenk umklammern. Es ist, als ob sie vor irgend etwas Rettung bei ihm suchen würde. Er wendet seinen Blick zu ihr hin. Ihre großen, hellen Augen suchen die seinen.

10

In den nun folgenden Wochen sind Thaddäus und Barbara fast jeden Abend zusammen. Wenn die Arbeit des Tages für Thaddäus in der Pennsylvania Transhand Corporation zu Ende ist, fährt er in seinem kleinen DKW-Wagen, den er sich inzwischen gekauft hat, von seinem Büro zu dem kleinen Biedermeierhäuschen in der Maria-Joseph-Straße.

Barbara wohnt im Erdgeschoß. Den Professor hat sie im ersten Stock untergebracht.

Das Vermögen, das Beermann besitzt, ist groß genug, daß er – wenn er seine Praxis auch nicht mehr weiterführt – sein Leben bestreiten und auch Barbara das Gehalt zahlen kann, das sie dafür bekommt, daß sie ihm nun weiterhin bei seinen wissenschaftlichen Arbeiten hilft.

Er weiß, daß die Hilfe, die sie ihm in Wahrheit leistet, so groß ist, daß kein Mensch auf der Welt sie bezahlen könnte. Sie versteckt ihn unter eigener Gefahr vor den Nazis, für die das Berufsverbot, das sie über Beermann verhängt haben, sicher nicht das letzte Mittel sein wird, um ihn aus der Gesellschaft auszuschließen. Seit dem Reichsparteitag im September 1935, seitdem dort das

»Gesetz zum Schutze des deutschen Blutes und der deutschen Ehre« verkündet wurde, sind so viele Juden in Deutschland aus ihren Wohnungen und ihren Geschäften verschwunden, und kein Mensch weiß, wohin sie gekommen sind.

Als Barbara durch Zufall erfahren hatte, daß die Gestapo kurz davor stand, auch Professor Beermann aus seiner Wohnung zu holen, mußte sie fast Gewalt anwenden, um ihn dazu zu bringen, sich in dem kleinen Biedermeierhäuschen, das sie von ihrer Großmutter geerbt hatte und in dem sie selber wohnte, für ein Leben in der Verborgenheit einzurichten.

Auch die Räume im Erdgeschoß, die Barbara nun bewohnt, sind biedermeierlich eingerichtet. Die Möbel sind aus hellem Kirschbaumholz, mit fröhlich gemustertem Seidenstoff bezogen.

Das einzige, was nicht aus der Biedermeierzeit stammt, ist eine hellblau überzogene Couch, die in einem kleinen, eigenen Zimmer steht. Außer ihr gibt es nur noch ein Bücherregal in dem Raum und ein paar Bilder an der Wand.

Barbara nennt es ihr Traumzimmer. Weil sie dort, wenn sie von der Welt ganz weit weg sein will, auf der Couch liegt, in einem Buch liest oder hinaus zum Fenster träumt. In diesem kleinen Zimmer, auf dieser Couch, verbringen Thaddäus und Barbara, als draußen das letzte Laub von den Bäumen fällt und der erste Schnee in großen Flocken zur Erde tanzt, ihre schönsten Stunden.

Professor Beermann führt oben, im ersten Stock, sein eigenes, zurückgezogenes Leben. Er hat darauf bestanden, sich auch seine Mahlzeiten selber zuzubereiten. Barbara darf ihm nur helfen, wenn er – was er schon seit Jahrzehnten tun wollte und nun tun kann – an einem wissenschaftlichen Werk über die Funktion, über die Störungen des Herzens arbeitet und es Barbara in ihre kleine Reiseschreibmaschine diktiert.

An manchen Abenden aber lädt Professor Beermann Barbara und Thaddäus zu sich hinauf in seine Wohnung. Das sind Stunden, in denen Thaddäus viel vom Leben und seinen Möglichkeiten, von seinen Wunderlichkeiten und Geheimnissen erfährt. Nur von seinen Schrecken und seinen Abscheulichkeiten spricht Beermann nie. Nie auch von den braunen Unmenschen, die das Leben zur Hölle machen können.

Friedrich Kronenberg hat seinen Herzinfarkt gut überstanden. Nachdem man ihn vier Wochen lang in der Klinik behandelt hatte, wurde er wieder nach Hause entlassen. Hanna Stone, seine Tochter, war für drei weitere Wochen von München nach Bad Wiessee gezogen. Sie pflegte ihren Vater vollends gesund. Als Thaddäus zum erstenmal mit Jim hinausfuhr, nahmen sie auch Barbara im Wagen mit. Kronenberg empfing Barbara voller Freude. Sie brachte die Grüße Professor Beermanns mit. Für ihn ist es besser denn je, das Haus in der Maria-Joseph-Straße nicht zu verlassen.

Als Barbara und Thaddäus eines Tages darauf kommen, daß eines der drei Zimmer im Erdgeschoß des Biedermeierhäuschens ja eigentlich gar keinen Zweck hat, sondern nur als Abstellplatz für überflüssige Dinge dient, zieht Thaddäus zu Barbara und in dieses Zimmer.

»Dann brauch ich in der Nacht nicht dauernd den weiten Weg von Schwabing bis ins Westend zu fahren«, sagt Thaddäus.

»Und ich brauch nicht dauernd aufzustehen«, lacht Barbara, »und die Haustüre hinter dir zuzuschließen.«

Den Weihnachtsabend feiert Thaddäus bei seiner Mutter und ihrem Mann. Barbara feiert mit ihnen. Professor Beermann wollte diese Stunden allein verbringen.

Auch an Sylvester bleibt er allein zu Haus. So nehmen Thaddäus und Barbara zusammen mit Frau Rosl und Stephan Kern Abschied vom alten Jahr. »Und daß uns das neue Jahr endlich wieder ein richtiges Vaterland beschert«, sagt Stephan Kern, als sie um Mitternacht mit ihren Gläsern anstoßen.

Der Winter zieht sich langsam zurück. Ein warmer Föhneinbruch nimmt im März auf dem flachen Land den letzten Schnee weg. Die Erde fängt an zu dampfen.

Auf Jim Stone stürmt an diesem Morgen ein Ärger ein, den der drückende Föhn nicht leichter macht. Ausgerechnet jetzt, wo er mit den Problemen seiner eigenen Arbeit hier in Deutschland Verdruß genug hat, kommt noch ein ellenlanges Kabel der Generaldirektion in Pittsburgh bei ihm an. In einem besonders wichtigen Einflußgebiet, in dem die Pennsylvania Corporation seit drei Jahren versucht, festen Fuß zu fassen, in Afghanistan, hat es in der dortigen Niederlassung, in Kabul, eine Panne gegeben. Der Manager der Niederlassung ist ganz einfach getürmt. Mit irgendeinem Weib, das ihm den Kopf verdreht hat. Und er, Jim Stone, der damals derjenige war, der die Niederlassung gegründet und diesen Manager eingesetzt hatte, soll die Sache nun möglichst schnell wieder in Ordnung bringen. »Kein Mensch in Amerika will sich in dieses Land hinter'm Mond versetzen lassen«, schimpft Stone, »und von mir verlangen sie nun, daß ich einen aus dem Boden stampfe. Dabei scheint da draußen die Sonne aus allen Knopflöchern! In normalen Zeiten würde ich bei diesem herrlichen Wetter eine Stunde durch den Englischen Garten reiten. Statt dessen ...« Plötzlich schlägt er mit der Faust auf den Tisch. »Natürlich reite ich! Dieses verfluchte Kabul hat meinen Kopf ganz durcheinandergebracht. Wenn ich auf meinem Gaul sitze, wird es wieder klar in ihm werden. Thaddäus, reiten Sie mit?«

Thaddäus ist mit Jim schon oft vom Tattersall in der Königinstraße aus durch den Englischen Garten geritten. Er freut sich auch jetzt auf den Ritt.

So traben und galoppieren sie über eine Stunde lang auf den Reitwegen durch den Park. Stone schwitzt sich dabei den Ärger aus dem Kopf. Er hat alle Aussicht, bald wieder klar denken zu können.

Als sie die Pferde wieder im Tattersall abgeliefert haben und, in der Reithose, die Reitstiefel an den Beinen, ihr Büro betreten, kommt eine der Sekretärinnen, die auch das Telefon bedient, Thaddäus schon an der Tür entgegen.

»Herr Knopf, Fräulein Held hat schon zweimal angerufen. Sie möchten sofort zurückrufen.«

Thaddäus wählt die Nummer in der Maria-Joseph-Straße. Barbara sagt in aufgeregter Angst: »Thaddäus, bitte, kannst du schnell kommen?«

»Ja«, sagt Thaddäus, »sofort!«

Thaddäus läuft zu seinem Wagen hinunter. Ein paar Minuten später ist er bei Barbara. Sie hat unter der Tür des Biedermeierhäuschens schon auf ihn gewartet.

»Thaddäus«, sagt sie mit zitternder Stimme, »die SS-Leute waren da. Sie wollten wissen, wo Beermann hingekommen ist. Sie haben ihn in der Praxis gesucht und in der Wohnung. Nun soll ich sehen, daß ich ihn finde. Sie kommen heute abend wieder.«

»Und wo ist er jetzt?«

»Oben im Speicher. Gleich, als ich sie kommen sah, habe ich ihn oben hinter dem alten Gerümpel versteckt.« Sie blickt Thaddäus voller Angst an. »Thaddäus, wir müssen ihn wegbringen! Irgendwohin, wo er für sie nicht mehr erreichbar ist.«

Ehe Thaddäus antworten kann, fährt ihr selber der rettende Gedanke durch den Kopf. »Nach Österreich! Nach Wien. Dort hat er Verwandte.«

»Und wie bringen wir ihn nach Wien über die Grenze? Hat er einen Paß?«

»Nein, den haben sie ihm schon vor ein paar Monaten abgenommen. Aber wir bringen ihn auch so hinüber.« Sie braucht nicht lange nachzudenken. »Wenn wir über Rosenheim fahren, können wir den Wagen, wenn es dunkel geworden ist, lange vor der Grenze im Wald verstecken und zu Fuß unter'm Heuberg entlang durch die Wälder nach Tirol hinein und nach Kufstein kommen. Von dort aus bringe ich den Professor mit der Bahn nach Wien.«

»Und in den Wäldern unter'm Heuberg kennst du dich aus?«

»Ja, ich bin früher mit meinem Vater oft in den Bergen in dieser Gegend herumgestiegen. Ich werde mich auch in der Finsternis bestimmt zurechtfinden.«

»Aber was wird mit dir sein, Barbara?« fragt Thaddäus. »Wenn sie heute abend wiederkommen und du bist nicht da?«

»Sie dürfen mich überhaupt nie mehr finden«, sagt Barbara. Sie blickt Thaddäus fest in die Augen. »Ich muß mit Beermann in Wien bleiben – was soll ich sonst tun?«

Thaddäus weiß nicht gleich, was er sagen soll. Doch dann legt er Barbara die Hand auf die Schulter. »Barbara, wir werden schon einen Weg finden. Jetzt müssen wir Beermann möglichst schnell aus dem Haus bringen. Kümmere du dich um ihn, ich verständige Jim für alle Fälle, ich bin in zehn Minuten wieder da.«

Während Thaddäus auf die Straße zu seinem Wagen läuft, steigt Barbara über die schmale Treppe im Häuschen zum Dachboden hinauf.

Beermann, der in einem brüchigen Korbsessel hinter einem alten Küchenschrank sitzt, wehrt sich dagegen, daß die beiden ihn fortschaffen wollen. Er will sie nicht in Gefahr bringen. Als er endlich eingesehen hat, daß es für ihn keine andere Möglichkeit mehr gibt, als ganz aus Deutschland zu verschwinden, fängt Barbara an, ein paar seiner Sachen und vor allem auch das angefangene Manuskript seines Buches in einen Rucksack zu packen. Zum Glück ist – von ihrem Vater her – noch ein zweiter da, der den Rest des Allernotwendigsten aufnehmen kann.

Indessen hat Thaddäus im Büro Jim Stone alles erzählt. Jim bietet ihm zur Fahrt nach Tirol seinen Cadillac an. Doch Thaddäus findet es besser, in seinem eigenen kleinen, unauffälligen DKW zu fahren.

Thaddäus nimmt sich nicht die Zeit, ehe er mit Beermann und Barbara wegfährt, Reithose und Reitstiefel auszuziehen. Jede Minute, die sie noch im Haus bleiben, kann zuviel sein. Sie fahren durch möglichst kleine, unbelebte Straßen aus München hinaus. Sie fahren nicht auf der breiten Rosenheimer Landstraße. Thaddäus lenkt den Wagen über Putzbrunn und Feldkirchen, weitab von der normalen Straße nach Rosenheim.

Nun haben sie auch keine Eile mehr. Sie dürfen vor Einbruch der Dunkelheit ja nicht dort sein, wo sie den Wagen stehenlassen und zu Fuß über die Grenze gehen wollen.

So bleiben sie schon bald hinter München in einem kleinen Wirtshaus, abseits der Straße, zu einem langen Mittagessen. In einem verschwiegenen Waldstück machen sie noch einmal, bis gegen Abend, Rast. Als sie dann in Rosenheim sind, lassen sie den Wagen im Gewühl des Verkehrs stehen und suchen sich in einem großen Gasthaus zwischen einer Menge von anderen Gästen einen Platz.

»Je mehr Menschen«, sagt Thaddäus, »um so weniger fallen wir auf.«

Es fängt, jetzt im März, schon bald an, zu dunkeln. Im letzten Dämmerlicht des Tages fahren sie aus Rosenheim hinaus. Sie fahren auf der linken Seite des Inns auf die Tiroler Grenze zu. Inzwischen ist es stockfinster geworden. Lange vor der Grenze läßt Thaddäus den Wagen in die schmale Lichtung eines dichten Waldstückes rollen. Er schaltet die Scheinwerfer aus. Kein Mensch kann den dunklen Wagen von der Straße aus sehen.

Lautlos steigen die drei aus dem Wagen. Thaddäus hängt sich den einen, Barbara den anderen Rucksack über die Schultern. Barbara geht nun den beiden voraus. Es ist eine mondlose, tiefdunkle Nacht. Doch Barbara weiß genau, wie sie durch den dichten Wald der Steilhänge unterhalb des Heuberges steigen und oft auch klettern müssen, um möglichst weit von der kleinen, drunten am Fluß liegenden Grenzstation weg und doch möglichst schnell in österreichisches Hoheitsgebiet zu kommen.

Thaddäus geht in der Dunkelheit dicht hinter Professor Beermann, um ihn, wenn ihm das Steigen durch das steile Waldgewirr und die zackigen Felsbrocken zu beschwerlich wird, stützen zu können. Doch der alte Mann braucht die Hilfe nicht; er ist ja Zeit seines Lebens von München aus immer in die Berge gegangen.

»Ich dank Ihnen schön, Thaddäus«, sagt er, als er kurz einmal stehenbleibt, »bloß ein bisserl verschnaufen, dann geht's schon wieder.«

Sie steigen lautlos weiter. Etwa noch eine halbe Stunde lang. Dann tut sich eine weite Almwiese vor ihnen auf. An ihrem oberen Rand, dort, wo der Wald wieder anfängt, sieht man in der Dunkelheit eine kleine Hütte stehen.

»Das ist die Steineralm«, sagt Barbara erleichtert. »Jetzt sind wir schon in Tirol. Die Lichter dort unten gehören zu Erl.«

Die drei hasten über die Almwiese, dem Wald auf der anderen Seite zu. In ihm steigen sie nun ununterbrochen abwärts. Keine halbe Stunde und sie stehen auf der Landstraße. Ein ganzes Stück weit von ihnen entfernt sehen sie, als helle Flecken, die Häuser von Erl.

Es ist zwanzig Minuten nach zehn. Nur ein einziges Fenster der Häuser ist noch erleuchtet. Die drei gehen auf der Straße durch den Ort. Bald darauf sehen sie weit oben, im Waldrand halb versteckt, einen kleinen Heustadel stehen. Er ist noch halb voll von trockenem Heu des vorigen Jahres. Die drei sind müde genug, daß sie, tief eingegraben in das warme Heu, nach kurzer Zeit in Schlaf versinken.

In der ersten Morgendämmerung des neuen Tages klettern sie aus dem Stadel. Barbara wird mit Professor Beermann nun so lange auf der Straße in Richtung Kufstein weitergehen, bis sie einen Wagen finden, der sie mitnehmen wird.

Thaddäus, der seinen Paß bei sich hat, wird auf der Straße zurück bis zur offiziellen Grenze gehen und dahinter im Wald seinen Wagen holen.

Thaddäus drückt Professor Beermann zum Abschied die Hand. »Das Schwere haben Sie ja nun hinter sich. Sicher wird es nicht mehr lange dauern, bis wir uns in München wiedersehen.«

Beermann sagt lächelnd: »Sie sind ein Optimist. Aber Sie sind jung, Sie müssen es sein. Ich dank Ihnen schön für alles, was Sie für mich getan haben. Leben Sie wohl, Thaddäus.«

Er wendet sich rasch ab. Jetzt trägt er den zweiten Rucksack. Er gibt sich Mühe, ohne Anstrengung und aufrecht zu gehen. Doch man sieht es ihm an, daß er müde und ohne viel Hoffnung ist.

Barbara und Thaddäus stehen allein auf der Landstraße.

»Nun bleibt uns nur noch die Hoffnung, Thaddäus«, sagt Barbara, »daß es nicht gar zu lang dauert, bis wir uns wiedersehen.«

Thaddäus nimmt ihre Hand. »Verlier den Mut nicht, Barbara. Das ist das, was wir jetzt am allernotwendigsten brauchen.«

Barbara lächelt. »Du kannst dich auf mich verlassen. Du wirst auch bald von mir etwas erfahren. Einen Weg dazu werd ich schon finden.«

»Servus, Barbara«, sagt Thaddäus.

»Servus, Thaddäus!«

Sie umarmen sich und küssen sich lang. Dann reißt Barbara sich von ihm los und läuft – den Rucksack über den Schultern – dem Professor nach.

Thaddäus sieht, wie die beiden in einer Wegkurve im Wald verschwinden.

Für den Weg auf der Landstraße, zurück zur Grenzstelle, braucht Thaddäus jetzt kaum eine halbe Stunde. Ein Grenzer, der noch nicht ganz ausgeschlafen ist, wirft einen kurzen Blick auf den Paß von Thaddäus. Er öffnet den Schlagbaum.

Seinen im Wald versteckten Wagen hat Thaddäus schnell gefunden. Zwei Stunden später ist er wieder in München. Er fährt in die Maria-Joseph-Straße, um erst einmal sein Reitkostüm, die Hose und die Stiefel loszuwerden.

Als er von seinem Wagen her, am Vorderhaus vorbei, zum Biedermeierhäuschen kommt, bleibt er verblüfft stehen. Die Haustür ist weit geöffnet. Unter ihr steht ein Mann in einem schwarzen Ledermantel.

»Herr Knopf?« fragt er mit kalter Stimme, als er Thaddäus gewahr wird.

»Ja«, sagt Thaddäus, »und wer sind Sie?«

Der Mann hält ihm eine Ausweiskarte hin.

»Geheime Staatspolizei.« Er deutet durch die offene Tür ins Haus. »Bitte!«

Im Wohnzimmer sitzt ein zweiter Mensch. Er trägt einen hellen Trenchcoat mit Gürtel. Er sitzt breitbeinig auf dem zierlich geblümten Biedermeiersofa. Schweigend blickt er Thaddäus aus verkniffenen Augen an.

Der andere steht drohend vor ihm. »Sie werden uns sagen, wo Professor Beermann ist. Sie haben ihn gestern nachmittag mit seiner Sprechstundenhilfe in ihrem Wagen weggebracht. Wo ist er?«

»Ich habe Herrn Professor Beermann und Fräulein Held nach Rosenheim gebracht«, sagt Thaddäus. »Dort hat ein Freund Professor Beermanns, der irgendwo am Samerberg ein Haus hat, die beiden abgeholt. Professor Beermann will bei seinem Freund für ein paar Tage zur Erholung bleiben.«

»Wer ist der Mann, der Professor Beermann abgeholt hat?«

Thaddäus zuckt die Achseln. »Ich weiß es nicht. Ich habe Professor Beermann und Fräulein Held in Rosenheim im Burgbräu abgesetzt.«

Im Burgbräu ist Thaddäus nie gewesen. Er hat den Namen nur gelesen, als er durch Rosenheim gefahren ist.

Der Ledermantel fragt: »Und wohin sind dann Sie gefahren?«

Thaddäus lächelt. »Mir ist plötzlich die Idee gekommen, von Brannenburg aus auf die Raineralm zu steigen. Sie liegt auf der Ramboldplatte. Ich bin als Kind einmal mit meiner Mutter dort oben gewesen.«

»Und auf der Raineralm haben Sie übernachtet? Haben Sie Zeugen dafür.«

»Nein, ich bin gar nicht bis zur Raineralm gekommen. Es ist mir dann doch zu finster geworden.«

»So sind Sie in der Finsternis also wieder hinunter nach Brannenburg gestiegen?«

Thaddäus lächelt wieder. »Nein, ich habe plötzlich daran gedacht, wie oft ich früher bei meinen Bergtouren in irgendeinem Heustadel übernachtet habe. Dort oben ist am Weg ein schöner Heustadel gestanden. Er ist noch halb voll Heu gewesen. Ich habe in diesem Stadel im Heu geschlafen.«

Thaddäus sieht am Ärmel seiner Jacke eine Heufaser hängen, die von der Übernachtung mit Beermann und Barbara im Stadel hinter der Kufsteiner Grenze stammt. Er zupft die Heufaser von seinem Ärmel und hält sie dem Mann hin. »Hier, bitte!«

Der Mann sieht die Heufaser schweigend an. Dann blickt er wieder zu Thaddäus auf. Er sagt: »Sie wissen schon seit langem, daß Professor Beermann von Fräulein Held hier in diesem Haus versteckt gehalten wird. Selbst wenn es wirklich wahr wäre, daß Sie die beiden nicht außer Landes gebracht haben, haben Sie sich gegen das vom Führer erlassene Rassengesetz vergangen. Wahrscheinlich können Sie sich vorstellen, was Sie dafür erwartet.« Er zeigt mit dem Kopf zur Tür. »Kommen Sie. Es werden jetzt andere mit Ihnen reden.«

Der zweite Gestapomann steht vom Biedermeiersofa auf. Die beiden lassen Thaddäus vor sich hergehen. Auf der Straße sieht Thaddäus, daß auf der gegenüberliegenden Seite ein großer schwarzer Mercedeswagen steht.

Als Thaddäus hinter den beiden Männern im Fond des Wagens sitzt, kreisen die Gedanken durch seinen Kopf. Er weiß, daß nur Jim Stone ihm helfen kann. Aber wie soll er ihn erreichen?

Der Wagen biegt in der Briennerstraße, Ecke Türkenstraße, in den mit Kastanien bestandenen Vorgarten des Wittelsbacher Palais ein. Das Palais ist das Hauptquartier der Geheimen Staatspolizei. Hier hausen die Leute vom Sicherheitsdienst des Reichsführers SS, hier kann Thaddäus von draußen keiner mehr helfen.

Thaddäus weiß es.

Der Raum, in dem er verhört wird, ist eines der vielen Zimmer, in denen der ehemalige König Ludwig III. von Bayern bis zu seinem Sturz im November 1918 gewohnt hat. Damals sind wahrscheinlich verspielte Barockmöbel in dem Zimmer gestanden.

Jetzt steht nichts als ein blanker hölzerner Schreibtisch in dem kahlen Raum. Hinter ihm sitzt ein SS-Mann in seiner schwarzen Uniform, silbern funkelnde Rangabzeichen am Kragenspiegel. Ein höherer Führer der SS, der Thaddäus verhört.

Er steht während des Verhörs ein paarmal auf, um hin- und herzugehen. Thaddäus sieht dabei, daß er zu seiner schwarzen Uniformhose schwarze Marschstiefel trägt.

Genau wie ich, denkt Thaddäus. Die Reithose und die Stiefel, die er seit seinem gestrigen Vormittagsritt mit Jim Stone nicht ausgezogen hat, sehen genauso aus.

Eineinhalb Stunden lang nimmt dieser Mensch Thaddäus in die Zange. Je mehr und je zorniger er auf ihn einredet, um so weniger bringt er aus ihm heraus.

Eher zu seiner Verblüffung als zu seinem Schrecken merkt Thaddäus bald, daß man hier sowieso schon alles über seine Verbindung zu Professor Beermann weiß. Auch das, daß Beermann im Herbst bei Friedrich Kronenberg in der Klinik in Tegernsee zur Diagnose war, und damit sein Berufsverbot durchbrochen und als Jude einen Arier behandelt hat. In der Akte Beermann, die vor dem SS-Führer auf dem Schreibtisch liegt, ist alles aufgezeichnet.

»Und Sie«, brüllt der SS-Führer Thaddäus plötzlich an, »Sie haben ihn nach Tegernsee hinausgefahren! Genauso, wie Sie ihn gestern in Ihren Wagen gepackt und mit seiner Helfershelferin davongefahren haben.« Er schlägt mit der Faust auf den Schreibtisch und funkelt Thaddäus aus bösen Augen an.

»Ich frage Sie zum letztenmal: wohin haben Sie die beiden gebracht?!«

»Nach Rosenheim«, sagt Thaddäus ruhig. »Dort habe ich mich im Burgbräu von ihnen verabschiedet. Wohin sie dann gekommen sind, weiß ich nicht.«

»Im Burgbräu hat gestern abend kein Mensch einen Mann und eine Frau gesehen, die Beermann und seine Komplizin hätten sein können!«

Thaddäus zuckt wortlos die Achseln.

Der SS-Führer preßt die Lippen zusammen. »Gut«, sagt er dann kalt, »wenn Sie es jetzt nicht sagen wollen, vielleicht haben Sie später Lust dazu.«

Er ruft zur Türe hin, vor der draußen im Flur eine SS-Wache steht. Der Wachmann öffnet die Tür. »Dieser Herr hier«, sagt der SS-Führer, »wird vorläufig in Schutzhaft überstellt. Rufen Sie die Fahrbereitschaft wegen eines Transportwagens nach Dachau an.«

Der Wachmann knallt die Absätze seiner Marschstiefel zusammen. Er verläßt das Zimmer.

Im gleichen Augenblick wird die Seitentür des Zimmers aufgerissen. Ein SS-Führer mit noch höheren Rangabzeichen als jene des Mannes, der Thaddäus verhört hat, steckt den Kopf durch die Tür. »Schneider«, schreit er aufgeregt, »schnell, ans Telefon! Berlin – die Reichsführung persönlich!«

Der SS-Führer springt von seinem Schreibtischsessel auf. Er rennt hinaus ins andere Zimmer.

Thaddäus hört nicht, ob er dort am Telefon redet oder nicht. Sein Blick fällt auf einen schwarzen SS-Mantel und die schwarze Mütze mit dem Totenkopf darauf, die an einem Haken an der Wand hängen.

Ein paar Sekunden später ist Thaddäus in den Mantel geschlüpft, hat sich die Totenkopfmütze aufgesetzt. Er öffnet die Tür zum Flur. Die SS-Wache ist verschwunden. Während Thaddäus den schwarzen Mantel über seiner schwarzen Reithose und den schwarzen Reitstiefeln zuknöpft, geht er in aller Ruhe durch den langen Flur zur breiten Steintreppe und hinunter zum Ausgang des Palais. Die beiden SS-Männer, die das Portal flankieren, nehmen Haltung an. Thaddäus hebt den Arm lässig zum Deutschen Gruß.

Kaum, daß er draußen in der Briennerstraße ist, kommt ihm ein Taxi entgegen. Fünf Minuten später läuft er im Bürogebäude an der Leopoldstraße die Treppe zu den Räumen der Pennsylvania Transhand Corporation hinauf. Den schwarzen SS-Mantel hat er über den Arm gehängt, die Totenkopfmütze darunter versteckt.

Jim Stone sieht verblüfft, wie Thaddäus den SS-Mantel und die Mütze in den in der Ecke seines Büros stehenden Garderobeschrank wirft. Seine Verblüffung weicht einem schweigenden Ernst, als Thaddäus ihm hastig erzählt, in welcher Situation er steckt. »Wenn ich mich in zehn Minuten nicht in Nichts aufgelöst habe«, sagt er, »werden sie mich hier gefunden haben. Sie wissen ja, wo ich arbeite.«

Jim Stone saugt an seiner Pfeife. Er blickt Thaddäus schweigend an. Seine Augen ziehen sich zusammen. Man sieht die Gedanken in seinem Kopf förmlich kreisen.

Plötzlich steht er auf. »Come on, Thaddäus, wir fahren nach Saulgrub, auf die Jagdhütte meines Freundes. Dort können Sie leicht ein paar Tage bleiben, ohne daß man Sie findet.«

»Und dann? Wenn diese paar Tage vorbei sind?«

»Dann steigen Sie in Genua auf einen Dampfer und fahren nach Bombay. Von dort sind Sie in drei Tagen in Afghanistan und in Kabul.« Er nimmt ein Telegramm von seinem Schreibtisch und hält es Thaddäus hin. »Sie haben aus Pittsburgh gerade wieder gekabelt. Ich muß endgültig dafür sorgen, daß ein guter Mann nach Kabul kommt. Nur ich allein wüßte, meinen sie, wie der Mann gebaut sein muß, den man dorthin schickt. Sie, Thaddäus, sind der Mann!«

Thaddäus sieht Stone mit offenem Mund an. Er weiß nicht, was er sagen soll.

»Aus Kabul«, sagt Stone, »wird Sie selbst Hitler persönlich nicht herausholen können.«

»Aber Kabul ...«, sagt Thaddäus verwirrt, »gleich so weit weg von Deutschland?«

»Sie können auch nach Österreich gehen. Aber wie lange, glauben Sie, wird es dauern, bis die Nazis dort drüben ihren Führer auch bei sich haben werden? Wo sie schon so leidenschaftlich auf ihn warten.«

Thaddäus gibt ihm keine Antwort. Er denkt an Barbara und Professor Beermann. Was für ein Schicksal wird ein nationalsozialistisches Österreich für sie bedeuten?

»In einem anderen Land wie in Afghanistan«, sagt Stone, »kann ich Sie nicht unterbringen. Ich habe nur freie Hand für diesen Posten.« Er legt die Hand auf Thaddäus' Schulter. »Thaddäus, es gibt keine bessere Chance für Sie.«

»Und Barbara?« fragt Thaddäus. »Wir beide gehören doch zusammen. Was soll aus ihr werden?«

»Das wird sich bestimmt finden, wenn Sie erst einmal in Sicherheit sind. Ganz so weit weg von Deutschland ist Afghanistan ja auch nicht, daß Barbara Ihnen nicht nachkommen könnte, wenn Sie drüben Fuß gefaßt haben. Daß Sie unterwegs nach Kabul sind, werde am besten ich ihr schreiben. Haben Sie ihre Wiener Adresse?«

»Natürlich.« Thaddäus kramt ein Zettelchen aus der Tasche. Stone schreibt sich die Adresse auf und läßt das Papier in einem Geheimfach seines Schreibtisches verschwinden.

Thaddäus zerreißt sein Zettelchen in viele kleine Stükke. »Ich habe die Adresse im Kopf«, sagt er, »für alle Fälle.« Dann fragt er: »Glauben Sie, daß Sie auch meine Mutter verständigen können, ohne daß die Nazis es merken?«

»Bestimmt«, antwortet Stone. »Sie können sich auf mich verlassen.«

Thaddäus streckt ihm die Hand entgegen. »Jim, ich danke Ihnen. Sie sind ein guter Freund.«

Die beiden verlassen durch die Seitentür Jims Büro und über die Hintertreppe das Haus. Im rückwärtigen Hof steht Jims hellblauer Cadillac. Der Wagen rollt zum Hof hinaus, durch München zur Starnberger Straße und dann weiter in Richtung Murnau, Saulgrub davon.

Fünf Minuten später stoppt ein großer, schwarzer Mercedeswagen vor dem Bürogebäude an der Leopoldstraße. Der SS-Führer, der Thaddäus im Wittelsbacher Palais verhört hatte, stürmt die Treppe hinauf, hinein ins Vorzimmer des Chefs der Pennsylvania Transhand Corporation. Er ist in der blanken Uniform, er trägt keinen Mantel und keine Mütze.

Jims Sekretärin blickt ihn gelassen an, während er mit böser, heiserer Stimme auf sie losschnarrt. Sie steht auf. »Just a Moment, please.«

Sie geht zur Tür des Chefzimmers. Sie öffnet sie. Als sie sieht, daß das Zimmer leer ist, geht sie wieder zu ihrem Schreibtisch. »I am sorry. Mister Stone ist nicht in seinem Zimmer.«

»Und wo ist er? Sie müßten es doch wissen?«

»No«, sagt die Sekretärin, »ich weiß es nicht.«

»Und sein Sekretär? Thaddäus Knopf. Ist er in den letzten Minuten hier oder in seinem Büro gewesen?«

Die Sekretärin blickt ihm fest in die Augen. Sie hat gesehen, und sie war darüber erstaunt, wie aufgeregt Thaddäus, einen schwarzen Mantel über dem Arm, durch ihr Zimmer zum Chef hineingerannt ist. Doch sie sagt: »No, Mister Knopf ist nicht hier gewesen. Er ist auch nicht in seinem Büro. Ich war vor einer Minute drüben, weil ich etwas mit ihm zu besprechen habe.«

Sie steht auf und öffnet eine Seitentür ihres Zimmers so weit, daß man das ganze leere Zimmer überblicken kann. »Bitte!«

Der SS-Führer nagt an den Lippen. Er reißt einen Notizblock vom Schreibtisch der Sekretärin und schreibt eine Telefonnummer darauf. »Wenn Ihr Chef wieder zurück ist, rufen Sie mich sofort an!«

»Thank you«, sagt die Sekretärin, während der SS-Führer aus dem Zimmer stürmt.

Er wartet lange und vergebens auf den Anruf. Nach ein paar Stunden läßt er sich selber wütend mit der Sekretärin verbinden. Doch Mister Stone ist immer noch nicht im Büro.

Erst am nächsten Morgen, als der SS-Führer, kaum daß sie ihr Büro betreten hat, wieder bei der Sekretärin erscheint, kann sie ihn zu Mister Stone ins Zimmer führen.

Es tut Mister Stone leid, daß er dem Mann, obwohl er ihm den Ausweis der Geheimen Staatspolizei vor das Gesicht hält, nicht helfen kann. »Ich verstehe nicht«, sagt er, »daß Mister Knopf wegbleibt, ohne sich zu entschuldigen. Das hat er noch nie getan, seitdem er hier arbeitet.«

Die Tür des Chefzimmers fällt krachend ins Schloß. Der schwarze Mercedes rollt davon.

Die Jagdhütte, in der Thaddäus seit gestern untergeschlüpft ist, liegt auf einem der waldigen Hügel, zu deren Füßen das weiße Wildwasser der Ammer rauscht. Die Hütte ist gemütlich eingerichtet; Thaddäus wird es nicht schwerfallen, sich dort ein paar Tage zu verstecken. Auch Proviant ist zur Genüge vorhanden.

»In längstens vier oder fünf Tagen werde ich wieder zurück sein und alles mitbringen, was Sie brauchen«, hatte Jim Stone gesagt, als er Thaddäus in der Hütte in Sicherheit wußte und wieder davonfuhr.

Am fünften Tag erscheint er wieder in der Hütte. Er hat alles besorgt, was Thaddäus für seine Reise nötig hat. Das Einreise- und Aufenthaltsvisum für Afghanistan hat er – mit seinen guten Verbindungen – ohne Schwierigkeiten bekommen. Ebenso das Durchreisevisum für Britisch Indien. Der Passageschein für die Fahrt auf einem italienischen Dampfer von Genua nach Bombay liegt im Büro der Schiffahrtslinie in Genua für Thaddäus bereit. Die Garderobe, und was Thaddäus sonst noch alles für die Reise braucht, hat ihm seine Mutter in einem großen Koffer zusammengepackt, und Jim hat ihn heimlich bei ihr abgeholt. Nun drückt er Thaddäus noch ein paar große Dollarscheine und ein Heftchen mit Reiseschecks in die Hand.

»Jetzt kann Ihnen, was die Reise von Genua nach Afghanistan betrifft, nichts mehr passieren. Wie sie über die deutsch-österreichische Grenze in Kufstein aus Deutschland hinauskommen, dieses Problem müssen Sie selber lösen. Aber Sie haben an dieser Grenze vor ein paar Tagen ja schon einmal soviel Glück gehabt.«

»Es wird mir schon was einfallen, daß ich es wieder habe.« Thaddäus streckt Jim Stone die Hand hin.

»Aber wie ich das gutmachen soll, was Sie alles für mich getan haben, das weiß ich nicht.«

»Allright, Thaddäus. Sie werden in Kabul viel Gelegenheit haben, es im Interesse der Firma zu tun.«

Sie drücken sich die Hände. Dann kommt Thaddäus die Frage auf die Lippen, die ihm eigentlich am meisten am Herzen liegt. »Und an Barbara«, fragt er, »haben Sie auch geschrieben?«

»Ja, und ich habe den Brief einem Mann nach Österreich mitgegeben, der ihn todsicher zu Barbara bringen wird. Ich habe ihr auch das Schiff geschrieben, mit dem Sie fahren werden, und die Adresse unserer Niederlassung in Kabul. Wahrscheinlich werden Sie von ihr einen Brief haben, noch ehe Sie ihr schreiben können.«

»Ich dank Ihnen schön, Jim«, sagt Thaddäus erleichtert. Dann bringen sie zusammen die Hütte in Ordnung und schließen die Türe ab.

In dem alten Ford, der unterhalb des Waldhügels auf der schmalen Straße steht, ist der große Koffer verstaut, den Frau Rosl für Thaddäus zusammengepackt hat. Jim Stone fährt auf kleinen Nebenstraßen über Peißenberg, Penzberg, Miesbach nach Brannenburg am Inn. Das ist die letzte der Schnellzugstationen auf der Strecke München – Kufstein – Brenner.

Vor dem Bahnhof in Brannenburg bleibt der Wagen stehen. Jim Stone hat es so eingerichtet, daß sie nur ein paar Minuten, ehe der Zug aus München in Brannenburg einfährt, den Bahnhof erreicht haben.

Die beiden holen den Koffer aus dem Wagen. Jim streckt Thaddäus zum letztenmal die Hand hin. »Thaddäus«, sagt er, »ich werde Ihnen die nächste halbe Stunde ganz fest den Daumen drücken, damit Sie gut über die Grenze kommen. Vielleicht sollten Sie ...«

Er redet nicht weiter. Lautes Gebrüll und lärmender Gesang haben seine Worte abgeschnitten. Von den Häusern des Ortes her ist ein Lastwagen, voll von SA-Männern in ihren braunen Uniformen, um die Ecke gebogen. Einer von ihnen schwenkt eine riesige Hakenkreuzfahne wild in der Luft.

Thaddäus hat einen Augenblick lang das Gefühl, sich schnell irgendwo verstecken zu müssen.

Jim Stone blickt ruhig zu dem Lastwagen hin. Dann schüttelt er den Kopf. »No, wir brauchen keine Angst zu haben. Wenn man Sie fangen will, wird man dazu keine Lieder singen.«

Er hat sich nicht getäuscht. Die Männer dieses SA-Sturmes sind wirklich nicht Thaddäus' wegen in solchen Freudentaumel gefallen. Es ist einer der größten Augenblicke ihres braunen Lebens, den sie bejubeln.

Adolf Hitler, der Führer, hat heute – am 13. März 1938 – den Anschluß Österreichs an das Deutsche Reich vollzogen. Seine Truppen sind, wie das Radio am Nachmittag bekanntgab, am Morgen dieses Tages in die Ostmark einmarschiert.

Alle Grenzen zwischen den beiden Ländern sind gefallen. Die Schlagbäume zertrümmert. Auch in Kufstein gibt es keine Grenze mehr. Die SA-Trupps aus allen Orten der ganzen Gegend fahren auf den Lastwagen nach Kufstein. Sie wollen diesen großen Tag in der Geschichte des Dritten Reiches an Ort und Stelle feiern.

Einer der SA-Leute schreit es vom vorbeirollenden Lastwagen den beiden Männern zum Ford hinunter.

»Well«, sagt Jim Stone zu Thaddäus, »nun hat Ihnen der Führer die Grenzen selber fortgeräumt.«

Thaddäus starrt Jim erschrocken an. »Und Barbara? Und der Professor? Was ist mit ihnen? Jetzt sind sie ja wieder in den Klauen der Nazis!«

Im gleichen Augenblick kommt der D-Zug München–Genua von Rosenheim her auf den Bahnsteig zugebraust. Thaddäus hat nur eine Minute, um einzusteigen. Er kann kein Fenster mehr herunterlassen; der Zug rollt schon wieder weiter.

Fünfzehn Minuten später hat er Kufstein erreicht. Schon als er zwischen den Bahnsteigen langsam zum Stehen kommt, hört man vom Bahnhofsgebäude her den Lärm der Menschen, die vom Freudenrausch über die Verbrüderung der beiden Reiche erfaßt sind.

Der neue österreichische Schaffner, der hier gegen den deutschen ausgetauscht wird, kommt mit einem Glas voller Wein in der Hand in den Zug gestiegen. Er prostet seinen Brüdern draußen auf dem Bahnsteig noch einmal begeistert zu.

Von den Zollbeamten, die sonst die Pässe und das Gepäck kontrollierend durch die Wagen gehen, ist keiner zu sehen. Die einen stehen und laufen draußen jubelnd herum, die anderen haben sich still zurückgezogen, um darüber nachzudenken, wohin dieses neue Unglück nun auch Österreich führen wird.

Es ist schon lange dunkel geworden, als der Zug den Kufsteiner Bahnhof wieder verläßt. Kurz vor Mitternacht läuft er oben am Brenner im italienischen Grenzbahnhof ein.

Die Kunde von dem weltbewegenden Ereignis des Einmarsches der Deutschen in Österreich hat auch die italienische Grenze schon am Nachmittag mit all ihrer politischen Wucht erreicht. Wer wollte es den italienischen Zollbeamten verdenken, daß sie nicht die Ruhe haben, die Reisenden dieser Nacht, ihre Pässe, ihr Gepäck, eingehend zu kontrollieren.

Nach einer halben Stunde hat Thaddäus auch diese Grenze passiert. Er sitzt in der weich gepolsterten Ecke seines Abteils und sieht den Lichtern des Bahnsteigs zu, die immer weniger werden.

Jetzt könnte er die Augen schließen und glücklich sein. Doch wie soll er es sein, wenn er immer nur an Barbara und den Professor denken muß? An die braunen Horden, denen sie jetzt in Österreich ausgeliefert sind.

Am frühen Morgen läuft der Zug im Bahnhof von Genua ein. Im Büro der Schiffahrtslinie liegt der Passageschein Genua–Bombay für Thaddäus schon bereit. Man hat eine geräumige Einzelkabine auf Deck A im Mittelteil des Schiffes für ihn reserviert.

Sechs Tage später hat das Schiff Bombay erreicht. Thaddäus steht, eingekeilt in die Menge der Passagiere, die hier das Schiff verlassen wollen, auf dem B-Deck, von dem aus die Gangway hinunter zum Pier führt. Noch ein paar Minuten, dann wird er den Boden Indiens betreten.

Da tippt ihm eine Hand auf die Schulter. Sie gehört dem Obersteward. »Mister Knopf, ein Telegramm für Sie! Aus der Schweiz.«

Thaddäus, der schon den Koffer in der Hand hat, stellt ihn wieder nieder. Er reißt das Telegramm auf.

»sind in der schweiz – stop – alles in ordnung – stop – brief folgt nach kabul – stop – deine barbara – stop«

Thaddäus atmet auf. Er lächelt.

Er nimmt seinen Koffer. Er ist an der Reihe, die steile Gangway hinunterzugehen.

II

Zwei Tage und eine Nacht braucht die riesige Lokomotive, um die lange Reihe schlanker, leicht dahingleitender Wagen von Bombay bis nach Peshawar an der Nordwestgrenze Indiens zu ziehen.

Über der tafelglatten Ebene liegt flirrend die Hitze. Da und dort wachsen aus ihr ein paar dicht zusammengedrängte Palmen heraus, dann eine Ortschaft mit brüchigen Lehmhäusern, pflügende Männer, waschende Frauen. Die Hitze in den Waggons des Zuges, in dem Thaddäus sitzt, wird von riesigen Ventilatoren bekämpft, die von der Decke herunter pausenlos den Staub und die Hitze durcheinanderwirbeln. Der feine Sand, der auch durch die kleinste Ritze der verschlossenen Fenster von draußen herein in die Wagen dringt, überzieht die Abteile und die Reisenden mit einer dicken, grauweißen Schicht.

An den Stationen, an denen der Zug hält, lassen die schweißtriefenden Reisenden die Fenster herunter, um den Staub und die Hitze vom Innern des Waggons mit dem Staub und der Hitze von draußen zu vertauschen. Dann kommen die grauen und braunen, die großen und kleinen Affen auf die Fensterrahmen gesprungen. Hinter ihnen, auf dem glühenden Bahnsteig, läuft ein dunkelbrauner, halbnackter Inder barfüßig hin und her. Die Reisenden kaufen ihm seine Bananenstauden ab, von denen sich die Affen dann kreischend und schnatternd die Früchte herunterreißen.

Peshawar ist das Ende der Eisenbahnstrecke für die zivilen Reisenden. Fünfzehn Meilen westlich von Peshawar nimmt der Khaiberpaß seinen Anfang.

Über den Paß führt der Weg von Indien nach Afghanistan. Über ihn ist Dschingis Khan mit seinen Horden, ist Alexander der Große mit seinen Kampfelefanten gezogen; auf ihm ist das Blut von Jahrtausenden geflossen. Und es fließt noch heute. Die Krieger der aufrührerischen Stämme der Mohmads und Afridis hocken immer noch zwischen den zerklüfteten Felsen, lauernd auf jede Beute, die ihnen zufallen könnte.

Zwei Straßen führen über den Paß. Die eine für die Autos und für die Autobusse, in denen die modernen Inder und Afghanen über diese Nordwestgrenze hin- und herrollen, die andere für die vielen hundert Kamele der Handelskarawanen und der Nomaden, die jedes Frühjahr vom heißen indischen Pandsch her über den Paß in das kühle afghanische Bergland ziehen, um im Herbst, wenn über die afghanischen Berge der Winter heraufzieht, wieder zurückzuwandern nach dem warmen Indien.

Eine Eisenbahn hat es in Afghanistan nie gegeben. Das Land hat sie in einem kühnen Satz, aus der biblischen Zeit in unsere Tage hinein, einfach übersprungen. Jetzt wird der Verkehr von den Autobussen, den Lastwagen, den Pkws bewältigt.

Für Thaddäus steht in Peshawar ein Wagen bereit, den Jim Stone schon von München aus für ihn bestellt hat. Für die Fahrt über den Khaiberpaß sind nur die Stunden zwischen zehn Uhr morgens und fünf Uhr nachmittags freigegeben.

In der Zeit dazwischen übernimmt die britische Militärbehörde, die an der Nordwestgrenze Indiens für die Ordnung zu sorgen hat, keine Verantwortung für die Sicherheit und für das Leben der Reisenden. Ihr genügen die Scharmützel und die oft schweren Kämpfe, die sie in diesem Gebiet untertags mit den Angehörigen der räuberischen Stämme auszutragen hat.

Der Fahrer des Wagens, der Thaddäus nach Kabul bringt, ist ein junger Inder, dem nur ein paar Brocken Englisch geläufig sind. Doch soviel kann Thaddäus verstehen, daß die kurvenreiche Straße durch die oft steilen Berge nicht die beste ist. So wird man die zweihundert Meilen bis Kabul nicht an einem Tag hinter sich bringen können.

Es fängt schon an zu dämmern, als der Wagen das Ziel des ersten Tages erreicht. Es ist ein Tschaidukan, eine kleine Lehmhütte, die als Raststätte zwischen den Felsen an der Straße steht. In einer Schale aus Ton kredenzt man Thaddäus Tee aus grünen Blättern. In einer schwarz verrußten Pfanne brät man ihm fünf Spiegeleier und lehrt ihn, die Eier, mit einem Stück Fladenbrot zwischen den Fingern, aus der Pfanne in den Mund zu befördern.

Als es dunkel geworden ist, stellt man ein hölzernes, mit Bast bespanntes Bettgestell für Thaddäus vor die Hütte. Als Kopfkissen legt man ihm ein zusammengerolltes Ziegenfell darauf. Eine Zudecke braucht er nicht, denn von der Hitze des Tages wird noch viel übrigbleiben für die Nacht.

Auf dem Rücken liegend, die Hände unter dem Kopf verschränkt, blickt Thaddäus hinauf zum besternten Himmel. Durch die Türöffnung der Lehmhütte fällt der Lichtschein der Öllampe, die drinnen flackert.

Thaddäus hört die Stimmen der drei Afghanen, mit denen der Fahrer des Wagens in der Hütte auf dem gestampften Erdboden sitzt und noch ein paar Schalen Tee trinkt.

Es ist eine Nacht wie in einem orientalischen Märchen. Thaddäus' Blicke verlieren sich im Sternenmeer, das über ihm glitzert.

Seine Gedanken sind bei Barbara.

Wo wird sie jetzt sein – so weit weg von ihm –, irgendwo in der Schweiz?

Er denkt an alle die schönen Stunden, die er mit ihr hatte. Langsam schläft er dabei ein.

Am nächsten Morgen steht die Sonne schon hoch über den kahlen, sandigen Bergen, als der Fahrer Thaddäus aus dem Schlaf rüttelt. »Sahib, breakfast is ready!«

Wieder hat der bärtige Besitzer des Tschaidukans fünf Spiegeleier in seiner schwarz verrußten Pfanne für Thaddäus gebraten. Thaddäus streicht sie, das frisch gebackene Fladenbrot zwischen den Fingern, genießerisch aus der Pfanne.

Dann rollt der Wagen auf der schlechten, sich in unzähligen Kurven durch die Berge windenden Straße weiter. Steil hinauf in die Höhe, dann wieder tief hinunter in den Abgrund.

Zweimal, auf den höchsten Punkten der Straße, kommt der Kühler ins Kochen. Der Fahrer muß weit durch das Gewirr der Felsblöcke klettern, bis er ein Rinnsal findet, aus dem er das verdampfte Kühlwasser ersetzen kann.

Ab und zu kann man von der Autostraße aus die Karawanenstraße sehen, auf der die Nomaden aus dem indischen Pandschab mit ihren hochbeladenen Kamelen, mit ihren Kindern, Ziegen und Schafen dem fruchtbaren Bergland Afghanistans entgegenziehen. Manchmal wird die Autostraße auch von der Karawanenstraße gekreuzt. Dann sieht Thaddäus lange Zeit vom stehenden Wagen aus zu, wie oft zwanzig, dreißig Kamele, bepackt mit den zusammengelegten schwarzen Zelten, mit kleinen Kindern und Lämmern, an ihm vorüberziehen.

Es ist schon dunkel geworden, als der Wagen Kabul erreicht. Sein Fahrer braucht lange, bis er zwischen den eng nebeneinander aus dem Sandboden wachsenden Lehmhäusern das Hotel findet, das Jim Stone Thaddäus als Quartier für die ersten Tage aufgeschrieben hat.

Das »Hotel« hat drei kahle Räume. In jedem steht ein verrostetes eisernes Bettgestell mit ein paar von Motten zerfressenen Ziegenfellen darauf, ein hölzerner Schemel und eine verbeulte, blecherne Wasserkanne.

Zwei der Räume sind schon von anderen Gästen belegt. Der dritte wird von dem Besitzer des Unternehmens, einem alten, dicken Afghanen mit schmutzigem Turban und zerrissenen weißen Hosen, Thaddäus als Unterkunft offeriert. Der Fahrer, der dabei den Dolmetscher macht, trägt Thaddäus' Gepäck in das Lehmhaus, dann klettert er wieder in seinen Wagen, um noch in der Nacht ein Stück des Weges nach Peshawar zurückzufahren.

Am nächsten Morgen läßt Thaddäus sich mit seinem Gepäck in einer mit zwei wackeligen Holzrädern versehenen Kiste, die eine Kutsche darstellen soll, zur Niederlassung der Pennsylvania Corporation fahren.

Die Straßen, auf denen der Wagen dahinholpert, sind gestampfter Lehm, die Häuser Kabuls sind nicht viel anders, als sie vor ein paar Jahrhunderten waren. Viereckige, aus Lehm zusammengekleisterte Blöcke mit flachen Dächern und offenen Fensterhöhlen. Einigermaßen »modern« gebaut, sind nur einige Ministerien, die Bank von Afghanistan und noch ein paar Bürogebäude meist ausländischer Firmen.

Der Straßenverkehr Kabuls besteht aus ein paar städtischen, grell mit Blumen oder orientalischen Märchenschlössern bemalten Autobussen, aus Personenkraftwagen, die meist aus der Erfinderzeit des Benzinmotors stammen, und aus Pferdefuhrwerken, bei denen man nicht voraussagen kann, ob im Laufe der nächsten Tage zuerst das Pferd oder der Wagen zusammenbrechen wird. Dazwischen trappeln kleine, schwer beladene Esel dahin; zwischen ihnen keuchen die halbnackten Lastträger, zusammengeduckt unter dem Gewicht ihrer Ballen oder Säcke, heiser ihr »Batscha! Batscha!« schreiend, damit ihnen keiner den Weg versperrt.

Es ist vom Geist der modernen Zeit noch wenig über Afghanistan gekommen. Als König Aman Ullah 1928, nach einem Besuch in Europa, begeistert seinem Land die Kultur des Westens aufzwingen wollte, wurde er von seinen Afghanen kurzerhand gestürzt.

Ehe Thaddäus sich etwas mehr als dieses erste oberflächliche Bild von Kabul machen kann, bleibt sein vorsintflutliches Gefährt vor der Niederlassung der Pennsylvania Corporation stehen. Sie ist in einem Haus untergebracht, das nicht aus Lehm, sondern aus festen, in der Sonne gebrannten Ziegeln gebaut ist. Ein großes Messingschild neben dem Eingang weist darauf hin, daß sich das Office im ersten Stock befindet.

Die Sekretärin, zu der Thaddäus ins Büro tritt, macht sich ihm als Miss Vivian Clift bekannt. Sie ist hochgewachsen und schlank, hat rötlichbraunes Haar. Sie könnte vielleicht etwas älter als Thaddäus sein, sicher ist es nicht. Daß sie eine souveräne und auch gescheite Frau ist, sieht man auf den ersten Blick.

»Oh, Mister Knopf«, sagt sie lachend, während sie aufsteht, »ich freue mich, daß Sie gut herübergekommen sind! Es war sicher eine anstrengende Reise.«

Auch Thaddäus lacht, als er ihr die Hand schüttelt. »Nicht so anstrengend«, sagt er, »daß es mir die Freude verdorben hätte, nun hier bei Ihnen zu sein.«

Die beiden wissen in den ersten Augenblicken, daß sie zusammenpassen werden.

»Es hat sich allerhand Arbeit angesammelt, seit mein früherer Gebieter verschwunden ist«, sagt Miss Clift. »Aber ehe wir von der Arbeit reden, werden Sie wissen müssen, wo in Kabul Sie wohnen werden. Oder hat Mister Stone Ihnen schon eine Möglichkeit gesagt?«

»Nein – er hat gemeint, ich könne mich auch in dieser Beziehung ganz auf Sie verlassen. Sie würden mir bestimmt den richtigen Rat geben.«

»Mister Stone war schon immer Optimist«, sagt Miss Clift. »Ihr Vorgänger hat im Haus des Postdirektors von Kabul gewohnt. Aber das ist ein Loch, in dem Sie, wie ich Sie sehe, nicht hausen können.«

»Und wo, Miss Clift, glauben Sie, daß ich hausen kann?«

Miss Clift blickt sinnend die Tasten ihrer Schreibmaschine an. Plötzlich greift sie entschlossen nach dem Telefon. »Well, Mister Breuer wird für Sie der richtige Ratgeber sein. Sie arbeiten zwar für uns Amerikaner, aber Sie sind ja Deutscher. Er wird sich freuen, daß er etwas für Sie tun kann.«

»Und wer ist Mister Breuer?«

»Der deutsche Gesandte hier in Kabul. Er ist ein besonders netter Mensch.«

Sie fängt an, die Nummer zu wählen. Es ist ein kurzes, freundliches Gespräch. Miss Clift legt zufrieden auf. »Mister Breuer ist gern bereit, Ihnen zu helfen. Sie können sofort zu ihm kommen.«

Eine Viertelstunde später sitzt Thaddäus im Arbeitszimmer des deutschen Gesandten. Exzellenz Breuer ist ein stiller, kluger, gern lächelnder Mann. Er ist in Westfalen geboren. Er erzählt Thaddäus, daß seine Frau aus Dießen am Ammersee, in Oberbayern, stammt. Er hat sie in Berlin, als sie dort Philologie studierte, kennengelernt.

»Sie wird sich sicher freuen, wenn Sie möglichst bald zu uns zum Abendessen kommen.«

Natürlich will Breuer sich gerne bemühen, für Thaddäus eine Wohnung ausfindig zu machen.

»Von einem Tag auf den andern wird es allerdings nicht gehen. Außer den mehr oder minder großen Lehmhütten hat Kabul nicht viel an einigermaßen soliden Bauwerken zu bieten.«

Plötzlich kommt ihm ein Gedanke. »Ich glaube«, sagt er, »das könnte gehen. Wir haben bei uns im Garten ein kleines Häuschen, in dem nur überflüssige Möbelstücke stehen. Aber es hat mehrere Räume. Einen davon könnte man mit den Möbeln, die dort lagern, sicher ganz nett einrichten.«

»Und Sie glauben, daß ich – als gewöhnlicher Zivilist – auf dem Hoheitsgebiet der Gesandtschaft wohnen dürfte?«

Breuer lächelt. »Der Deutschen Gesandtschaft wird es eine Ehre sein, den Mitarbeiter einer so befreundeten Macht auf ihrem Hoheitsgebiet beherbergen zu können. Noch dazu, wenn es ein Deutscher ist. Jetzt können Sie nichts mehr sagen. Oder doch?«

Thaddäus hat das Gefühl, daß dieser Mann, der das Dritte Reich hier vertritt, keiner von denen ist, vor dem man die Hand zum Deutschen Gruß erheben müßte.

Breuer streckt ihm die Hand auch herzlich entgegen, als Thaddäus sich von ihm verabschiedet.

Die beiden haben vereinbart, daß Breuer das Gartenhäuschen bis zum späten Nachmittag wohnbar machen lassen wird, so daß Thaddäus dann einziehen kann.

»Und wenn Sie mit dem Einzug fertig sind«, sagt Breuer, »wollen wir Ihren Einstand gleich mit einem Abendessen bei uns feiern.«

Bis es soweit ist, geht Thaddäus ein wenig in Kabul spazieren. Jetzt hat er Zeit, sich nicht nur die Straßen und Häuser, sondern auch die Menschen näher zu betrachten.

Die wenigsten von ihnen sind europäisch gekleidet. Es sind die Leute, die als Ausländer in allen möglichen Berufen in Kabul arbeiten. Die Eingeborenen tragen sich so, wie ein Afghane sich eben zu tragen hat. Die Armen sind froh, wenn sie sich ein paar Fetzen um den Leib hängen können. Die einigermaßen Bemittelten tragen Hemden aus grobem Sackleinen und Hosen, die nicht zugeschnitten, sondern auf rätselhafte Weise um die Lenden gewickelt und durch die Beine gezogen werden. Die Reichen, die herrischen Nichtstuer, spazieren in europäischen Schlafanzügen, in breit gestreiften oder solchen mit fröhlichen Blümchen verziert, durch die Straßen. Sie tragen Spazierstöcke mit silbernen Handgriffen mit sich herum, mit denen sie schmutzige Bettler, die um ein Bakschisch wimmern, oder räudige Hunde von sich fortjagen.

Die Frauen, die durch die Straßen wandeln, sind von Fuß bis Kopf verschleierte Säulen, an deren oberem Ende sich ein engmaschig gehäkeltes Gitterchen befindet, hinter dem man in günstigen Momenten ein Paar kohlschwarzer Augen aufblitzen sieht.

Wenn plötzlich der helle Ton kleiner Glöckchen um die Ecke bimmelt, geht alles in gebotener Eile zur Seite. Es ist ein Leprakranker, ein Aussätziger, der diese Glöckchen, angenäht an die Fetzen seiner Bekleidung, zur Warnung für seine glücklicheren Mitbürger mit sich herumtragen muß.

Der Nachmittag geht schnell vorbei. Gegen Abend steht Thaddäus mit seinem Koffer vor dem Tor, das zum Garten der Deutschen Gesandtschaft führt. Ein afghanischer Diener, in dunkelblauem Kaftan und hellblauem Chiffonturban, öffnet ihm. Er ist beauftragt, Thaddäus zu seinem Gartenhäuschen zu führen. Es ist ein rundlicher Pavillon, weiß getüncht, mit großen Fenstern und dahinter drei Räumen. Zwei davon sind vollgestellt mit überflüssigem Mobiliar, den dritten Raum hat man schon als behagliches Heim für Thaddäus eingerichtet. Gediegene Möbel, die sicher einmal aus Deutschland herübergeschafft wurden, lassen Thaddäus vergessen, in welch exotisches Land ihn das Schicksal verschlagen hat. Alles sieht ihn hell und heimatlich an.

Als Thaddäus beim Abendessen im Haus des Gesandten in einem mit viel Geschmack eingerichteten Speisezimmer sitzt, erfährt er, daß Frau Marianne Breuer, die Frau des Gesandten, das Zimmer im Gartenpavillon für ihn zusammengestellt hat. »Sie sollen sich bei uns nicht schlechter fühlen«, sagt sie, »als daheim in Bayern.«

Sie ist vor drei Jahren, als Helmuth Breuer sie in Dießen am Ammersee geheiratet hatte, mit ihm nach Kabul gekommen. Sie hat es verstanden, ihr Haus inmitten der sandigen Berge Afghanistans zu einer freundlichen Oase zu gestalten, in der auch Thaddäus sich sicher wie zu Hause fühlen wird.

Am nächsten Morgen führt Miss Clift ihn im Büro der Niederlassung in seinen Arbeitskreis ein. Worum es der Corporation geht, ist das, daß über die Niederlassung in Kabul möglichst viele Autobusse, Bulldozer und Gabelstapler, deren Hersteller die Corporation vertritt, von den USA nach Afghanistan verkauft werden. Als harte Konkurrenten arbeiten dabei die Engländer und die Russen in Kabul, die noch dazu schon viele Jahre früher als die US-Corporation nach Afghanistan gekommen sind.

»Sie werden an Ihrem Knochen allerhand zu nagen haben«, sagt Miss Clift, »aber Sie werden es, so wie ich Sie sehe, auch mit Erfolg schaffen.«

Sie hat Thaddäus eine Liste aller staatlichen Stellen und aller privaten Firmen zusammengestellt, mit denen die Corporation im Geschäft ist, und die er dauernd besuchen muß, damit sie von den Engländern oder Russen nicht abspenstig gemacht werden.

»Daß wir außerdem natürlich auch noch neue Kunden bekommen«, sagt Miss Clift, »das ist eine Aufgabe, die Sie als Geschäftsmann sicher reizen wird.«

»Und eine Liste von den Leuten, mit denen ich – zur Abwechslung – ab und zu auch einmal privat zusammenkommen könnte«, fragt Thaddäus, »haben Sie mir die auch gemacht?«

»Sie meinen natürlich Deutsche? Nein, von denen brauchen Sie keine Liste. Von denen gibt es so viele, daß Sie an jeder Ecke mit einem zusammenprallen werden.«

Den ersten Deutschen, den Thaddäus – außer dem Gesandten und seiner Frau – kennenlernt, ist der Direktor des Deutschen Gymnasiums, das der Staat für die bildungsbeflissenen Söhne Afghanistans in Kabul geschaffen hat. Auch alle Lehrer des Gymnasiums sind Deutsche, und alle freuen sich, in Thaddäus neuen Zuwachs für ihre Geselligkeit bekommen zu haben.

Auch ein Deutsches Technikum, mit einem deutschen Direktor und vier deutschen Lehrern, bemüht sich, ihr Wissen und Können an junge Afghanen weiterzugeben. Wenn Thaddäus dann auch noch den Leiter der Deutschen Kunstschule, Professor Hans Neumeier aus Landshut, dazurechnet, braucht er keine Sorge zu haben, daß er als Deutscher in Kabul verkümmern müßte.

Erst einmal fährt Thaddäus in einem firmeneigenen Wagen bei all den städtischen und staatlichen Stellen herum, denen er sich als der neue Mann der Pennsylvania Transhand Corporation vorzustellen hat. Überall wird er liebenswürdig empfangen. Auch die private Wirtschaft zeigt sich ihm günstig gesinnt. Bei einer der Firmen angelt er sogar auf Anhieb einen ansehnlich großen Auftrag ein. Seine Erfahrungen als damaliger Akquisiteur in München machen sich jetzt bezahlt.

Wenn Thaddäus seine Abende nicht beim Gesandten und seiner Frau oder bei den deutschen Freunden verbringt, liegt er zu Hause in seinem Gartenhäuschen auf der Couch und träumt sich nach Europa hinüber, nach München, vor allem aber irgendwohin in die Schweiz.

Er weiß nicht, wo in diesem Land Barbara jetzt sein könnte. Tag für Tag hat er auf den Brief gewartet, den sie ihm mit ihrem Telegramm aus Zürich zum Schiff nach Bombay versprochen hatte. Fünf Wochen sind seitdem verstrichen. Seine Mutter hat ihm schon zweimal geschrieben; von Jim Stone ist ein langer Brief gekommen. Es waren heitere, unbesorgte Nachrichten.

Die Sorgen um Barbara aber sind geblieben.

Bis sie eines Morgens plötzlich ein Ende haben. In seinem Büro, mitten auf dem Schreibtisch, liegt ein Luftpostbrief für ihn. Abgesondert vom Häuflein der geschäftlichen Post. Miss Clift hat ein feines Gespür für solche Dinge.

Thaddäus nimmt den Briefumschlag vom Schreibtisch. Es ist die starke, steile, selbstbewußte Schrift Barbaras. Plötzlich stutzt er. Er sieht, daß die Briefmarke eine französische Marke ist. Der Brief kommt aus Paris. Thaddäus reißt den Umschlag hastig auf.

»Thaddäus, lieber Thaddäus, es ist viel passiert, seitdem wir auf der Landstraße vor Kufstein auseinandergegangen sind. Darum hast Du so lange auf diesen Brief warten müssen. Aber damit Du es gleich weißt: Du brauchst keine Angst um mich zu haben.«

Thaddäus hat den Anfang des Briefes im Stehen gelesen. Jetzt setzt er sich hinter den Schreibtisch. Es sind sechs dicht beschriebene Seiten. Barbara schreibt ihm ausführlich, wie alles war.

Ein Bierauto hat Professor Beermann und sie damals auf der Landstraße bis nach Kufstein mitgenommen. Ein paar Stunden später sind sie – mit dem Zug – in Wien gewesen. Beermanns Verwandte konnten ihn und Barbara gut bei sich aufnehmen. Fünf Tage lang konnten sie sich ausruhen. Dann kam die Katastrophe. Ein Freund der Familie hatte erfahren, daß man draußen im Dritten Reich die letzten Anstalten traf, in Österreich einzumarschieren. Im letzten Augenblick konnte Beermann mit Barbara und seinen Verwandten, die als Juden nun auch nicht mehr in der neuen »Ostmark« bleiben konnten, in die Schweiz entkommen. In Zürich gab es für sie eine Möglichkeit, fürs erste einmal unterzukommen. Von Zürich aus hatte Barbara an Thaddäus aufs Schiff telegrafiert.

Den Brief zu schreiben, den sie ihm dabei versprochen hatte, wurde vom Schicksal – von einem guten Schicksal – vereitelt. Der Leiter einer großen Herzklinik in Paris, der gerade in Zürich war, machte Professor Beermann über Nacht das Angebot, bei ihm in Paris zu arbeiten.

»Und so bin ich mit ihm Hals über Kopf hierher gefahren. Er kann ja kaum ein paar Worte Französisch. Dem hektischen Leben hier wäre er hilflos ausgeliefert. Er kennt die Herzen der Menschen ja nur anatomisch. Was außer den Vorhöfen, Muskeln und Aortaklappen noch in ihnen steckt, und was alles sie damit anrichten können, davon hat er keine Ahnung.«

Thaddäus atmet erleichtert auf. Sein Gesicht hat sich längst aufgehellt. Er liest weiter.

»Bestimmt wird es nicht lange dauern, bis er ohne mich auskommt. Wahrscheinlich wird es ja auch bei Dir noch nicht so sein, daß ich schon zu Dir kommen könnte. Daß ich es lieber heute als morgen möchte, das weißt Du.«

Dann folgen noch viele liebe Worte. Am Schluß noch ein dicker Kuß. Und darunter: »Glaube immer, daß ich jeden Augenblick nur daran denke: daß ich Dich liebe.«

Thaddäus läßt den Brief lächelnd sinken. Er lehnt sich in seinem Schreibtischsessel zurück. Er blickt durch das Fenster, das ihm gegenüberliegt, hinaus auf die heißen, felsigen Berge.

In Paris steht der Eiffelturm. An der Notre Dame entlang fließt die Seine. Unter den Brücken schlafen die Clochards neben ihren leeren Weinflaschen.

Das ist alles, was Thaddäus von Paris weiß.

Er kann sich an keinen Ort träumen, an dem Barbara jetzt sein könnte.

Er weiß nur, daß sie ihn immer lieben wird.

Er blickt wieder auf den Brief, der vor ihm auf dem Schreibtisch liegt. Er streichelt behutsam über ihn hin.

Es ist ihm, als würde seine Hand über die zarte Hand Barbaras streicheln.

Miss Clift reißt ihn aus seinen Träumen.

»Mister Knopf«, sagt sie unter der Tür, »Sie wollten heute die Sache mit dem Referenten des Wirtschaftsministers in Ordnung bringen. Sie werden es mir nicht übel nehmen, daß ich Sie daran erinnere. In meinem Terminkalender steht der heutige Tag als der letzte, an dem Sie noch Aussicht auf Erfolg haben könnten.«

»Well«, sagt Thaddäus und steckt Barbaras Brief in die Tasche, »ich werde Ihnen immer dankbar sein, wenn Sie mir die Sporen geben.«

Er läuft fröhlich die Treppe hinunter. Er fährt in seinem Wagen zum Haus des Wirtschaftsministers. Als er den Referenten sprechen will, schüttelt der Schreiber im Vorzimmer bedauernd den Kopf. »Heute Freitag«, sagt er in dem wenigen Englisch, das der Schreiber eines Referenten in einem afghanischen Wirtschaftsministerium beherrschen muß. »Freitag Tag der Reinigung. Mister bitte kommen in zwei Stunden wieder.«

Thaddäus hat es nicht gewußt, und Miss Clift hat nicht daran gedacht, daß am Tag der Reinigung die meisten der afghanischen Männer, die es sich leisten können, den ganzen Vormittag über an jenem Ort verbringen, an dem sie darauf warten können, bis das Rizinusöl, das sie zum Zweck der Reinigung ihres Inneren von Zeit zu Zeit zu sich nehmen, nach getaner Arbeit wieder in Erscheinung tritt.

Thaddäus kommt kurz vor Mittag wieder. In dem Augenblick, in dem er das Ministerium betritt, löst sich der Schuß der Zeitkanone, die auf einem Hügel über der Stadt steht und die jeden Mittag, genau um zwölf Uhr, den frommen Moslems anzeigt, daß nun die Zeit des Gebetes gekommen sei.

So darf es Thaddäus nicht wundernehmen, daß der Schreiber des Referenten nun neben seinem Schreibtisch auf seinem Gebetsteppich auf den Knien liegt, das Gesicht gegen Mekka gewandt, sich auf und niederbeugend und die Gebete murmelnd, die kein Ungläubiger, ohne vom Zorn Allahs getroffen zu werden, unterbrechen darf.

Doch Thaddäus hat Zeit, und er ist – den Brief Barbaras in der Tasche – so heiter gestimmt, daß er, ohne zu murren, den Augenblick abwartet, in dem der Referent endlich auch wieder mit einem weltlichen Wesen reden kann.

Am Wochenende nimmt Max Zeilmann, der Leiter des Deutschen Technikums, Thaddäus mit in die Berge. In Talschar, 80 Kilometer nördlich von Kabul, hat ein großer deutscher Elektrokonzern im Auftrag der afghanischen Regierung ein Elektrizitätswerk in eine wildwasserdurchrauschte Felsschlucht gebaut. Der Mann, der das Werk leitet und betreut, heißt Josef Heindl, stammt aus Unterammergau und fällt Thaddäus fast um den Hals, als er hört, daß er aus München, aus seiner bayerischen Heimat kommt.

»Ja, Lisi«, schreit er ins Privathaus des Werkes hinein, »kumm nur schnell raus – ein Münchner is da – ein leibhaftiger Münchner!«

Lisi ist seine junge, hübsche Frau. Sie trägt ein lustig geblümtes, bayerisches Dirndlkleid. Ihr Mann, der Heindl Sepp, hat seine kurze, lederne Hose an, speckig und verwetzt, und breite, gestickte Hosenträger dazu, auf denen das bayerische Wappen prangt.

Ein Stück der Heimat, mitten zwischen den afghanischen Felsen. Zum Mittagessen gibt es Sauerkraut mit Schweinernem, daß den afghanischen Monteuren, den Mitarbeitern Sepps, die moslemischen Mägen zu Berge stehen.

»Bier ham mir aa gnua«, lacht der Sepp, »und zwoa wunderbare Betten für euch, denn so schnell lass'n mir euch net wieder fort!«

So bleiben Zeilmann und Thaddäus auch den Sonntag über in Talschar. Sepp Heindl zeigt Thaddäus voller Stolz sein ganzes Werk. Dabei sitzt, während er mit den beiden durch die Hallen geht, ein mächtiger Jagdfalke auf seiner Schulter.

»Des is der Maxi, der muaß immer bei mir sei, ohne den tua i koan Schritt.«

Für seine afghanischen Mitarbeiter ist das keine Absonderlichkeit. Die Jagdfalken gehören zum Leben der Afghanen. Wenn auch die wenigsten von ihnen mit ihren Falken wirklich jagen, alle Augenblicke kommt einer mit einem der scharfschnabeligen Tiere auf der Schulter daher.

Als Zeilmann und Thaddäus am Sonntagabend Abschied nehmen, drückt ihnen Frau Lisi noch ein Stück Geräuchertes und ein paar selbstgezogene, echte bayerische Rettiche in die Hand.

Thaddäus bekommt von Sepps eiserner Faust die Hand geschüttelt, daß ihm das Wasser in die Augen schießt. »G'sund bleim, Thaddäus, und kommts guat hoam und laßts euch bald wieder seng!«

Doch es dauert lange, bis Thaddäus den Sepp wiedersieht. Die Verhandlungen um ein paar besonders große Aufträge lassen ihm selbst an den Wochenenden nicht mehr viel Zeit.

So könnte er – was seine amerikanischen Bulldozer und Raupenschlepper betrifft – glücklich und zufrieden sein. Doch je mehr sich die Zahl der dahinstreichenden Wochen häuft, um so größer wird die Ungeduld, mit der Thaddäus den schon so lange fälligen Brief von Barbara erwartet.

Er hat ihr schon dreimal nach Paris geschrieben. Es kommt keine Antwort. Sie läßt nichts hören.

Statt dessen taucht ein Mann auf, der für Thaddäus später einmal viel mehr bedeuten wird, als es sich jetzt ahnen läßt. Miss Clift läßt ihn, besonders freundlich lächelnd, zu Thaddäus ins Zimmer treten.

»Mister Knopf«, sagt sie, »das ist Mister Golam Haidar aus Peshawar. Er hat Mister Stone vor drei Jahren sehr geholfen, als Mister Stone die Niederlassung hier eingerichtet hat. Mister Haidar hat aber auch mir sehr geholfen, daß ich mich mit den verzwickten Verhältnissen hier zurechtfinden konnte. Daß hier alles so gut läuft, das haben wir Mister Haidar zu verdanken.«

Golam Haidar – er ist ein Inder von etwa fünfundvierzig Jahren, einen hellgrauen, eleganten europäischen Anzug tragend – verbeugt sich lächelnd vor Thaddäus. »Never mind, Mister Knopf«, sagt er, »was hier geschehen ist, haben Miss Clift und Mister Stone alles selbst gemacht. Was ich dazu helfen konnte, ist sehr wenig gewesen.«

Er sagt es in gutem Englisch. Die Bescheidenheit seiner Worte kann nicht verdecken, daß er ein souveräner, kluger Mann ist. In seinen tiefdunklen Augen schimmert ein warmer Humor.

Thaddäus streckt ihm die Hand entgegen. »Ich bin glücklich, Mister Haidar, daß ich Sie kennenlernen darf. Wenn Sie meinem Chef soviel bedeutet haben, wird Ihre Freundschaft sicher auch für mich von großem Wert sein.«

»Ich werde stolz sein«, sagt der Inder, »wenn ich Ihr Freund sein darf. Mister Stone hat mir aus Deutschland geschrieben, wie gut alles hier geht. Ich bin gekommen, um Ihnen«, er macht eine lächelnde Verbeugung zu Miss Clift hin, »und auch Ihnen, Miss Clift, Glück zu Ihrer weiteren Arbeit zu wünschen. Ich habe auch eine Angelegenheit mit dem Finanzminister hier in Kabul zu erledigen, aber mein erster Weg ist hierher zu Ihnen gewesen.«

Die beiden finden vom ersten Augenblick an aneinander Gefallen. Miss Clift zeigt sich sehr zufrieden darüber.

»Wenn Sie heute abend Zeit haben«, sagt Thaddäus zu dem Inder, »würde es Ihnen Spaß machen, zusammen mit Miss Clift zu mir zum Abendessen zu kommen?«

»Heute abend nicht«, antwortet Haidar, »morgen abend, wenn es Ihnen recht ist, sehr gerne.«

Er sagt Thaddäus noch ein paar verbindliche Worte, dann läßt er sich von Miss Clift zum Ausgang der Niederlassung geleiten.

Sie kommt gleich darauf wieder ins Zimmer zu Thaddäus.

»Ein reizender Mensch, Mister Knopf, finden Sie nicht auch? Und es wird morgen bei Ihnen sicher auch ein reizender Abend werden. Aber wenn Sie nach dem Abendessen das Gefühl haben, daß es Zeit für eine Zigarette wäre, bitte bieten Sie ihm keine an.«

»Ist er Nichtraucher? Aber das könnte er mir ja selber sagen.«

»Sicher. Aber es geht darum, daß auch Sie sich keine anzünden sollten. Er hat nämlich Schwierigkeiten mit dem Feuer. Er ist Parse, ein Anhänger der Lehre Zarathustras. Die Leute glauben an die Erhaltung des ewigen Feuers und sie können es nicht sehen, wenn ein Streichholz ausgeblasen wird. Entschuldigen Sie, Mister Knopf, wahrscheinlich werden Sie das alles selber wissen.«

»Nein«, sagt Thaddäus, »über die Gebräuche der alten Germanen bin ich nicht hinausgekommen. Gibt es noch etwas, was man bei einem Parsen berücksichtigen muß, wenn man mit ihm zusammen ist?«

»Nicht beim Abendessen. Sie haben besondere Regeln bei ihren Waschungen und setzen die Körper ihrer Verstorbenen heute noch auf den Türmen des Schweigens den Geiern zum Fraße aus. Aber das ist eine andere Sache.«

»Die für uns ja hoffentlich nicht in Betracht kommen wird.« Thaddäus legt seine Hand Miss Clift kameradschaftlich auf die Schulter. »Clifty, für das Abendessen sorgen Sie! Ja, darf ich Sie darum bitten?«

Miss Clift sieht Thaddäus mit einem Blick an, von dem sie wahrscheinlich selber nicht weiß, was sie dazu sagen soll.

»Mister Knopf«, lenkt sie dann sachlich ab, »noch eines, was Sie vielleicht wissen sollten. Die Parsen sind besonders gute Kaufleute. Darum zählen viele von ihnen zu den reichsten Leuten Indiens. Mister Haidar ist einer davon.«

»Und? Warum muß ich das wissen?«

»Damit Sie nicht erschüttert sind, wenn ich beim Einkauf des Abendessens ein wenig tief in Ihre Tasche greife. Wir repräsentieren hier eines der größten Unternehmen der USA. Wir können uns nicht lumpen lassen.«

»Auf gar keinen Fall, Miss Clift! Hoffentlich haben Sie nicht das Unglück, daß die Parsen nur trockenes Brot und geraspelte gelbe Rüben essen. Dann bleiben Sie auf ihrem Kaviar sitzen.« »Den ich hier sowieso nicht kaufe. Weil er von den Russen kommt, und die sollen an uns nicht verdienen.«

Sie verläßt das Zimmer. Thaddäus blickt ihr lächelnd nach. Er ist Allah dankbar, daß er ihm eine so nette Mitarbeiterin zur Seite gegeben hat.

Am andern Morgen sitzt er schon früh hinter seinem Schreibtisch. Der Abschluß eines Auftrags, bei dem es um zehn Autobusse für die Stadt Kabul geht, könnte heute vormittag – wenn Thaddäus richtig auf Draht ist – eingebracht werden. So sieht er die vorhandenen Unterlagen noch einmal durch, damit er nichts vergißt, was bei der Unterredung wichtig ist.

»Excuse me«, sagt Miss Clift, als sie, mit einem Pack Briefen in der Hand, das Zimmer betritt; »die Post ist gerade angekommen. Es ist auch etwas Privates für Sie dabei.«

Thaddäus streckt ihr voller Freude die Hand entgegen. »Danke, Miss Clift! Bitte, geben Sie her.«

»Der oberste ist es«, sagt sie und läßt Thaddäus allein.

Endlich der Brief von Barbara. Ihre steile, selbstsichere Schrift.

Und die große, bunte Briefmarke.

Thaddäus blickt sie verblüfft an. Es ist keine französische Briefmarke. Der Brief kommt aus den USA.

Thaddäus erschrickt nicht. Er hat vor nichts Angst und er staunt nicht. Er denkt gar nichts. Er reißt den Briefumschlag auf.

Auf zwei kurzen Seiten stehen die steilen Buchstaben nebeneinander.

»Thaddäus! Wie soll ich wissen, wie ich es Dir sagen soll. Ich habe es nicht gewußt, so viele Wochen lang. Aber ich kann nicht glücklich sein, wenn ich nicht den Mut habe, es Dir endlich zu sagen.

Seit einem Monat lebe ich hier in Chapel Hill in Nord-Carolina. Die Sudetenkrise in Deutschland hat Professor Beermann auch aus Paris und Frankreich wieder fortgetrieben. Die ganze Welt redet von Krieg. Wenn er wirklich kommt, wird Hitler auch vor Frankreich nicht Halt machen. So hat Beermann einen Ruf an die Universität von Chapel Hill angenommen. Er ist so allein, ich konnte ihn nicht im Stich lassen.

Und dann – Thaddäus, es ist so furchtbar schwer für mich, daß ich es Dir sage, aber ich hoffe, daß Du mich verstehen wirst – es ist ein junger amerikanischer Arzt mit uns aus Paris herübergekommen, er hat dort als Assistent von Beermann gearbeitet. Er hat uns in den schwierigen Situationen, die wir auch hier noch hatten, so viel geholfen.

Thaddäus, mehr als Du für mich getan hast, wird kein Mensch auf der Welt mehr für mich tun können.

Aber wie soll man sich helfen, wenn man plötzlich nicht mehr Herr über sein eigenes Herz ist?

Darf ich wenigstens in Gedanken noch bei Dir sein, Thaddäus?

Ich wünsch Dir so viel Glück. Und denk auch Du manchmal an mich.«

Thaddäus sitzt da, hält den Brief in den Händen.

Durch das Fenster schauen die heißen, kahlen afghanischen Berge zu ihm herein. Von der Straße herauf hört er einen keuchenden Lastträger schreien. »Batscha! Batscha!«

»Barbara«, denkt Thaddäus.

Ein anderer Name kommt ihm in den Kopf.

Trixi.

Auch sie wird mit ihrem Marcel irgendwo drüben in Amerika leben. Die Tränen, die ihr die Augen feucht machten, als sie in Quebec nach dem Abschied von ihm aus dem Zimmer lief, sind sicher seit langem getrocknet.

An Barbaras Seite wird in Chapel Hill, in Nord-Carolina, ein junger amerikanischer Arzt sein. Seine Liebe zu ihr wird auch ihre Tränen trocknen.

Miss Clift öffnet die Tür. »Mister Knopf«, sagt sie, »Sie wollten um zehn Uhr bei dem Menschen wegen der zehn Autobusse sein. Ich hoffe, Sie sind mir nicht böse, wenn ich Ihnen sage, daß es fünf Minuten vor zehn Uhr ist.«

Thaddäus blickt geistesabwesend zu ihr auf. Dann gibt er sich einen Ruck. Er nimmt alle nötigen Papiere vom Schreibtisch und steht auf. »Danke, Miss Clift. Ich werde ihn auch nach zehn Uhr noch erwischen.«

Er verläßt das Zimmer. Miss Clift blickt ihm versonnen nach. Sie müßte nicht eine schon mehrmals verlobte Braut gewesen sein, wenn sie nicht ahnte, welche Neuigkeit der Brief aus den USA mit der steilen, selbstbewußten Mädchenschrift für ihn gebracht hatte.

Bis zur Mittagsstunde, als die alte Zeitkanone auf dem Hügel über den Häusern Kabuls ihren donnernden Schuß losläßt, hat Thaddäus den Vertrag für die zehn Autobusse in der Tasche.

Am Nachmittag sitzt er wieder in seinem Büro. Er diktiert Miss Clift Briefe, die schon lange fällig sind. Ab und zu hört er mitten im Satz zu sprechen auf. Mit leerem Blick starrt er auf den Kalenderblock auf seinem Schreibtisch oder auf den Bleistift in Miss Clifts Hand.

Miss Clift wartet geduldig, bis er den Faden wieder gefunden hat.

»Well«, sagt er nach einer Weile, »das wäre alles.«

»Möchten Sie gerne eine Tasse Kaffee haben?«

Thaddäus schüttelt den Kopf. »Danke.« Er sucht planlos auf dem Schreibtisch herum. Es ist ihm selber nicht klar, was er eigentlich sucht.

Miss Clift legt ihren Stenogrammblock samt dem Bleistift auf den Schreibtisch. »Mister Knopf«, sagt sie, »ich bin zwar nur drei Jahre älter als Sie, und ich bin nur eine Frau – kein Mensch gibt mir also das Recht, den weisen Lehrer bei Ihnen zu spielen. Aber die Laus, die Ihnen jetzt über die Leber läuft, die hat die meinige schon einige Male passiert. Ich kann Ihnen nur sagen: nehmen Sie es nicht so schwer – in spätestens drei Monaten wird Ihr Innenleben sicher wieder in Ordnung sein.«

Thaddäus blickt sie verblüfft an. »Wieso wissen Sie denn etwas von meinem Innenleben?«

Miss Clift lächelt. »Dazu braucht man kein Psychoanalytiker zu sein. Wenn ein Mann einen Brief von einem Mädchen bekommt, und dann liegt er so auf der Nase...« Sie hört auf zu reden, sie greift nach ihrem Stenogrammblock und steht auf. Sie sagt schuldbewußt: »Entschuldigen Sie, Mister Knopf, ich glaube, ich bin zu weit gegangen.«

Thaddäus schüttelt seufzend den Kopf. »Nein, nein, es ist alles in Ordnung.« Er drückt ihr den Bleistift, den sie auf dem Schreibtisch hatte liegen lassen, in die Hand. »Ich bin Ihnen dankbar, daß Sie mir helfen wollen. Ich werde mir Mühe geben, daß ich von meinem Innenleben nicht gar zu viel merken lasse.«

»Vor allem heute abend nicht, wenn Mister Haidar zu Ihnen kommt. Er hat so gerne heitere Menschen um sich. Er würde sicher sehr traurig sein, wenn er bei dem wunderbaren Abendessen – ich habe es übrigens schon besorgt – einem Sauertopf gegenübersitzen müßte.«

»Schlimmstenfalls«, sagt Thaddäus, »hat er zum Aufheitern ja auch noch Sie.«

»Ich werde mein Bestes tun«, lächelt Miss Clift.

Vivian zeigt sich an diesem Abend so charmant, und auch Thaddäus gibt sich Mühe, so heiter zu sein, daß es für Mister Haidar ein Vergnügen ist, bis weit nach Mitternacht bei den beiden zu bleiben. Als er sich dankbar von ihnen verabschiedet, muß Thaddäus ihm versprechen, daß er sehr bald – bei seiner nächsten Geschäftsreise – zu ihm nach Peshawar kommen wird.

»Und Sie müssen bei mir bleiben, so lange Sie können! Mein Haus wird immer das Ihre sein.«

Als er den beiden durch den finsteren Park zur Gittertüre vorausgeht, drückt Miss Clift hinter ihm Thaddäus verstohlen die Hand.

»Sie waren prächtig, Mister Knopf«, sagt sie leise. »Ihr Innenleben wird bestimmt bald wieder in Ordnung sein.«

Thaddäus gibt ihr den Druck ihrer Hand zurück. Er verabschiedet sich von beiden. Er sieht ihnen nach, wie sie in der Dunkelheit verschwinden.

Es dauert lange, bis Barbaras Bild in Thaddäus' Herzen zu verblassen beginnt. In manchen Augenblicken, wenn er immer wieder an sie denken muß, läßt er alles stehen und liegen und läuft aus dem Büro. Hinunter in das Gewirr der Lehmhütten der Stadt, hinein in das Gewimmel der Menschen, in den Lärm, in das Geschrei, das seine Gedanken verschlingt.

Im Trubel des Bazars kann er am tiefsten untertauchen. Eine Verkaufsbude ist hingeklebt an die andere. Über die schluchtähnlichen Gassen sind verstaubte Bastmatten gespannt, zum Schutz gegen die glühende Sonne. In den Buden und vor ihnen sind die tausenderlei Waren gehäuft, die Säcke und Körbe, die Kisten und Fässer mit den Lebensmitteln, den Früchten, den Gewürzen. Die Zuckerbäcker bieten schreiend ihre Berge von Kuchen an, die Schmiede hämmern donnernd auf ihre glühenden Eisenstücke ein. Ein alter afghanischer Schneider, mit nackten gekreuzten Beinen auf einem verbeulten Benzinfaß hockend, den Turban tief im Gesicht, nadelt an einer knallblauen, europäischen Männerjacke herum. Hinter den schon dunkel angelaufenen Fleischstücken, die sich auf einer blutigen Holzplatte türmen, versucht der schwitzende Verkäufer vergeblich, die Schmeißfliegen, die in Trauben an seiner Ware hängen, wegzujagen. Kaum sind sie vor dem schmutzigen Stoff-Fetzen, mit dem er ununterbrochen auf sie losschlägt, auseinandergestoben, schon haben sie auf einem anderen, in der Hitze indessen noch dunkler gewordenen Fleischstück wieder Platz genommen.

Im Lärm, im Gewimmel dieser Menschen, fällt es Thaddäus leichter, nicht an Barbara zu denken. Doch bald treibt ihn die Hitze, die in den Gassen des Bazars brütet, zu den surrenden Ventilatoren seines Büros und zum eisgekühlten Tee, den Miss Clift für ihn schon bereitgestellt hält, zurück.

Ein paar Tage später liegt ein Brief seiner Mutter auf seinem Schreibtisch. Alles, was sie schreibt, ist heiter, sorglos und voller Zuversicht. Das andere, was das Leben in Deutschland jetzt so schwer macht, davon schreibt sie nur so nebenhin.

»Die Angst vor einem Krieg, die wir nach der Sudetenkrise alle hatten, ist Gott sei Dank vorbei. Chamberlain, Dalladier und Mussolini sind hier in München bei Hitler gewesen und haben mit ihm das Münchner Abkommen unterzeichnet. Eigentlich kann jetzt nichts mehr passieren.«

»Hoffentlich nicht«, hat Stephan Kern kurz darunter geschrieben. »Bleib jedenfalls in Deinem schönen Kabul so lange Du kannst. Hier bei uns wirst Du nichts versäumen.«

Drei Tage später kommt abermals ein Brief aus Deutschland. Jim Stone berichtet Thaddäus, daß er und seine Familie wohlauf und im großen und ganzen ohne Sorgen seien. Auch Richard Kronenberg, sein Schwiegervater, schreibt grüßende Worte dazu. Der Herzinfarkt ist gut überstanden; Kronenberg freut sich, daß die Sache mit Thaddäus in Kabul so gut funktioniert.

Nach jedem Satz erwartet Thaddäus, daß einer jetzt auch von Professor Beermann und Barbara schreiben werde. Sie wissen ja alle, wie nahe Thaddäus Barbara gestanden hat. Wahrscheinlich ist es Taktgefühl, daß keiner von ihnen Barbara erwähnt.

An den Schluß des Briefes hat Jim Stone einen Nachsatz gesetzt: »Wir haben, alles in allem, einen schönen Sommer hier in Deutschland gehabt. Trotzdem, lieber Thaddäus, bleiben Sie drüben so lange es geht.«

Für Thaddäus ist es nicht schwer, zu merken, daß es für ihn auf keinen Fall das Richtige wäre, jetzt wieder nach Deutschland zurückzukehren. Seit dem Abschiedsbrief Barbaras hat er oft daran gedacht, es zu tun. Doch wie sollte er wirklich in eine Heimat zurückwollen, in der es für ihn nichts als die Vernichtung durch die Gestapo geben könnte.

Thaddäus starrt von seinem Schreibtischstuhl aus durch das Bürofenster hinaus zum tiefblauen Himmel, vor dem der schlanke Turm eines weiß leuchtenden Minaretts steht.

Ein langbärtiger Muezzin schickt sich an, das Gebet der Mittagsstunde zum Himmel zu senden.

Die Tür des Büros tut sich behutsam auf.

»Mister Knopf«, sagt Miss Clift, »entschuldigen Sie, wenn ich Sie störe. Ich hole mir etwas zum Lunch. Soll ich für Sie auch etwas mitbringen?«

»Nein«, sagt Thaddäus, »wenn Sie nicht unbedingt über Mittag hier im Büro bleiben wollen, fahren wir zusammen hinaus nach Schirapur. Dort gibt es jeden Tag frische Forellen.«

12

Der Heilige Abend wird von den Deutschen in Kabul genauso festlich begangen wie in der Heimat. Der Gesandte und seine Frau haben – wie jedes Jahr – einen kleinen Kreis von Deutschen, die in Kabul ohne Familie leben, zu sich ins Haus geladen. Auch Thaddäus, und mit ihm Miss Clift, werden zu den Gästen gehören.

Der Gesandte hat von einem Bekannten in Kaschmir einen wirklichen Weihnachtsbaum geschickt bekommen. Die Tanne hat den langen Weg aus den Wäldern am Fuß des Himalajas bis nach Kabul gut überstanden. Frau Marianne Breuer hat das Wohnzimmer und auch noch zwei andere Räume des Hauses in weiß-silberner Festlichkeit geschmückt. Das Engelshaar und das glitzernde Lametta hat sie aus Deutschland bekommen. Ebenso die vielen weißen Kerzchen, die nicht nur über den Weihnachtsbaum, sondern überall in den drei Räumen verteilt sind.

Es wird ein beschauliches Fest. Der strahlende Lichterbaum steht in der Mitte des Wohnzimmers. Auf kleinen Tischchen liegen die Geschenke. Für jeden der deutschen Landsleute hat Frau Marianne Breuer eine nette Kleinigkeit besorgt. Für das Personal, das in festlich afghanischer Kleidung erschienen ist, hat sie Kuverts aus Goldpapier zusammengeklebt und in jedes einen ansehnlichen Geldbetrag gesteckt. Daß ihnen das am meisten Freude macht, sieht man an den glänzenden Augen, in denen sich das Licht der Weihnachtskerzen spiegelt.

Für den Gesandten und seine Frau haben die Deutschen ein gemeinsames Geschenk unter den Lichterbaum gelegt: ein Album mit deutscher Musik auf Schallplatten. Wertvolle, klassische Musik, die einen Schimmer der Heimat in das Haus in der Fremde bringen soll.

Thaddäus und Vivian haben einander beschenkt, schon ehe sie zum Gesandten gingen. In der kleinen Wohnung Vivians, in der sie und Thaddäus jetzt schon seit längerer Zeit nicht nur über Traktoren und Bulldozer reden, haben sie schon vorher ihr kleines eigenes Fest gefeiert.

Jetzt stehen sie nebeneinander im Wohnzimmer des Gesandten. Die Deutschen singen »Stille Nacht, heilige Nacht«, die Afghanen hören ihnen ehrfurchtsvoll zu.

Thaddäus starrt, während er das Lied halblaut mitsingt, in das leise flackernde Licht der kleinen weißen Kerzen auf dem Weihnachtsbaum. Man sieht es ihm an, daß seine Gedanken jetzt nicht nur beim Schein dieser Kerzen sind.

Vivian, die dicht neben ihm steht, blickt ihn von der Seite her an. Sie tastet nach seiner Hand. Ihre Finger verschlingen sich ineinander.

Die Wochen und Monate, die diesem Weihnachtsfest folgen, gehen für Thaddäus voller Glück mit Vivian dahin. Besondere geschäftliche Probleme stören ihn nicht.

Im April, als aus der Tiefebene Nordwestindiens, aus dem Pandschab, in der jetzt die Hitze über der sandigen Steppe brütet, die Nomaden mit ihren Hunderten von Kamelen wieder herauf ins kühlere Bergland Afghanistans gezogen kommen, hat Vivian die Idee, an einem Sonntag mit Thaddäus hinaus vor die Stadt, zu einem der Weideplätze der Nomaden zu fahren.

Kaum hundert Kilometer von Kabul entfernt, stehen die schwarzen Zelte eines Stammes, der jedes Frühjahr vom Khaiberpaß her zu diesen Weideplätzen gezogen kommt. An die zwanzig Zelte sind es, die auf den spärlichen Grasflächen zwischen den Felsen stehen. Jede Familie hat ihr eigenes Zelt. Dazu die große oder kleine Herde von Karakulschafen, das Wertvollste, was jeder Nomade besitzt. Zwischen den Kamelen und Lämmern gackert eine Schar nach Futter pickender Hühner herum.

In wochenlangem Marsch, immer wieder einen Platz ein paar Tage lang abweidend, sind die Nomaden bis hier herauf ins Bergland gekommen.

Die Kamele turmhoch bepackt mit den zusammengelegten Zelten, dem ganzen Hausrat der Familien, den Bündeln von Ziegenfellen, auf denen sie nachts schlafen, und obenauf noch die kleinsten der Kinder und die neugeborenen Karakullämmchen, die noch zu schwach sind, um den weiten Weg auf eigenen Beinchen hinter sich zu bringen.

Drei Stunden lang fahren Thaddäus und Vivian an diesem Sonntagmorgen von Kabul durch die steinigen Berge bis zu diesem Weideplatz der Nomaden. Die Staubwolke, in der ihr Wagen auf das Lager zukommt, scheucht die Nomaden auf die Beine, lange ehe Thaddäus und Vivian vor dem größten der Zelte aus dem Wagen steigen.

Es ist das Zelt Abdul Hags, dem Häuptling des Stammes. Er steht bereit, die Gäste zu empfangen. Vivian ist schon im vorigen Sommer, als der damals noch nicht durchgebrannte Vorgänger Thaddäus' sie zu dem Stamm mitgenommen hatte, Gast im Zelt von Abdul Hag gewesen. Die beiden schütteln sich herzlich die Hände. Vivian kann englisch mit ihm sprechen. Er hat es notdürftig gelernt, als er in seiner frühesten Jugend aus dem Zelt seines Vaters ausgerissen und mit einer Handelskarawane als Kameljunge zuerst nach Kaschmir und dann mit vielen anderen Karawanen vier Jahre lang kreuz und quer durch Nordwestindien und Afghanistan gezogen war. Vieles hatte er dabei gesehen und gelernt, doch dann hatte ihn das Heimweh wieder zurück zu den Nomaden, zu seinem Stamm gezogen.

Damals, als Abdul Hag zurückkam, hatte er die Zwanzig kaum überschritten. Jetzt ist er über die Fünfzig weit hinaus. Doch die dunkelglänzenden Locken, die unter seinem schwarzen Turban hervorquellen, die blanken Augen, die in seinem braunen Gesicht funkeln, lassen nichts von seinem Alter merken.

Es war auch nicht die Weisheit des Alters, die ihn zum Führer seines Stammes gemacht hatte. Es war die Summe der Erfahrungen, die er sich in seinen Kameltreiberjahren geholt hatte, es waren die Klugheit, die Umsicht und auch der Mut, mit denen er alles anging, was seinem Stamm zum Vorteil und zu seinem Glück gereichte.

Überall, wo es zwischen dem Pandschab und den Bergen Afghanistans Nomaden gab, galt Abdul Hag als der beste Stammesführer, den man sich denken konnte.

Dies sagt Vivian auch Thaddäus, als er von Abdul Hag die Hand gedrückt bekommt. Doch Abdul Hag lacht laut auf. »No, no, Mister«, lacht er, »glauben Sie nicht, was junge Miss sagt. Ich bin keine besondere Mann. Ich bin nicht besser als alle Nomaden. Aber ich bin stolz und glücklich, wenn mein Stamm mit mir zufrieden ist.«

Der größte Teil seines Stammes hat ihn und die beiden Fremden umringt. Es scheint, als ob die einzigen, die nicht aus ihren Zelten gekrochen waren, die Säuglinge und die Greise sind. Den Männern hängen die weißen Hemden aus Ziegenhaar lang über die weiten Hosen herunter. Die Frauen tragen zum schwarzen Kasack rote Seidenhosen, an den Knöcheln mit dünnen Metallkettchen eng umschnürt. Ihre pechschwarzen Haare pendeln, zusammengeflochten zu vielen kleinen Zöpfchen, zu beiden Seiten ihrer braunen Gesichter herunter. Viele der Frauen und Mädchen tragen die silbernen, klimpernden Münzen ihres Brautschmuckes, mit feingliederigen Kettchen untereinander verbunden, über den Brüsten.

Es sind nicht alle der Nomaden so sauber und romantisch gekleidet. Manche begnügen sich auch mit ein paar bunten Fetzen, die sie um ihre Körper gehängt haben. Sie sind es vor allem, die sich in aufdringlicher Neugierde um die beiden Fremden drängen.

Abdul Hag schiebt sie mit herrischen Armen zur Seite. »Kommen Sie in mein Zelt«, sagt er zu Thaddäus und Vivian, »Sie werden durstig sein vom Staub und von der Hitze.«

Im Innern des schwarzen Zeltes ist es merklich kühler als draußen in der sengenden Sonne. Die Menge der Nomaden vor dem Zelt löst sich auf. Jeder geht wieder dorthin, von wo er gekommen ist.

»Whisky habe ich nicht«, sagt Abdul Hag, »aber sicher wird Ihnen auch unsere Kamelmilch schmecken.«

Sein Zelt hat zwei Räume. Aus dem kleineren davon ruft Abdul Hag eine seiner beiden Frauen heraus, damit sie die Kamelmilch hole. »Das ist Gulialei«, sagt er stolz. »Sie hat mich bei ihrem Vater drei Kamele und dreißig Schafe gekostet.«

Gulialei lächelt vergnügt. Sie kann kaum älter als zwanzig sein. Da die Nomadinnen keine Schleier tragen und nur, wenn sie ganz unbekannten Männern gegenüberstehen, ihr schwarzes Schleiertuch vor das Gesicht halten, kann Thaddäus feststellen, daß Gulialeis Züge von verblüffender Schönheit sind. Nur für den Bruchteil eines Augenblicks sieht Gulialei Thaddäus an, dann schlägt sie die Augen nieder. Sie nimmt einen dreieckigen Sack aus Ziegenhaut von einer der Zeltstangen und geht leichtfüßig auf ihren nackten Sohlen hinaus.

Abdul Hag erzählt Thaddäus und Vivian, daß seine zweite Frau zur Zeit bei ihrem Vater ist, der an die zwanzig Meilen weit, auf einem anderen Zeltplatz, von einer plötzlichen Krankheit befallen wurde.

Als Gulialei den Beutel mit Kamelmilch gebracht und Abdul Hag den Dschellim, die Wasserpfeife, angeraucht hat, haben er und seine Gäste viel Zeit, sich der Erfrischung, dem Rauchen und der Unterhaltung hinzugeben.

Auch Vivian versucht, ein paar Züge aus der Wasserpfeife zu tun. Doch ein Hustenanfall bringt sie fast zum Ersticken. Sie gibt das Mundstück der Pfeife mit tränenden Augen Abdul Hag zurück.

»Jetzt verstehe ich«, hustet sie, »daß die Frauen in Afghanistan nicht rauchen.«

Als Gulialei ein wenig später mit einem blitzblank geputzten Kupferkessel erscheint, in dem ein Gericht aus Lammfleisch, Gemüsen und Reis dampft, das sie draußen vor dem Zelt auf dem Feuer aus trockenem Kamelmist zubereitet hat, greift Vivian herzhaft zu. Es gelingt ihr auch, die Fleischstücke und den Reis – diese, zusammen mit dem Gemüse zu kleinen Bällchen geformt – mit den Fingern aus dem Kupferkessel in den Mund zu schieben.

Es sind fröhliche Stunden, die Thaddäus und Vivian mit Abdul Hag verbringen. Als es Zeit für sie wird, aufzubrechen, wünscht Abdul Hag ihnen allen Segen Allahs mit auf die Reise. Er und Gulialei winken ihnen nach, bis die letzte Staubwolke ihres Wagens um eine Felsecke der zerklüfteten Berge verschwunden ist.

Vivian sitzt dicht neben Thaddäus im Wagen. Sie lehnt ihren Kopf gegen seine Schulter. »Thaddäus«, sagt sie glücklich, »ich glaube, ich habe noch nie so eine schöne Zeit gehabt, wie ich sie jetzt mit dir habe.«

Thaddäus nimmt seine Hand vom Steuer. Er streicht ihr zart über das Haar.

Als ein paar Wochen später – es ist Mitte Juli – die Hitze auch in Kabul unerträglich wird, machen Thaddäus und Vivian ihre Niederlassung für vier Wochen dicht. Das ist die Zeit, in der in der Stadt kein Mensch arbeitet, wenn es nicht unbedingt sein muß.

Thaddäus und Vivian setzen sich in den Wagen und fahren fünf Tage lang, über den Khaiberpaß und Peshawar, nach Kaschmir. In Peshawar, der Pandschab-Stadt hinter dem Khaiberpaß, versuchen sie vergebens, Golam Haidar, den Parsen, zu besuchen. Sein Haus ist ein kleiner prächtiger Palast inmitten eines duftenden Blumengartens, beschattet von riesigen Palmen. Der Verwalter des Hauses sagt den beiden, daß Golam Haidar, sein Herr, auf einer dreimonatigen Geschäftsreise nach Bombay und Ceylon unterwegs sei. So streben die beiden so schnell wie möglich aus der Hitze des Pandschabs den kühlen Berghängen Kaschmirs, ihren schattigen Laubwäldern am Fuße des Himalajas zu.

In Srinagar, dem Venedig der Kaschmiris, mieten sie ein Hausboot. Auf einem der vielen, das Land durchziehenden Wassern liegt es im Schatten eines duftenden Waldes wie ein kleines, schwimmendes Märchenschloß. Der Manjos, der Mann, dem es gehört, ist zugleich Diener und Koch der weißen Sahibs und der reichen Inder, die vor der sengenden Sonne der Ebene hier herauf in die Kühle der träumenden Wasser fliehen. Der Manjos hält die Räume des Hausbootes, den Salon, die Schlafzimmer, das Bad und auch die von bunten Vorhängen vor der Sonne geschützte Veranda in Ordnung. Auf dem Küchenboot, das hinter dem Hausboot hängt, bereitet er für seine Mieter die Mahlzeiten. Die Lebensmittel, das Obst, die Getränke werden auf kleinen Kähnen von den Händlern jeden Morgen zum Hausboot gebracht. Sogar der Barbier, der Hairdresser, kommt auf seinem Schifflein dahergerudert, um dem Sahib das Kinn zu schaben oder ihm, mit einer Wachskerze, das zu lang gewordene Haar abzusengen.

Das Hausboot, auf dem Thaddäus und Vivian ihren Traumurlaub verbringen, heißt »Frühe Stunde.« In großen Lettern ist der Name auf den Bug des Bootes geschrieben. Am Heck, neben dem Küchenboot, ist die

Schikara befestigt, die kleine mit weichen Kissen ausgelegte, mit duftigen Vorhängen behangene Barke, in der Thaddäus und Vivian sich, wann immer sie wollen, auf den unendlich weiten Wassern, bis hin an die Uferhänge der Himalajaberge, von ihrem Manjos spazierenrudern lassen.

Weich hineingelehnt in die Kissen sitzen Thaddäus und Vivian, hinter sich das stille Gluckern der Ruderschläge, über sich den blauen Himmel und, hineingeschnitten in ihn, die eisfunkelnden Riesen des Himalajas.

In solchen Stunden wüßte Thaddäus nicht, was an Zufriedenheit und Glück ihm das Schicksal noch mehr geben könnte. Vielleicht, daß der leise, schneekühle Duft, der von der Eismauer der Himalajagipfel bis herunter über die dunklen Wasser weht, ihn dann und wann an die Berge seiner Heimat erinnert, an ihre glitzernden Schneehänge im Winter. Doch es ist nicht Heimweh, was er dann fühlt, es ist die stille Freude darüber, daß Heimat überall sein kann, wo man glücklich ist.

Daß auch Vivian an der Seite Thaddäus' glücklich ist, das leuchtet aus ihren Augen zu jeder Stunde. Von morgens bis zum Abend. Und auch in den Nächten, wenn Thaddäus es nicht sehen, sondern nur fühlen kann.

Drei Wochen lang dauert das Glück der beiden in diesem Paradies. Mitte August – es ist das Jahr 1939 – rollt ihr Wagen von den Bergen Kaschmirs wieder zur Indischen Tiefebene hinab. In Peshawar fahren sie nocheinmal am Haus Golam Haidars vorbei. Doch er ist von seiner Reise immer noch nicht zurückgekehrt.

In Kabul angekommen, taucht Thaddäus in den Geschäften und Problemen der Pennsylvania Transhand Corporation gleich wieder tief unter. Vivian steht ihm getreulich zur Seite. Die deutschen Freunde, die Lehrer des Gymnasiums und des Technikums, Professor Neumeier von der deutschen Kunstschule, und vor allem der Deutsche Gesandte und seine Frau, freuen sich, daß sie Thaddäus, und Vivian mit ihm, wieder bei sich haben.

An einem Freitag des beginnenden Herbstes – es ist der 1. September 1939 – fährt Thaddäus mit Vivian am Vormittag die achtzig Kilometer von Kabul hinein in die Berge nach Talschar zu dem Elektrizitätswerk, in dem der Unterammergauer Josef Heindl anläßlich seines Geburtstages zu einem festlichen Mittagsmahl geladen hat. Nach der knusprig gebratenen Gans, die, von Frau Lisi selber aufgezogen, als Festbraten ihr Leben lassen mußte, gibt es Kaffe in einer dickbauchigen oberbayerischen Barockkanne und einen goldbraun gebackenen Guglhupf. Die Mitarbeiter und Freunde Heindls erleben ein Geburtstagsfest wie es im Buche steht.

Natürlich hat Heindl seinen Jagdfalken auch während des Essens auf seiner Schulter sitzen. Als der Vogel gar zu unruhig auf- und niederhopst, meint Frau Lisi, daß es vielleicht doch besser wäre, wenn Sepp ihn einmal für eine Zeit hinein ins Haus und in seinen Käfig brächte.

»Also guat, Maxi«, sagt Sepp zu seinem Falken, »dann bleibst halt a bisserl drinn. Es werd net lang dauern, dann hol i di wieder raus.«

Es vergeht lange Zeit, ohne daß Heindl wieder erscheint. »Sepp«, ruft Frau Lisi in lachender Ungeduld, »was is denn, warum kommst denn nimmer? Bist du g'storb'n?«

Da erscheint Heindl unter der Tür des Hauses. Frau Lisi hört auf zu lachen. Ihr Mann ist todernst, er preßt die Lippen zusammen.

»Leut«, sagt er dann tonlos, »jetzt is' passiert. Drüben in Deutschland is Krieg.«

Frau Lisi und die Gäste starren ihn an. Vivian hat die deutschen Worte nicht verstanden. Doch sie sieht es allen an, daß etwas besonders Erschütterndes passiert sein muß.

Heindl, der noch schnell einen Rundgang durch die Werkhalle gemacht hat, ist dazugekommen, wie ein diensttuender Monteur die englischen Nachrichten im Radio gehört hat. Dabei hat Heindl es gerade noch mitbekommen:

Adolf Hitler hat an diesem Morgen, ohne besondere Kriegserklärung, polnisches Gebiet beschossen. In einer Sitzung des Reichstages am Vormittag hat er den Angriff mit polnischen Provokationen gerechtfertigt. »Seit heute Morgen um 5 Uhr 45«, hat er unter dem Jubelgeschrei seiner Parteigänger gesagt, »wird jetzt zurückgeschossen.«

Damit wurden alle Abmachungen, also auch jene, die er mit Chamberlain, Dalladier und Mussolini vor einem Jahr geschlossen hat, von ihm gebrochen. Das kann bedeuten, daß es nun auch einen Krieg mit Frankreich und England geben wird.

Joseph Heindl sieht seine Gäste ratlos an. »Und was is dann mit uns? Was passiert mit uns Deutschen da herüben, wenn die halbe Welt drüben auf Deutschland losgeht?«

Thaddäus beruhigt ihn. Wahrscheinlich ist alles wieder nur ein Strohfeuer dieses größenwahnsinnigen Diktators, das die Welt schnell austreten wird.

Doch es ist ein Strohfeuer, aus dem innerhalb weniger Tage ein Brand wird, der ganz Europa erfaßt. Auch England und Frankreich haben jetzt den Krieg gegen Deutschland und Italien erklärt.

Die Deutschen in Kabul sitzen jeden Tag wie auf einem Pulverfaß. Woher sollen sie wissen, was nun mit ihnen geschehen wird? Wird man sie in Ruhe lassen oder wird man sie internieren?

Vivian hat Angst um Thaddäus. Ihr als Amerikanerin wird natürlich nichts geschehen, doch wenn man die Deutschen interniert, wird man auch Thaddäus, trotzdem er für die Amerikaner arbeitet, hinter Stacheldraht setzen.

Thaddäus läßt sich nicht aus der Ruhe bringen. »Die Afghanen mit ihren paar Soldaten, und so viele tausend Kilometer von Europa entfernt, werden sich bestimmt in keinen Krieg da drüben verwickeln lassen. Und die Engländer drüben in Indien, und die Russen auf der anderen Seite, werden kaum Angst vor uns paar Deutschen bekommen und die Afghanen dazu zwingen, daß man uns interniert.«

Vivian läßt sich beruhigen. Wenn Thaddäus das glaubt, glaubt sie es auch.

Der Glaube der beiden wird bald erschüttert.

Max Breuer, der Deutsche Gesandte, läßt Thaddäus eines Morgens bitten, aus seinem Gartenhäuschen zu ihm in die Gesandtschaft zu kommen. »Herr Knopf«, sagt er, »es sieht so aus, als ob die Afghanen – bedrängt von den Engländern – die Deutschen hier vielleicht doch internieren werden. Tatsache ist es noch nicht, aber ich muß es Ihnen und allen Deutschen hier für alle Fälle jetzt schon sagen.«

»Und was sollen wir tun?« fragt Thaddäus. »Die Engländer haben allerhand Möglichkeiten, die Afghanen unter Druck zu setzen. Im Vergleich dagegen werden Ihre Möglichkeiten, als Gesandter dieses Dritten Reiches, ziemlich klein sein.«

»Auf jeden Fall werde ich – wenn Afghanistan sich wirklich zu so einem Schritt entschließen sollte – das Auswärtige Amt in Berlin veranlassen, dagegen zu intervenieren.« Er zuckt seufzend die Achseln.

»Aber in einem Land wie Afghanistan, in dem eine Frau, die ihrem Mann untreu geworden ist, noch gesteinigt wird, wieviel wird man da auf einen rechtmäßigen Einspruch geben?«

»Und wir selbst, wir Deutsche, können wir etwas tun?«

»Nein. Ich glaube, wir alle – vor allem die Älteren mit den Familien – sitzen hier viel zu fest, als daß wir unser Schicksal einfach abschütteln könnten. Man müßte schon ganz jung und ungebunden sein, vielleicht könnte man sich dann auf das Abenteuer einlassen, sich, noch ehe man hinter Stacheldraht gesetzt wird, aus dem Staub zu machen.«

Thaddäus schweigt. Er blickt den Gesandten nachdenklich an.

»Aber wo würde ein solches Abenteuer enden?« sagt Breuer. »Spätestens oben auf dem Khaiberpaß bei den Gurkhas der Engländer, oder irgendwo bei den Turkmenen an der russischen Grenze. Daß man im Iran einen Überläufer mit offenen Armen empfangen würde, damit dürfte er kaum rechnen. Eine Chance, nicht von einer dieser Militärmächte geschnappt zu werden, hätte auch der gerissenste Abenteurer nicht.«

Thaddäus scheint mit seinen Gedanken weit weg zu sein. Plötzlich wacht er auf. »Ich dank Ihnen schön, Herr Breuer«, sagt er, »dann müssen wir halt sehen, was wir tun können. Oft gibt es Wege, an die man gar nicht gleich denkt. Wenn Allah seinen Söhnen auch sagt: Was sein wird, steht geschrieben.«

Breuer drückt Thaddäus lächelnd die Hand. »Wenn sich irgend etwas Neues ergibt, werden Sie es erfahren.«

Bis zum Nachmittag wissen es alle Deutschen in Kabul, was möglicherweise auf sie zukommen wird. Auch zu Joseph Heindl nach Talschar hat man es hinaustelefoniert.

»Aber uns erwischen die net«, sagt er zu seiner Frau. »Eher kriach i auf'm Bauch nach Unterammergau, als daß i mi von dene da ei'sperr'n laß.«

Thaddäus und Vivian sitzen am Abend im Gartenhäuschen auf der Couch nebeneinander. Von all der Aufregung, die in der deutschen Kolonie herrscht, hat Thaddäus sich nicht anstecken lassen. Auch Vivian hat ihre anfängliche Angst um Thaddäus aufgegeben. Sie ist jetzt wieder die sachliche, alle Situationen kühl überschauende Miss Clift, so, wie Thaddäus sie am Anfang kennengelernt hatte.

»Wie ich die Herren von der Regierung hier einschätze,« sagt sie, »ist es leicht möglich, daß sie ihre sonst so schöne Ruhe verlieren und vor euch Deutschen, wenn ihr auch nur ein armseliges Häuflein seid, Angst bekommen. Das heißt aber noch lange nicht, daß auch du, Thaddäus, deine Nerven verlieren mußt.«

»Und was heißt es sonst, Vivie? Daß ich von hier ausrücke, ehe es zu spät ist?«

»Natürlich. Oder willst du, daß ich einmal in der Woche oder im Monat zu irgendeinem verdreckten Internierungslager in die Berge hinausfahre und dir ein Stück Brot oder ein paar Zigaretten durch den Stacheldraht schiebe? Kannst du dir vorstellen, wie ein Internierungslager hier in Afghanistan aussehen wird?«

Thaddäus streichelt ihr mit dem Handrücken sanft über die Wange. »Das habe ich mir schon den ganzen Tag vorgestellt, Vivie. Und ich hab auch den ganzen Tag gewußt, daß mich hinter einem Stacheldraht keiner von den Afghanen sehen wird. Aber habe ich gewußt, daß ich dir das sagen darf? Wenn ich von hier verschwinde, Vivie, sehen wir uns so schnell nicht wieder.« Vivian sieht ihn tapfer an. Sie küßt ihn auf die Stirn. »Aber sehen werden wir uns«, lächelt sie. »Fardah inschallah« wie die Afghanen sagen, »morgen, so Gott will.«

13

Weit auseinandergezogen wandern die Herden Abdul Hags auf der staubigen Karawanenstraße von Kabul dem Khaiberpaß entgegen: die dreihundert Karakulschafe, die zwanzig Kamele, auf deren schwankenden Rücken gepackt die zusammengelegten Zelte, der Hausrat, die vom leisen Wiegen eingeschläferten Säuglinge und die ob ihrer Fesseln, mit denen sie an den Beinen hoch über allem festgebunden sind, von Zeit zu Zeit verzweifelt gackernden Hühner.

Auch für Assiah, die ältere der beiden Frauen Abdul Hags, hat man auf der Last eines der Kamele zusätzlich einen möglichst bequemen Platz geschaffen. Den weiten Weg auf eigenen Beinen zu gehen, würde ihr schwer fallen, denn sie ist schon seit vielen Monaten gesegneten Leibes.

Gulialei, die junge zweite Frau Abdul Hags, geht leichtfüßig neben ihrem Gebieter auf der Straße dahin. Mit ihren langen, schlanken Beinen, umhüllt von der roten Seide ihrer Pluderhosen, fällt es ihr nicht schwer, mit ihm Schritt zu halten.

Ihr zur Seite geht ein junger Nomade. Ein rauhes Hemd aus Ziegenhaar umhüllt seinen schlanken Körper. Unter weiten, weißen Hosen schreiten kräftige Beine dahin. In seinem dunkelbraunen Gesicht, unter dem schwarzen Turban, leuchten zwei helle Augen.

Kein Mensch, gehörte er nicht zu den Nomaden dieses Stammes, würde in ihm Thaddäus Knopf vermuten. Von den Angehörigen des Stammes aber wissen es alle, daß der Deutsche aus Kabul, der im vergangenen Sommer mit der amerikanischen Frau bei Abdul Hag zu Gast war, nun, zusammen mit dem Stamm, als Nomade verkleidet, hinunter zur indischen Tiefebene zieht.

An dem Tag, an dem die afghanische Regierung ein Dekret erließ, in dem sie bekanntmachte, daß eine Internierung der Deutschen in Afghanistan zu jeder Stunde erfolgen könne, war Thaddäus plötzlich wie vom Erdboden verschwunden. Der Deutsche Gesandte war der einzige, der – zwar auch erst ein paar Stunden später – erfuhr, daß Thaddäus die Stadt mit unbekanntem Ziel verlassen habe. Ein Diener des Gesandten, der auch Thaddäus in seinem Gartenhäuschen zu betreuen pflegte, hatte dort einen Brief des Deutschen an den Gesandten gefunden. Es war der Dank an ihn und seine Frau für all die Güte, die sie Thaddäus hatten zukommen lassen. Es waren herzliche Worte, die Thaddäus, nachdem er seine wenigen Sachen zusammengepackt hatte, für den Gesandten zurückgelassen hatte.

Thaddäus wollte den Gesandten, den verantwortlichen Vertreter für alles, was die Deutschen in Afghanistan betraf, nicht in die Verlegenheit bringen, Mitwisser von der Flucht eines Mannes zu sein, der sich durch eben diese Flucht der afghanischen Regierung gegenüber ins Unrecht setzte. Darum hatte Thaddäus in seinem Brief auch verschwiegen, wohin er verschwunden sei.

Ein paar Minuten, nachdem Thaddäus den Brief geschrieben hatte, war er zu Vivian in den Wagen gesprungen, in dem sie, am Steuer sitzend, vor dem Gartenportal der Gesandtschaft auf ihn gewartet hatte. Auf dem kürzesten Weg verließen sie Kabul. Sie nahmen sich keine Zeit, die Plätze zu wechseln. Je eher die Stadt hinter ihnen lag, um so besser.

Daß Thaddäus mit seiner Flucht nicht so lange warten konnte, bis es wirklich zur Katastrophe kam und die Deutschen in Afghanistan interniert wurden, war ja beiden klar. Daß er sich in Afghanistan verstecken konnte, dazu war das Land viel zu klein. Britisch-Indien aber war groß, und Thaddäus, der ein so gutes Englisch sprach, würde gut als Engländer, vielleicht auch als Amerikaner gelten, so daß es nicht schwer für ihn sein konnte, die paar Monate, die der Krieg in Europa höchstens noch dauern würde, irgendwo in Nordwestindien, am besten vielleicht in Kaschmir, unterzutauchen. Über die afghanische Grenze, über den Khaiberpaß nach Indien zu kommen, dazu gab es Abdul Hag mit seinem Nomadenstamm.

Jedes Jahr im Herbst, wenn vom Hindukusch her die erste kalte Schneeluft zu wehen begann, brachen Abdul Hag und sein Stamm hier, in der Gegend von Kabul, ihre

Zelte ab, um die zweihundert Meilen – Stück für Stück, immer wieder einen Weideplatz dazwischen benützend – hinunter in den Pandschab zu ziehen.

Vivian war gewiß, daß es für Abdul Hag eine Freude sein würde, Thaddäus mit über den Khaiberpaß nach Indien zu nehmen und ihn so zu tarnen, daß auch der gerissenste der afghanischen Polizisten ihn nicht entdekken würde.

»Und dann«, hatte Vivian gesagt, »wirst du auf einem Hausboot in Kaschmir ein Leben wie Gott in Frankreich führen. Mindestens jeden zweiten Monat werde ich auf ein paar Tage zu dir kommen. Und wie lange, Darling, wird euer Herr Hitler in Europa drüben dieses Spiel treiben? Für uns mit unserer Liebe werden das nur ein paar Augenblicke sein.«

Was Abdul Hag betraf, so war er mit Begeisterung auf den Vorschlag Vivians eingegangen. Er hatte alle Männer seines Stammes befragt, und keiner war dagegen gewesen, Thaddäus mit ins indische Tiefland hinunterzunehmen.

Thaddäus und Vivian war für ihren Abschied voneinander nicht viel Zeit geblieben. Es war schon spät am Nachmittag, als die beiden bei Abdul Hag angekommen waren. Vivian wollte wieder in Kabul sein, ehe der Arbeitstag dort vorbei war. Sonst hockten zu viele der Afghanen vor ihren Häusern und hatten Muße, sich darüber den Kopf zu zerbrechen, wieso die amerikanische Lady heute ohne ihren weißen Sahib aus Deutschland im Wagen angerollt kam.

Thaddäus hatte Vivian hinter dem schwarzen Zelt Abdul Hags fest in die Arme geschlossen. Es brauchte nicht jeder ihren Abschied zu sehen. Sie küßten sich lange. Dann riß Vivian sich von ihm los. Sie winkte Abdul Hag im Vorüberlaufen zu und sprang in ihren Wagen. Ein paar Sekunden später wirbelte die Staubwolke des Wagens davon.

Seitdem sind vierzehn Tage vergangen. Jetzt, da Thaddäus neben Abdul Hag und Gulialei inmitten der Herden des Stammes auf der Karawanenstraße durch die Berge vor Dschelalabad wandert, ist es ihm, als gehöre er schon eine Ewigkeit zu diesen Menschen. Sie haben ihn ganz in ihren Lebenskreis aufgenommen. Untertags kümmert er sich mit ihnen um die Herden, sammelt die dürren Dornzweige und den Kamelmist für die abendlichen Feuer. In den Nächten schläft er im Zelt Abdul Hags neben ihm auf ein paar dicken Ziegenfellen. Die beiden Frauen des Häuptlings, Assiah, die jeden Tag zu Allah betet, daß er die Geburt ihres Kindes nicht vor der Ankunft im Pandschab erfolgen lassen möge, und Gulialei, die für die drei schon vorhandenen Kinder sorgt, schlafen, zusammen mit den Kindern, im anderen Teil des geräumigen Zeltes.

Gulialei hatte Thaddäus, noch ehe sie vom Lagerplatz bei Kabul aufgebrochen waren, in einen Nomaden verwandelt. Die Ziegenhaarjacke und die Hose hatte sie ihm von einem ihrer Brüder verschafft; das Gesicht, den Oberkörper, die Arme und Beine hatte sie ihm mit einer Tinktur aus abgekochten Zwiebelschalen und aus dem Saft verschiedener Kräuter dunkelbraun gefärbt. Wenn er es vermied, den Mund aufzutun, konnte keiner auf den Gedanken kommen, daß es sich nicht um einen geborenen Afghanen handeln würde.

Doch Thaddäus braucht sich nicht immer nur auf Englisch mit Abdul Hag zu unterhalten. Er hat die ganze Zeit über in Kabul schon viele Worte der Paschtusprache gelernt. Nun lernt er jeden Tag noch soviel dazu, daß er jeden im Stamm ohne Schwierigkeiten verstehen und ihm auch sagen kann, was zu sagen notwendig ist. Wenn die Männer an den Abenden um ihre Kamelmistfeuer sitzen und die Wasserpfeife im Kreis herumgehen lassen, braucht Thaddäus nicht stumm dabeizuhocken. Wenn Gulialei ihm ein besonders schönes Stück eines am Spieß gebratenen Lammes vorsetzt, kann er sich mit wohlgesetzten Worten in ihrer Sprache dafür bedanken.

Dann haben die Herden den letzten Lagerplatz vor dem Khaiberpaß abgeweidet. Abdul Hag ordnet an, daß der Aufbruch am nächsten Morgen schon kurz nach Sonnenaufgang erfolgen soll.

»Wir werden um zehn Uhr, wenn der Paß geöffnet wird, am Anfang der Paßstraße sein«, sagt er zu Thaddäus. »Gegen Abend werden wir die Gegend von Peshawar erreicht haben. Glaubst du, daß du zu deinem

Freund, dem Parsen, ohne Schwierigkeiten kommen kannst?«

»Wenn ich mir vorher die Zwiebelfarbe abwasche und mich wieder in einen Engländer verwandle, ganz gewiß. Ich kenne sein Haus, ich brauche keinen Menschen danach zu fragen.«

»Gut«, nickt Abdul Hag, »dann kann ich für dich jetzt nur noch zu Allah beten, daß wir dich gut über die Grenze am Khaiberpaß bringen.«

Er weist Thaddäus an, sich möglichst am Ende der Karawane zu halten. »Bis du an die Reihe kommst, werden die Zöllner müde genug sein, sich nicht mehr viel um dich zu kümmern.« Er ruft Gulialei herbei. »Gulialei, halte dich neben ihm. Wenn es etwas zu reden gibt, laß ihn nicht zu Worte kommen, sondern rede du dazwischen. Das kannst du doch – oder nicht?«

Gulialei lächelt. »Wenn ich es nicht könnte, dürfte ich keine Frau sein.«

Abdul Hag sagt zu Thaddäus: »Die afghanischen Grenzposten werden auf keinen Fall Schwierigkeiten machen. Sie sind froh, wenn sie uns los sind. Die Engländer sind genauer. Doch sie geben sich meistens auch mit ein paar Stichproben zufrieden.«

Kurz nach zehn Uhr steht Abdul Hag mit dem ersten seiner Kamele vor dem afghanischen Schlagbaum. Einer der Zollsoldaten läßt den Baum in die Höhe wippen. Er hält es nicht für nötig, mit Abdul Hag irgendein Wort zu reden. Hinter ihm hocken zwei andere Zöllner auf der Erde und widmen sich ihren eigenen Gedanken und der Wasserpfeife. Abdul Hags Karawane interessiert die Afghanen nicht. Die Kamele, die Schafe, die Menschen ziehen unter dem Schlagbaum hindurch.

Als Abdul Hag, an der Spitze der Karawane, zum Schlagbaum der Engländer kommt, stehen zwei Gurkhas – in olivfarbiger Khakiuniform und hellblauem Tüllturban – und ein Offizier dort. Der Offizier – er trägt Shorts und ein Khakihemd, dazu sein Offiziersstöckchen unter'm Arm – läßt sich von Abdul Hag, dem Stammesführer, ein Papier zeigen. Nachdem er es gelesen hat, gibt er es schweigend zurück. Abdul Hag kann den Schlagbaum passieren.

Je mehr Gulialei sich mit Thaddäus dem Schlagbaum nähert, um so unruhiger werden ihre Augen. Sie sieht, daß der englische Offizier sich nur ab und zu von einem der männlichen Nomaden das Papier zeigen läßt. »Was wirst du machen«, fragt Gulialei Thaddäus, »wenn er auch von dir etwas sehen will?«

»Es dauert noch so lange«, sagt Thaddäus, »bis wir an der Reihe sind. Wir müssen hoffen, daß er bis dahin keine Lust mehr hat, sich ein Papier anzusehen.«

Gulialei schweigt. Es scheint eine Unendlichkeit, bis die beiden den Schlagbaum endlich erreicht haben. Gulialei passiert ihn einen Schritt vor Thaddäus. Dann hat auch er ihn hinter sich. Da fühlt er die Hand des Offiziers auf seiner Schulter.

»Mister Knopf, just a moment.«

Gulialei dreht sich entsetzt um. Sie sieht, wie der englische Offizier Thaddäus vom Schlagbaum weg zur Seite weist.

»Sie heißen doch Thaddäus Knopf?« fragt der Offizier fast freundlich. »Oder nicht?«

Thaddäus muß unwillkürlich lächeln. »Jetzt wird es keinen Wert mehr haben«, sagt er, »daß ich es leugne.«

»Die Afghanen haben es auch gewußt«, sagt der Offizier. »Aber sie scheinen keinen Wert auf Sie zu legen. Die afghanische Geheimpolizei hat es uns trotzdem wissen lassen, daß Sie mit Abdul Hag durchkommen werden. Für den Fall, daß wir uns für Sie interessieren.«

»Und Sie interessieren sich für mich?«

»Well, wir müssen uns für Sie interessieren. England befindet sich mit Deutschland im Krieg.«

»Das heißt, daß ich jetzt Ihr Gefangener bin?«

»Nicht Gefangener. Nur interniert.«

»Was macht das für einen Unterschied?«

Der Offizier spart sich die Antwort. Dafür fragt er: »Haben Sie mit den Nomaden noch etwas zu erledigen?«

»Ja«, nickt Thaddäus, »ich möchte mich bei ihnen bedanken, daß sie so menschlich zu mir waren, wie es zur Zeit nicht überall der Brauch zu sein scheint.«

»Please«, sagt der Offizier und macht eine Handbewegung zu Gulialei hin, »Sie haben Zeit, sich zu verabschieden.«

Thaddäus streckt Gulialei die Hand entgegen. »Gulialei, ich danke dir. Es ist viel gewesen, was du für mich getan hast. Sag auch Assiah meinen Dank. Ich wünsche ihr, daß Allah ihr einen gesunden Sohn schenken möge.«

Gulialei öffnet den Mund, doch sie bringt kein Wort über die Lippen. Ihre Augen schimmern feucht.

Da erscheint Abdul Hag neben Thaddäus. Er hat sich in der Nähe des Schlagbaums aufgehalten, bis die ganze Karawane durchgezogen war. Er sagt niedergeschlagen: »Wir müssen es nehmen wie es ist. Allah hat es nicht gewollt.«

Thaddäus lächelt. »Oder er hat nicht mit der Schläue der afghanischen Geheimpolizei gerechnet.« Er faßt Abdul Hags Hand. »Er möge dir alle die Güte anrechnen, die du an mich verschwendet hast. Ich werde dich und euch alle nie vergessen.«

Abdul Hag gibt Thaddäus' Händedruck voller Herzlichkeit zurück. »Gehe deinen Weg, wie er dir aufgegeben ist. Manda na baschi – mögest du nie müde werden!«

»Allright«, sagt der Offizier und zeigt Thaddäus die kleine Lehmhütte, die neben dem Schlagbaum steht, »setzen Sie sich dort in den Schatten.«

»Und mein Koffer? Er ist dort auf den Esel geschnallt.«

»Natürlich bleibt er bei Ihnen.«

Abdul Hag bindet den Koffer vom Rücken des Esels los. Er stellt ihn neben die Bank im Schatten der Lehmhütte. Er drückt Thaddäus noch einmal die Hand. Dann geht er Gulialei nach, die sich schon lange abgewandt hat und mit gesenktem Kopf der Karawane folgt.

Kaum, daß Thaddäus sich auf die Bank neben der Hütte gesetzt hat, kommt um die Felsenecke der Paßstraße ein Jeep gerollt. Der Fahrer ist ein Gurkha. Zwei Minuten später rollt der Jeep – Thaddäus mit seinem Koffer auf dem Rücksitz, der Offizier vorne neben dem Fahrer – die Straße zur indischen Tiefebene hinunter.

Nach kaum einer Stunde hat er den Paß hinter sich. Noch fünfzehn Meilen, dann fährt er in Peshawar ein. Das alte Peshawar, ein Gewirr eng ineinander verschachtelter, halb zerfallener Lehmhütten, brütet im Gestank der schmutzigen Straßen in der staubigen Hitze. Das

Cantonnement, das Militär- und Europäerviertel, mit seinen kalkweißen Villen, seinen dunklen Palmengärten und rot besandeten Tennisplätzen dazwischen, leuchtet frisch und sauber.

Als der Jeep den Riesenbau des »Islam College«, der Hochschule des Islams, umkurvt, erkennt Thaddäus die Straße, auf der er mit Vivian, als sie damals nach Kaschmir fuhren, zum Haus von Golam Haidar gekommen sind.

Thaddäus ist es, als müsse er aus dem Jeep springen. Wenn es jetzt auch nur eine kleine Hoffnung gäbe, daß ihm einer helfen könnte, dann wäre es dieser Mann.

Thaddäus tippt dem Offizier, der vor ihm neben dem Fahrer sitzt, auf die Schulter.

»Excuse me, wäre es möglich, daß ich hier in Peshawar kurz mit einem Mann rede, der einiges wissen müßte, was geschäftlich für meine Firma wichtig ist?«

Der Offizier schüttelt den Kopf.

»No. Es geht nicht. Wenn es Ihnen einer gestatten könnte, dann wäre es der Mann, dem ich Sie jetzt erst einmal vorführen muß.«

»Und werden wir jetzt zu diesem Mann fahren?«

»Yes. Aber er ist zweihundert Meilen von hier entfernt.«

Thaddäus fällt seufzend auf seinen Sitz zurück. Er kennt die Engländer gut genug, um zu wissen, daß er jetzt nicht mehr die geringste Chance hat, dem Schicksal, das nach diesen zweihundert Meilen auf ihn wartet, zu entkommen.

Es sitzt ihm fünf Stunden später, als es schon lange Nacht ist, hinter einem roh gezimmerten Schreibtisch, in Gestalt eines englischen Majors gegenüber.

Der Major heißt James Pirson. Er ist der Kommandant des Lagers für Zivilgefangene, das die Engländer hier in der Nordwestecke Indiens, nicht weit von der Grenze Kaschmirs entfernt, eingerichtet haben.

Major Pirson braucht sich nicht viel Mühe zu geben, um alle die Daten und Gegebenheiten, die er für den Stammbogen des Neuzuganges braucht, von Thaddäus zu erfahren. Thaddäus scheint ihm – wie es umgekehrt ebenso der Fall ist – nicht unsympathisch zu sein.

Gerade um dieser Sympathie willen ist Pirson besonders besorgt um das mögliche Verhalten Thaddäus' als Internierter in diesem Lager. »Wenn es Ihnen manchmal auch schwerfallen wird, Sie müssen sich mit dem zufriedengeben, was wir Ihnen zu bieten haben. Wir sind kein Hotel für verwöhnte Gäste, aber wir tun unser möglichstes, Ihnen ein menschenwürdiges Dasein zu verschaffen. Auf keinen Fall möchten wir, daß Sie sich wie ein Verbrecher vorkommen.«

»Vielen Dank«, sagt Thaddäus, »ich werde mir viel Mühe geben, nicht auf diesen Gedanken zu kommen.«

»Weil es nur wenige unserer Lagerinsassen gibt, die sich nicht dauernd mit dem Gedanken tragen, aus dem Lager auszubrechen, halte ich es für meine Pflicht, Ihnen zu sagen, daß das auch für Sie – wie für neunundneunzig Prozent aller Ausbrecher – zu keinem Erfolg und vielleicht nur zu Ihrem Unglück führen würde. Wenn Sie wissen wollen, wie viele Ausbrecher in unseren Lagern bei solchen Versuchen durch ihre Waghalsigkeit und ihren eigenen Leichtsinn ums Leben gekommen sind, kann ich es Ihnen sagen.«

»Das ist sehr freundlich von Ihnen. Aber weil ich es bestimmt versuchen werde, ist es mir lieber, wenn ich es gar nicht weiß.«

»Allright. Jedenfalls habe ich Sie gewarnt. Falls Sie wirklich ausbrechen und wir Sie selbstverständlich wieder einfangen werden, habe ich Ihnen als Strafe achtundzwanzig Tage Einzelhaft zu geben.«

»Well«, sagt Thaddäus, »ich werde das sehr gut verstehen können.«

Die beiden gehen auf keinen Fall als Feinde auseinander.

Die acht Männer, die aus dem Schlaf gerissen werden, als Thaddäus von einem der diensttuenden Gurkhas mitten in der Nacht in die enge Strohhütte gestoßen wird, in der sie eng zusammengepfercht auf ihren Bastmatten auf der Erde liegen, haben nicht das Gefühl, daß er ihr Freund sei. Schimpfend und fluchend, die Augen kaum geöffnet, rücken sie noch näher zusammen, ohne mehr als eine schmale Lücke zu schaffen, in die Thaddäus sich gerade noch hineinzwängen kann.

Er wird, als sie am nächsten Morgen von der Trillerpfeife des Wächters geweckt werden, schon um ein Stück freundlicher von ihnen begrüßt. Sie alle sind Deutsche, die bis zum Ausbruch des europäischen Krieges in Britisch-Indien und auch im Iran gelebt und gearbeitet haben. Von dort aus hatte man sie dann erst einmal in dieses Lager gebracht.

Die Strohhütten des Camps – es sind etwa hundert – stehen dicht nebeneinander auf ausgedörrtem Steppengras, nur ab und zu ein halbdürrer Strauch oder ein paar ausgefranste Palmen dazwischen. Den ganzen Tag lang brennt die Sonne unbarmherzig auf die Hütten hernieder.

Um das Lager herum ist ein doppelter, fast vier Meter hoher Stacheldrahtzaun gelegt. Im Raum zwischen den beiden Stachelwänden marschieren die Wachposten, englische Gurkhas, mit ihren Gewehren über der Schulter, hin und her. Nachts ist der Stacheldrahtverhau von riesigen Scheinwerfern grell beleuchtet. Auch während der ganzen Nacht patrouillieren die Gurkhaposten zwischen den Stacheldrähten.

Thaddäus hat mit den acht deutschen Hüttengenossen bald Freundschaft geschlossen. Auch mit den anderen Deutschen, die in den übrigen Hütten hausen, kommt er – nicht nur beim Essenholen oder bei den Appellen – immer wieder zusammen. Die einen treiben Sport – Leichtathletik, Fußball und Handball – die anderen halten und hören Vorträge, jeder tut was er kann, um dieses nerventötende Leben hinter dem Stacheldraht möglichst gut und ohne Schaden für Leib und Seele durchzustehen.

Außer den Deutschen hat man auch Italiener, Ungarn, Rumänen in das Lager gebracht. Alle, die hier zusammengepfercht sind, kommen aus allen möglichen Berufen, aus den verschiedensten Lebenskreisen. Es sind Handwerker, Techniker, Kaufleute, Ärzte, Wissenschaftler. Das Essen nehmen sie in drei gemeinsamen Räumen ein. Auf stark mitgenommenen Emailletellern, mit blechernen Löffeln. Es hat die Qualität jener Mahlzeiten, die in nicht gar zu primitiv geführten Gefängnissen an die Insassen ausgegeben werden.

Die Verbindung mit der Außenwelt ist für jene Männer, deren Frauen und Familien noch dort sind, wo die

Männer gelebt und gearbeitet haben, nicht ganz abgeschnitten. Zweimal im Monat darf jeder von ihnen an die Seinen schreiben. Sie dürfen ihm ebensooft Antwort geben. Für die Internierten, die ihre Angehörigen in Deutschland haben, gibt es keine Verbindung mehr zu ihnen.

So wird Thaddäus die ganze Zeit über nie erfahren, wie es seiner Mutter in Deutschland geht. Und sie wird nie etwas vom Schicksal ihres Sohnes wissen.

An Vivian und Golam Haidar schreibt Thaddäus gleich am Tag, nachdem er im Lager angekommen ist. Der Verwalter des Camps hat ihm gesagt, daß es dabei keine Schwierigkeiten geben wird. Nur das eine: bis die Empfänger die Briefe bekommen werden, wird einige Zeit vergehen, denn sie müssen erst über eine Zensurstelle laufen, die in Bombay arbeitet.

»Hauptsache«, sagt Thaddäus, »sie kommen überhaupt an.«

Er schreibt Vivian einen heiteren Brief. Er weiß, wie viel Humor sie hat. »Ob ich mich die paar Monate, bis der Krieg in Europa zu Ende ist, im indischen Dschungel verstecken muß«, schreibt er, »oder ob ich hier bei einer immerhin genießbaren Kartoffelsuppe Fußball spiele, das macht am Ende nicht viel Unterschied. Das größte Glück wird für mich sein, daß Du recht bald etwas von Dir hören läßt.«

An Golam Haidar in Peshawar schreibt Thaddäus, wohin die Engländer ihn verschleppt haben. Falls er – Golam Haidar – irgendeine Möglichkeit sehen sollte, ihm helfen zu können, so würde das Thaddäus für ein Glück ansehen, mit dem er aber – bis er Haidars Antwort habe – lieber gar nicht rechnen wolle.

Thaddäus wartet vierzehn Tage lang vergebens auf die Antworten. Es werden drei, dann fünf Wochen. Am ersten Tag der sechsten Woche rufen die Trillerpfeifen der Lagerwachen die Internierten zu einem Sonderappell auf dem Fußballplatz zusammen.

Ein großer Teil der Internierten soll Hals über Kopf von diesem jetzigen Lager in ein anderes überführt werden. Es liegt ein paar hundert Meilen von dem jetzigen entfernt. Da die Internierten in schwerfälligen Güterzügen transportiert werden, wird es an die drei Tage dauern, bis die Fahrt überstanden ist.

Thaddäus gehört zu denjenigen, die die Höllenqual dieser Reise durch Staub und Hitze, durch Nächte, in denen die Moskitos das Blut aus den Körpern saugen, und durch die Stunden, in denen die angeschwollenen Zungen nach Wasser lechzen, mitmachen müssen.

Als der Zug an der Bahnstation des neuen Camps hält, sind es kaum mehr lebende Menschen, die aus den Güterwagen heraus in die Hitze fallen.

Viele Tage lang dauert es, bis sich die Internierten im Camp wieder erholt haben.

Statt in Strohhütten sind sie hier in dicht aneinander gebauten, hölzernen Baracken untergebracht. Es sind mehrere Blöcke. Sie sind von einem dreifachen Stacheldrahtzaun umschlossen. Hohe Wachtürme stehen in kurzen Abständen zwischen dem Zaun. Alle zehn Meter ist ein bewaffneter Wächter postiert. Außen um das Lager patrouillieren Posten mit scharfen Hunden an der Leine.

»Da sollste rauskommen, wennste ausbrechen willst«, sagt der Mann, der in den Nächten neben Thaddäus auf dem Strohsack liegt. »Da biste ja schon verratzt, ehe du nur angefangen hast.«

Der Mann heißt Fritz Kruschke und hat als Monteur einer Berliner Transformatorengesellschaft in Neu-Delhi gearbeitet. Er denkt, ebenso wie Thaddäus, jeden Augenblick nur daran, auf welche Weise er möglichst schnell aus diesem Lager entkommen könnte.

Thaddäus hat weder von Vivian noch von Golam Haidar im alten Lager eine Antwort auf seine Briefe bekommen.

Natürlich hatte man sich gar nicht die Mühe gemacht, ihm die Post nachzuschicken. Nun hatte er schon zweimal wieder geschrieben.

Er ist fest davon überzeugt, daß ihm eine Flucht gelingen muß. Er müßte kein »Löwe« sein, wenn er nicht die Faser jeder Mauer ununterbrochen abschnuppern würde, wo er sie durchbrechen könnte.

Dabei haben erst vor drei Tagen zwei Italiener ihren Versuch, den dreifachen, elektrisch geladenen Stacheldrahtzaun zu durchbrechen, mit dem Leben bezahlt.

Thaddäus kann sich genau ausrechnen, was der Grund dieser Katastrophe war. So denkt er nun daran herum, wie er es besser machen könnte.

14

Als über ein halbes Jahr vergangen ist, führt der Zufall Thaddäus mit einem anderen Bayern zusammen. Er heißt Alois Ametsmeier, stammt aus Greinhofen in der Nähe von Landshut an der Isar. Er ist als Athlet – als Kraftmensch, wie er es nennt – mit einem deutschen Zirkus auf Gastspielreise in Indien gewesen. Er hat als unterster Mann einer fünfköpfigen Pyramide gearbeitet. Zwei seiner Mitarbeiter sind auf seiner Schulter gestanden, der Dritte auf seinem Kopf. Auf dessen Kopf hat ein Vierter im Kopfstand die Pyramide gekrönt.

»Die Leut ham g'schrien vor Begeisterung«, erzählt Alois, als er zum erstenmal mit Thaddäus beisammen ist. »Mir war'n aber auch bärig, da konn niemand nix sag'n.«

»Und wo ham dich die Engländer g'schnappt?«

»In Bombay. Weil ich dumm war wie die Nacht finster is. Der ganze Zirkus war schon auf dem Wasser, damit wir noch rechtzeitig aus dem Hoheitsgewässer kommen, aber ich – infolge eines Mädchens, des wo mich in der Früh nicht auslassen hat – ich bin zum Pier gekommen, wie der Dampfer schon weit draußen im Meer war. Der Zauberer von unserer Truppe hat g'schrien wie ein Verruckter, aber trotz seiner Zauberei war für mich alles Sense.« »Und dann?«

»Dann bin ich zwei Tag später auf einem englischen Jeep g'sess'n und bin als einer von die ersten Internierten da herinn' in dem Lager g'hockt. Mit mir ham's des Camp sozusagen eröffnet. Deswegen bin ich auch zu einer Respektsperson geworden. Wenn sie irgendeinen brauchen, der wo was besonderes machen muß, dann hol'ns immer bloß mich.«

Aus diesem Grund hatte man ihm vor ein paar Tagen auch die Aufgabe übertragen, mit einigen anderen Internierten, die sich freiwillig dazu gemeldet hatten, aus dem Buschwald, der auf der einen Seite des Camps wild durcheinander wucherte, ein großes Stück Freiland für einen Fußballplatz herauszuroden. Auf ihm wollten die englischen Lagersoldaten ihre Fußballeidenschaft austoben, er sollte aber auch den Lagerinsassen zur Verfügung stehen.

Alois bringt es fertig, Thaddäus von der Lagerleitung als Hilfe für seine Rodungsarbeit abgestellt zu bekommen.

Zwölf Mann sind es nun, die jeden Morgen, gleich nach dem Frühstück, zusammen mit Alois und allen Arbeitsgeräten, auf einem Lastwagen zum Buschwald gefahren werden. Der Fahrer ist ein indischer Soldat, zwei andere, mit Maschinenpistolen bewaffnete Gurkhas, fahren als Bewacher der Internierten mit. Während der Wagen wieder zum Lager zurückfährt, hacken, sägen und reißen Alois und seine Kameraden, bewacht von den Maschinenpistolen der Gurkhas, an den Bäumen und Büschen herum. Nach einer zweiten Frühstückspause kommt der Lastwagen wieder dahergerumpelt und holt die Männer zum Mittagessen ab.

Nach dem Essen, nachdem sie ihre Emailleteller und die Blechlöffel an einem Brunnen abgewaschen haben, können die Männer in der Backofenhitze ihrer Baracke den Versuch unternehmen, ihre schweißnassen Körper auf den von der feuchten Hitze nie trocken werdenden Strohsäcken auszuruhen.

Als Alois und Thaddäus am vierten Tag ihrer Zusammenarbeit hinter einer der Baracken im heißen Schatten liegen, rückt Alois plötzlich ganz nah an Thaddäus heran.

»Du, horch, Thaddäus«, sagt er mit gedämpfter Stimme, »hast du eigentlich auch schon einmal dran gedacht, daß du durchbrennen könntest aus diesem grausamen Lager?« »Einmal!«, lacht Thaddäus ironisch. »Jeden Tag denk ich dran, seitdem ich da herinnen bin im Lager.«

»Dann stimmt's ja«, sagt Alois. »Dann bist du mein Mann.« Er rückt noch näher an Thaddäus heran. »Und jetzt gib owacht, jetzt erklär ich dir meinen Plan.«

Schon vor drei Wochen hat er Verbindung mit einem Elektromonteur aufgenommen, mit einem indischen Zivilarbeiter, der die defekten elektrischen Anlagen des Camps wieder in Ordnung bringt. Der Inder verdient sein Geld aber nicht nur auf elektrische Weise. Er holt es sich auch von den ganz Mutlosen, den ganz Verzweifelten, die er mit eingeschmuggeltem Haschisch versorgt. Bezahlen läßt er sich mit den Lagergeldscheinen, die die Internierten gegen ihr eigenes indisches Geld, das sie mitgebracht haben, von der Lagerleitung ausgewechselt bekommen. Das Lagergeld wiederum wird dem Haschischhändler von einem Angestellten der Kassenverwaltung, der selber süchtig und dem Elektriker damit ausgeliefert ist, in richtiges Geld umgewechselt.

»Und diesen elektrischen Haschischmenschen«, sagt Alois zu Thaddäus, »den hab ich jetzt bestochen, daß er mir beim Ausbrechen aus dem Lager hilft.«

»Mit deinem Lagergeld? Hast du denn so viel Rupien mitgebracht? Und merken denn die in der Verwaltung nichts, wenn du soviel abhebst?«

»Mitgebracht hab ich Rupien genug, denn ich hab ja ganz schön verdient beim Zirkus. Und merken tut es nur der in der Kassenverwaltung – und den hat der Haschischmensch, der die Rupien bekommt, ja unter Druck. Er muß von meinem Konto sogar noch tausend Rupien herauszaubern, damit wir auf der Flucht nicht gleich verhungern.« Alois blinzelt Thaddäus verschmitzt an. »Is das was oder is das nix?«

Thaddäus kann nur vor Bewunderung den Kopf schütteln.

Alois fragt: »Du machst also mit?«

Natürlich macht Thaddäus mit. »Aber wie«, fragt er, »kommen wir aus dem Lager hinaus?«

Auch das erklärt Alois ihm ganz genau.

An einem der nächsten Vormittage, der noch fest auszumachen ist, wird der Haschischhändler am Rand des Buschwaldes, in dem die Männer arbeiten, mit einem kleinen Lastwagen bereitstehen. Ein Koffer mit Zivilkleidern und allen Utensilien, die Alois und Thaddäus auf der Flucht brauchen, wird im Wagen liegen. Die Kameraden der beiden, die mit ihnen im Buschwald arbeiten, sind schon eingeweiht und sie sind gern bereit, ihnen zu helfen. Während der zweiten Frühstückspause werden sie

– auf ein Zeichen von Alois hin – einen Streit vom Zaun brechen und dann mit ihren Hacken und Schaufeln in einer riesigen Rauferei aufeinander losgehen. Es wird so gefährlich aussehen, daß die beiden Wachsoldaten gar nicht anders können, als sich zwischen sie zu werfen. Das ist der Augenblick, in dem Alois und Thaddäus durch den Buschwald davonrennen und auf den Wagen des Haschischhändlers springen werden.

»Hundert Kilometer haut er mit uns ab und das is so weit, daß die im Lager, trotz ihrem Alarm, nimmer wissen, wo sie uns suchen sollen.«

Alois blickt Thaddäus siegessicher an: »Der Plan stimmt doch – oder nicht?«

Thaddäus schweigt und denkt nach. Dann fragt er: »Und auf den Haschischhändler und auf die Kameraden können wir uns verlassen?«

»Der eine kriegt sein Geld erst, wenn er mit uns auf und davon is – und die andern sind anständige Menschen. Ob ich mich getäuscht hab in ihnen, das werden wir spätestens übermorgen wissen. Denn übermorgen, mein ich, könnten wir's packen.«

Thaddäus ist damit einverstanden. Je eher sie die Sache hinter sich haben, um so besser. In diesen Lagern weiß man ja nie, was plötzlich alles dazwischenkommen kann.

Schon am nächsten Abend verständigt Alois alle, die daran beteiligt sind, daß der Ausbruch übermorgen stattfinden soll. Gegen Ende der zweiten Frühstückspause, wenn er den Pickel schreiend wegwirft und sich den Unterarm festhält, so, als ob ihn ein Insekt gestochen hätte, müssen sie mit ihrer Rauferei anfangen. Je wilder sie aufeinander losgehen, um so besser. Wenn die beiden Wachsoldaten sie trotzdem nicht auseinanderreißen sollten, dann haben Alois und Thaddäus eben Pech gehabt. Im andern Fall brauchen die Kameraden bloß danach zu trachten, die Rauferei möglichst lange auszudehnen, damit Alois und Thaddäus Zeit genug haben, zu verschwinden.

Der Haschischhändler verspricht Alois bei Allah und den Augen seiner Mutter, daß er übermorgen vormittag um zehn Uhr mit seinem Wagen an dem Platz sein wird, den Alois ihm genau gezeigt hat.

Alois wedelt ihm mit seinem Fünfhundertrupienschein vor der Nase herum. »Punkt zehn Uhr«, sagt er in seinem dürftigen Zirkusenglisch, »sonst holt dich nicht dein Allah, sondern der Teufel!«

Glühend heiß, wie jeden Tag, steigt der Sonnenball am Morgen des übernächsten Tages am Himmel hinter den Baracken empor. Alois und Thaddäus trinken schweigend den dünnen Tee aus ihren blechernen Tassen und schlucken das ausgetrocknete Weißbrot hinunter. Der Lastwagen mit den Hacken, den Pickeln, den Sägen für die Arbeit im Buschwald wartet auf sie und die anderen elf Deutschen. Einer nach dem andern von ihnen klettert auf den Wagen. Jeder hat seine Segeltuchtasche mit den Sandwichbroten und dem Obst für die zweite Frühstückspause dabei. Die Taschen von Alois und Thaddäus sind heute besonders umfangreich.

Drei Stunden lang hackt das Kommando wie wild auf die Bäume und Büsche los. Mit ihrer Raserei wollen sie die Aufregung, die in jedem von ihnen steckt, abreagieren. Dann gibt einer der indischen Wachsoldaten den Befehl zur Frühstückspause. Die Soldaten setzen sich auf die Baumstümpfe und rauchen ihre Zigaretten. Es fällt ihnen nicht auf, daß die Deutschen, im Gegensatz zu sonst, kaum ein Wort miteinander reden.

Plötzlich, kurz vor Ende der Frühstückspause, wirft Alois schreiend seinen Pickel aus den Händen. Seine rechte Faust greift nach dem linken Unterarm. »Sauviecher, verfluchte!« schreit er. »Kreuzkruzitürken!«

Und schon geht einer der Deutschen auf einen anderen, der neben ihm steht, fluchend los. Er packt ihn am Hals, schleudert ihn zu Boden. Zwei andere werfen sich über die beiden. Innerhalb von wenigen Minuten wälzt sich und strampelt ein Haufen sich balgender Menschen auf dem Boden.

»He-ii!«, schreit einer der indischen Soldaten. »Shutup! Auseinander! Verfluchte Kerle!«

Er packt einen der Kämpfenden am Arm; sein Kamerad reißt an den Schultern eines anderen herum. Die vorgetäuschte Wut der sich am Boden wälzenden Deutschen zieht die beiden Inder samt ihren Gewehren immer weiter in ihre Balgerei hinein.

Alois und Thaddäus sind mit ein paar Sprüngen im Buschwald verschwunden. Fünf Minuten später erscheinen sie am weit entfernten Rand des Waldes wieder. Auf der sandigen Steppe steht der kleine, schmutzige Lieferwagen des Haschischhändlers. Während drinnen im Buschwald Schüsse durch die Luft peitschen, holpert der Lieferwagen über die Löcher und Felsbrocken der Steppe davon.

Nach kurzer Zeit hat er die Landstraße erreicht. So klapprig das Gefährt auch aussieht, es hat immer noch an die achtzig Stundenkilometer im Leib.

Alois und Thaddäus finden in dem Koffer, der hinten in dem von einer Segeltuchplane überdeckten Wagen liegt, alles, was dazu beitragen kann, sie zu zwei einigermaßen unverdächtigen Zivilisten zu machen. Für Alois ist ein ungeheuer langes, zerknittertes Turbantuch, ein schmutziges weißes Hemd und ein breites, leicht zerfranstes Baumwolltuch gedacht, das er sich um die Lenden wickeln und zwischen den Beinen, wie eine Hose, durchziehen muß. Zum Bräunen seiner Haut liegt ein Fläschlein mit einer dunklen Tinktur im Koffer. Für Thaddäus hat der Haschischhändler die alte Khaki-Uniform eines englischen Soldaten aufgetrieben. Seiner straffen, sportlichen Gestalt nach, kann Thaddäus gut für einen Angehörigen der englischen Armee gelten.

Als die Verwandlung auf dem über die Schlaglöcher hüpfenden Wagen nach einer halben Stunde vollzogen ist, sehen Thaddäus und Alois einander zufrieden an.

Drei Stunden lang rumpelt der Wagen mit ihnen noch durch den Staub und die Hitze, dann bleibt er am Rand eines kleinen Ortes stehen. Alois und Thaddäus springen herunter. Der Haschischhändler nimmt den Fünfhundertrupienschein, den Alois ihm hinhält, grinsend entgegen. Wenige Minuten später ist er mit seinem klappernden Wagen weit in der Ferne in einer Staubwolke verschwunden.

Alois hat den Haschischhändler mit seinem Wagen deshalb zu diesem Ort dirigiert, weil er – weit genug vom Lager entfernt – eine Bahnstation auf der Strecke von Bombay nach Peshawar ist. Für ihn und Thaddäus war es vor allem wichtig, daß sie möglichst schnell möglichst weit vom Lager wegkommen konnten. Nach jedem Lagerausbruch wird erst einmal Alarm für die nähere Umgebung, bis zu einem Umkreis von fünfzig Kilometern, gegeben. Haben die nach allen Richtungen ausschwärmenden Suchmannschaften innerhalb von vierundzwanzig Stunden nichts gefunden, geht der Alarm – begleitet von Steckbriefen – durch das ganze Land.

Alois und Thaddäus haben also noch viel Zeit, um mit dem Bombay-Nordwest-Express nach Peshawar zu kommen, wo der Mann sitzt, der einflußreiche Parse, der ihnen – wie Thaddäus Alois versichert hat – fürs erste sicher gerne helfen wird.

»Also dann«, sagt Alois, als die Staubwolke des Haschischhändlers in der Ferne entschwunden ist, »auf geht's zum Bahnhof!«

Alois marschiert, den riesigen Turban auf dem Kopf, die Wickelhose zwischen den Beinen, wie ein geborener Kuli neben der strammen, olivgelben Khakigestalt Thaddäus her. Ein englischer Soldat und ein indostanischer Kuli, das ist ein Bild, das keinem auffällt.

Alois hat sich beim Haschischhändler genau orientiert, wo der Bahnhof in diesem Ort liegt. Sie brauchen nur zehn Minuten an den kleinen Lehmhütten des Ortsrandes entlang zu gehen, dann sind sie am Stationsgebäude angekommen.

Vor und neben dem abgeblätterten Lehmhaus hocken die Menschen herum, die auf ihren Zug warten. Es sind zaundürre Gestalten, die – mit nackten Beinen und fettigen Haaren – im Staub sitzen, gegen die Bündel und Säcke gelehnt, in denen sie ihr rätselhaftes Reisegepäck mit in den Zug schleppen werden. Sie warten nicht auf den gewaltigen Süd-Nord-Express, den sie ihr Leben lang nur von außen, wenn er für eine Minute auf der Station hält, zu sehen bekommen. Der Zug, der für sie geschaffen ist, besteht aus ein paar hölzernen Wagen, ohne Fensterscheiben, mit harten Holzbänken im verstaubten Innern, mit einer alten, verrosteten Lokomotive, die ihre klappernden Wagen durch die glühende Landschaft schleppt.

An der Rückseite des Stationsgebäudes hängt ein kleiner, vergilbter Zettel, auf dem die Ankunft und die

Abfahrt der Züge zu lesen ist. Alois buchstabiert unendlich lange an ihm herum. Dann wendet er sich erschüttert nach Thaddäus um. »Weißt, wann unser Zug da vorbeikommt? Um drei Uhr zehn – mitten in der Nacht.«

Thaddäus ist nicht so erschüttert wie Alois es ist. In Kabul ist er Fatalist geworden. »Dann müssen wir halt schauen, wo wir inzwischen bleiben.«

In diesem Augenblick kommt ein kleiner, mit zwei struppigen Pferdchen bespannter Planwagen um die Ekke gerollt. Auf seinem Bock sitzt ein dunkelhäutiger, europäisch gekleideter Mann, neben ihm ein ebenso dunkelhäutiges junges Mädchen, das nichts als ein dickes, weißes Leinenhemd trägt. Es hat feurige, schwarze Augen, einen leuchtend roten Mund.

Als der Mann Thaddäus und Alois erblickt, zieht er die Zügel an und bringt die Pferdchen zum Stehen.

Er hebt die Hand grüßend zu Thaddäus hin. »Hallo, Boy! Du schöne Uhr kaufen? Uhr aus Schweiz!«

Er holt eine schäbige Nickeluhr aus der Tasche. Er hält sie Thaddäus vom Wagen herunter vor's Gesicht. »Wertvolle Uhr! Ich geben ganz billig.«

»No«, sagt Thaddäus, »nix Uhr. Aber Whisky. Whisky könnte ich brauchen.«

Es ist für Thaddäus nicht schwer, zu erkennen, daß die beiden Zigeuner sind. Zigeuner, die ganz Indien durchwandern und aus dunklen Quellen alles herbeischaffen, was man brauchen kann. Und ein Schluck Whisky würde Thaddäus jetzt gut tun. Alois hat ihm von seinen tausend Rupien, die er aus dem Lager mitgebracht hat, für alle Fälle zweihundert gegeben.

Der Zigeuner auf seinem Wagen grinst. »Whisky no. Aber Brandy. Very good Brandy. Du kommen mit mir. Ich wohnen dort drüben.«

Er zeigt mit seiner Peitsche auf eine Busch-Oase, die sich, nicht weit von der Station, aus der sandigen Steppe erhebt.

Ehe Thaddäus antworten kann, gibt Alois ihm mit der Faust einen Stoß in die Rippen. Seine Blicke hängen wie betäubt am Gesicht der jungen, dunkelhäutigen Zigeunerin. Sie lacht ihn mit ihren herrlichen weißen Zähnen strahlend an.

»Mensch«, raunt Alois in seinem schönsten bayerisch, ohne daran zu denken, daß er ein indischer Kuli ist, »schaug doch des Weib o! Geh zua, geh weiter, setz'n mir uns nauf zu ihr!«

Ohne zu warten, klettert er zu dem Mädchen hinauf in den Wagen. Thaddäus bleibt nichts anderes übrig, als ihm zu folgen. Nun sitzen sie beide auf ein paar Säcken, die unter der Plane im Wagen liegen.

Fünf Minuten später sind sie im Zigeunerlager. Zwischen anderen, unbespannten Planwagen hocken, liegen und bewegen sich die Zigeuner, die alten und jungen, die Greise und Kinder. Ein paar zerzauste Hunde springen kläffend dem Wagen entgegen.

»Das meine Leute!«, lacht der Zigeuner, während er hinter dem Mädchen vom Wagen springt.

»Ja, Herrschaftseit'n«, staunt Alois, als er ebenfalls aus dem Wagen klettert, »ein Lager wie in einem Wildwestfilm. Wia derf's denn so was geb'n?«

Eine Traube von schwarzhaarigen schmutzigen Zigeunerkindern umdrängen ihn und Thaddäus von allen Seiten. Sie schreien und springen bettelnd an ihnen empor. Ein alter, weißhaariger Mann treibt sie auseinander. Er reicht Thaddäus die Hand. Auch er beherrscht ein paar Brocken Englisch. »Das sehr gut, daß du gekommen zu uns«, sagt er lachend. Er schlägt dem Zigeunermädchen, das jetzt neben Alois steht, auf die von ihrem Leinenhemd nicht bedeckte nackte Schulter. »Anja, Flasche mit Wein holen!« Er hebt seinen dürren Zeigefinger bedeutungsvoll vor Thaddäus in die Höhe. »Rote, dicke Wein aus Ungarn!«

Anja sagt lachend etwas in der unverständlichen Sprache der Zigeuner. Sie läuft auf ihren nackten, schlanken, wundervollen Beinen davon.

Alois starrt ihr entgeistert nach. »Mein Gott, Thaddäus«, sagt er, »schau nur dieses Weib an. Was mach ich denn da?«

Es dauert nicht lange, bis er weiß, was er zu tun hat. Als der Himmel anfängt, dunkel zu werden, sitzt er zusammen mit Thaddäus und einer Horde von Zigeunern um ein Lagerfeuer herum, über dem ein schwarzer Kessel mit brodelndem Lammfleisch hängt. Der rote, dicke Wein aus Ungarn ist den Zigeunern schon ziemlich stark zu Kopf gestiegen; sie lachen und singen, und Anja, die neben Alois auf der Erde sitzt, funkelt ihn immer wieder aus ihren schwarzen, kohleblanken Augen herausfordernd an. Einen Hindostani von solch stämmiger Natur trifft man nur selten; er scheint ihr sehr zu gefallen.

Die beiden sind immer näher aneinandergerückt und jetzt sind sie schon so weit, daß sie ihre Finger ineinander verschlingen. Es scheint keiner von den Zigeunern etwas dagegen zu haben. Anja sieht auch nicht so aus, als ob sie ein Einspruch erschüttern würde.

»Thaddäus«, sagt Alois, als er für einen Augenblick gerade nicht dabei ist, sich von Anjas Lächeln und ihrer braunen, samtweichen Haut betören zu lassen, »so, wie ich mich kenn, sitz ich mit dem Mädchen nicht mehr lang da am Feuer. Verstehst du das? Wo ich doch so lang allein war.«

»Mach was d' magst«, sagt Thaddäus. »Aber vergiß das eine nicht: um drei Uhr zehn geht unser Zug. Wenn du nicht mehr hierher ins Lager kommst, dann sei um dreiviertel drei Uhr gleich an der Bahnstation.«

»Bin ich«, sagt Alois, »du kannst dich auf mich verlassen. Ich werde da sein wie eine Breze.«

Alois' starke Kraftmenschenfaust drückt Thaddäus' Handgelenk. Gleich darauf – es ist nun schon Nacht geworden und die Zigeuner haben begonnen, schwermütige Lieder hinauf zu den blinkenden Sternen zu schicken – ist Alois samt dem Zigeunermädchen verschwunden.

Als Thaddäus anfängt, schläfrig zu werden, zeigt ihm der Zigeuner, der ihn ins Lager gebracht hat, auf einem leeren Planwagen einen Strohsack, auf dem er schlafen kann. Der Zigeuner verspricht ihm hoch und heilig, daß er ihn um halb drei Uhr wecken werde. Während die Zigeuner draußen vor dem Wagen weiter ihre schwermütigen Lieder singen, schläft Thaddäus ein.

Der Zigeuner hält sein Versprechen. Um halb drei rüttelt er Thaddäus aus dem Schlaf. Thaddäus klettert vom Wagen. »Und wo ist mein Kamerad?«

Der Zigeuner zuckt die Achseln. »Ich nicht weiß, wo wir Kamerad suchen müssen. Er mit Anja fortgegangen.

Viel Platz überall. Große Büsche mit schöne Gras darunter. Du Kamerad suchen wollen?«

»No«, sagt Thaddäus. »Ich geh zur Station. Er hat mir ja versprochen, daß er hinkommen wird.« Er schüttelt dem Zigeuner die Hand. Er geht über die nächtliche Steppe zur Bahnstation. Das Mondlicht ist hell genug, daß er sich ohne Mühe zurechtfindet.

Im kleinen, trostlosen Stationsgebäude brennt nirgends ein Licht. Wahrscheinlich wird sich der Stationsvorsteher erst im letzten Augenblick von seiner Bastmatte erheben, ehe der Zug Bombay–Peshawar auf die Bahnhofshütte zugerollt kommt.

Thaddäus sieht, daß noch fünf Minuten bis drei Uhr fehlen. Er setzt sich auf die schmutzige, abgetretene Stufe des Eingangs zur Station. Es ist noch eine Viertelstunde Zeit.

Um drei Uhr fünf tritt ein schläfriger Inder, einen grünen Lendenschurz um die nackten Hüften gewickelt, einen schwarzen Turban auf dem Kopf, aus der Stationshütte. Er hat eine grüne Flagge an einem kurzen Stiel in der Hand. Er bleibt hart neben dem Schienenstrang stehen.

Kein Alois erscheint.

Dafür blitzt plötzlich das grelle Licht zweier Autoscheinwerfer auf der Landstraße auf. Ein englischer Militär-Jeep kommt dahergejagt. Mit kreischenden Bremsen, den Staub im Mondschein aufwirbelnd, bleibt er knapp vor Thaddäus stehen.

Zwei Männer in Khakiuniformen steigen aus dem Jeep. Auf den Köpfen knallrote Kappen, an den linken Armen rote Binden mit zwei großen, weißen Buchstaben darauf.

MP

Militärpolizei

Die beiden fragen Thaddäus gar nicht nach seinen Papieren. Das Foto und der Steckbrief, den sie bei sich haben, sagen ihnen alles.

»Und wo ist Mister Ametsmeier?«

Thaddäus zuckt mit den Achseln. »Er hat sich schon am Vormittag von mir getrennt. Er hat ein Auto angehalten und ist mit ihm davongefahren.«

»Wohin? In welche Richtung?«

»Wohin weiß ich nicht. Die Richtung war Süd.«

»Well, wir werden ihn finden. Steigen Sie ein.«

Die beiden Polizisten klettern auf die Vordersitze. Thaddäus läßt sich auf dem Rücksitz nieder.

Auf so einem Rücksitz ist er auch damals, als sie ihn auf dem Khaiberpaß schnappten, gesessen. Es ist immer schlecht, wenn man als Zivilist auf so einem Rücksitz sitzt.

Drei Stunden später – die Sonne ist gerade aufgegangen – steht er dem Kommandanten des Lagers gegenüber, aus dem er entsprungen ist.

Es ist der Typ eines alten, hageren, vom Dienst in der indischen Sonne ausgedörrten Soldaten. »Mister Knopf«, sagt der Kommandant, »Sie sind aus dem Camp ausgebrochen. Laut Vorschrift habe ich Sie zu bestrafen. Sie werden in eine Einzelzelle gebracht und dort nur Wasser und Brot und Ihre Einsamkeit haben. Wissen Sie, für wie lange?«

»Yes, Sir«, sagt Thaddäus. »Für achtundzwanzig Tage.«

15

Achtundzwanzig Tage. Was sind achtundzwanzig Tage gegen die vielen Wochen, die vielen Monate, die vielen Jahre, die diesen achtundzwanzig Tagen folgen?

Über fünf Jahre lang wütet der Krieg über die Welt hin. Doch nun scheint er mit jedem Tag seinem Ende näher zu kommen. Jede Nachricht, die im Camp aus den Lautsprechern der Rundfunkgeräte tönt, berichtet, daß die Streitkraft der Deutschen am Erliegen ist. Die Bombenangriffe der Alliierten lassen die deutschen Städte zu Staub zerfallen. Millionen von Menschen hausen dort wie die Ratten in ihren Luftschutzkellern. »Der ›Führer‹ hat sich im Bunker seines Hauptquartiers in Berlin verkrochen. Er wird vor den Attentaten einiger Menschen, die daran glauben, ihn vernichten zu können, wie durch satanische Wunder gerettet. Die alten Männer, die Kinder, werden zu seinem Schutze dem Feind entgegengeschickt. Sie müssen an ihren Führer glauben ›und wenn auch die Welt in Scherben fällt‹.«

Zwischen Thaddäus und seiner Mutter liegt eine Unendlichkeit. Eine Unendlichkeit, in der keiner dem anderen ein Zeichen geben kann, daß er noch nicht ganz verdorben ist.

Doch auch an Vivian und an Mister Haidar darf Thaddäus nicht schreiben. Es ist den Insassen des Camps verboten, mit den Angehörigen des englischen Commonwealth, wie auch mit jenen seiner befreundeten Mächte zu korrespondieren.

Von Alois Ametsmeier hat Thaddäus nie mehr etwas gehört. Vielleicht war er – versteckt von ihnen – bei den Zigeunern geblieben. Vielleicht gab es jetzt schon kleine Zigeuner, irgendwo am Ganges oder am Brahmaputra, die nur zur einen Hälfte aus Indien, zur anderen aus Greinhofen bei Landshut an der Isar stammten.

Thaddäus hat die Gedanken an Flucht längst aufgegeben. In all den Jahren hat es so viele Fluchtversuche gegeben, die alle gescheitert waren. Die Bewachung war so streng, die Art, die Ausgebrochenen wieder einzufangen, so erfolgreich geworden, daß es reiner Irrsin war, seine Nerven mit Ausbruchsplänen und mit verfehlten Ausbrüchen kaputtzumachen.

Thaddäus hat sich vor ein paar Monaten – man schreibt jetzt März 1945 – selber einen Kalender gemacht. Immer wenn ein Tag vorbei ist, streicht er ihn durch.

Der 29. März 1945 ist der letzte, den er durchstreicht. Am 30. März kommt er nicht mehr dazu.

Am Morgen dieses Tages läßt sich beim Kommandanten des Camps ein Mann melden, der vor dem Lagertor aus einem eleganten Wagen gestiegen ist. Er ist ausgesprochen gut gekleidet, trägt einen bastfarbenen Anzug aus leichter Schantungseide, in der Hand einen hellen Panamahut mit einem breiten schwarzen Band.

Als er den Dienstraum des Kommandanten betreten hat, sagt er: »Es ist sehr freundlich von Ihnen, daß Sie mich empfangen haben. Ich heiße Shidur Khodi, ich komme als Mitglied der Hilfsorganisation für deutsche Zivilgefangene in Indien.«

»Und Sie wollen sich in unserem Lager davon überzeugen, daß alles so ist, wie es – den internationalen Vereinbarungen nach – zu sein hat?«

Das hagere Gesicht des Kommandanten zeigt nicht mehr an Freundlichkeit, als man von einem Lagerkommandanten, dem man einen Aufpasser ins Fell setzen will, verlangen kann.

Shidur Khodi lächelt höflich. »Wir wissen, daß Ihr Camp ein Musterlager unter allen Lagern in Indien ist. Wir wollen Sie auf keinen Fall kontrollieren. Wir interessieren uns – vor allem aus psychologischen Gründen – nur dafür, wie sich die Internierungshaft auf die Insassen der Lager auswirkt. Nur das ist der Grund, weshalb ich mir gestatte, Ihre wertvolle Zeit in Anspruch zu nehmen.«

Die Züge des Kommandanten hellen sich auf. »Well«, sagt er, »dann lassen Sie mich wissen, was ich für Sie tun kann.«

Shidur Khodi zieht ein Notizbuch aus seiner Tasche. »Sie haben in Ihrem Lager Deutsche aus allen möglichen Gegenden Indiens«, sagt er, während er nach einer bestimmten Seite in seinem Notizbuch sucht. »Aber auch Männer aus dem Iran und aus Afghanistan, deren Einstellung uns besonders interessiert.« Er hat die richtige Seite gefunden. »Hier habe ich einige Namen. Da ist zum Beispiel ein für uns besonders interessanter Mann, weil er der einzige ist, der aus Afghanistan zu Ihnen gekommen ist. Die anderen Kabul-Deutschen konnten, auf eine Intervention des Deutschen Reiches hin, im Dezember 1941 über den Iran und die Türkei nach Deutschland zurückkehren. Dieser Mann aber hatte sich schon vorher aus Afghanistan nach Indien abgesetzt und ist dann hier interniert worden.«

»Und wer ist das? Wie heißt der Mann?«

Shidur Khodi liest aus seinem Notizbuch vor: »Thaddäus Knopf. Er hat als Repräsentant eines amerikanischen Konzerns in Kabul gearbeitet.«

»Well«, nickt der Kommandant, »ich werde sehen, daß Sie auch mit ihm reden können. Wenn Sie inzwischen im Büro meiner Ordonnanz warten wollen – ich habe gerade eine brandeilige Sache zu erledigen.«

»Vielen Dank«, sagt Shidur Khodi höflich lächelnd, »ich werde gerne warten.«

Die Ordonnanz ist ein Sergeant, der dem Besucher freundlich einen Stuhl anbietet. Er bekommt vom Kommandeur den Auftrag, alle die Leute für Mister Khodi zusammenzurufen, deren Namen Mister Khodi ihm nennt.

Shidur Khodi liest an die zehn Namen aus seinem Notizbuch für den Sergeanten herunter. »Vor allem würde mich, was ich auch Ihrem Kommandanten schon gesagt habe, der Deutsche Thaddäus Knopf aus Kabul interessieren. Wenn es Ihnen nicht zuviel Mühe macht, ihn zu finden.«

»Kein Problem«, sagt der Sergeant. »Ich werde sie Ihnen alle bringen. Es wird nicht lange dauern.«

Kaum eine Viertelstunde später hat er alle Männer zusammengetrommelt, die der Besucher sprechen will. Als letzten treibt er Thaddäus irgendwo zwischen den Baracken auf.

»Da ist ein Mensch von irgendeiner Hilfsorganisation«, sagt er zu ihm, »der mit euch sprechen will. Der Kommandant möchte, daß ihr ihm den Gefallen tut.«

Thaddäus hat nichts dagegen. Er geht, zusammen mit den anderen Männern, zum Zimmer des Sergeanten.

Als sein Blick auf den Mann fällt, der mit ihnen ein Interview machen will, stockt ihm der Atem.

Es ist Golam Haidar.

Schweigend, ohne ein Zeichen von sich zu geben, daß er Thaddäus kennt, sieht er ihn an.

In diesem Augenblick weiß Thaddäus, daß auch er ihn nicht kennen darf.

Haidar läßt seine Blicke zu den anderen Männern gleiten. »Ich heiße Shidur Khodi«, sagt er, »ich komme von der Hilfsorganisation für deutsche Zivilgefangene in Indien. Ich möchte mit Ihnen über Ihr Schicksal als Zivilgefangene reden, damit wir es Ihnen vielleicht irgendwie erleichtern können.« Am Schluß seiner Worte blickt er Thaddäus wieder an. Es ist wie der Blick eines Hypnotiseurs.

Jetzt weiß Thaddäus sicher, daß Haidar nur seinetwegen gekommen ist. Und Golam Haidar weiß, daß Thaddäus keinen Fehler machen wird.

Gut eine Stunde lang unterhält Haidar sich mit den Internierten. Was sie ihm sagen, geht alles auf einen Nenner hinaus: Heimweh, Wut, Resignation, Beschwerden über dies und jenes.

Thaddäus ist der letzte, mit dem Haidar sich befaßt. Er redet genauso sachlich mit ihm wie mit den anderen. Als es nichts mehr zu sagen gibt, bedankt er sich bei Thaddäus und bei allen anderen. Die Internierten verlassen das Zimmer; Thaddäus geht als Letzter zur Tür. Der Sergeant ist schon vor ihnen allen hinausgegangen. Keiner mehr kann hören, was Haidar, während er Thaddäus die Hand drückt, zuraunt. »Viel Glück«, sagt er leise. »An mir soll es nicht fehlen.«

Thaddäus fühlt in Haidars Hand, die die seine umfaßt hat, einen kleinen zusammengefalteten Zettel. Als sich die beiden Hände trennen, schließt Thaddäus rasch die Finger um den Zettel. Er folgt den anderen und geht mit ihnen zu den Baracken zurück.

Als er allein im Raum auf seinem Strohsack sitzt, faltet er den Zettel auseinander.

»Suchen Sie den Leiter der Lagerschneiderei auf. Er hat Ihnen Grüße zu übermitteln.«

Thaddäus verliert keine Zeit. Die Lagerschneiderei ist im Block D untergebracht, der dem Block A, in dem Thaddäus wohnt, genau gegenüberliegt. Thaddäus ist mit dem Leiter der Schneiderei, dem Sergeanten Brown, schon ein paarmal zusammengewesen. Im Lauf der Jahre hat er ihm immer wieder Kleidungsstücke zur Reparatur gebracht oder auch neue bei ihm bestellt.

Brown ist Thaddäus nicht besonders sympathisch. Er ist kein offener Mensch. Ein Grund, daß Thaddäus es immer vermieden hat, sich in eine Unterhaltung mit ihm einzulassen.

Jetzt muß Thaddäus wohl oder übel zu ihm in die Schneiderei gehen, um sich von ihm die Grüße zu holen, die er Thaddäus auszurichten hat. Von wem sie stammen, das kann Thaddäus, trotzdem er an alle möglichen Menschen denkt, sich nicht vorstellen.

Als Thaddäus den Raum der Schneiderei betritt, in dem Brown allein arbeitet, blickt Brown von seiner Arbeit gar nicht auf. »Well«, fragt er, »was ist los?«

Thaddäus gibt sich nicht freundlicher als der Sergeant. Er sagt: »Ich heiße Thaddäus Knopf.«

Jetzt hebt Brown sein Gesicht langsam in die Höhe. Er blickt Thaddäus schweigend an.

»Sie sollen mir Grüße ausrichten«, sagt Thaddäus, »hat Mister Haidar mir gesagt.«

Brown schüttelt den Kopf. »Haidar? Kenne ich nicht.«

Thaddäus verbessert sich. »Mister Khodi. Den kennen Sie doch?«

»Ja«, sagt Brown, »den kenne ich.«

Er macht Thaddäus ein Zeichen, ihm in einen kleinen, leeren Nebenraum zu folgen. Nachdem er die Tür hinter Thaddäus geschlossen hat, sagt er: »Die Grüße, die ich Ihnen ausrichten soll, sind von Mister Khodi selber. Er läßt Ihnen sagen, daß Sie von mir die alte Uniform eines englischen Offiziers bekommen werden. Ab morgen um sieben Uhr abends liegt sie jeden Abend hier für Sie bereit.«

»Und was mache ich mit der Uniform?«

»Sie ziehen Sie am ersten Abend, an dem Sie sich unbemerkt aus Ihrer Baracke fortmachen können, an und gehen damit, so ruhig und überzeugend, als ob Sie ein wirklicher Offizier wären, zum westlichen Lagertor. Um etwa neun Uhr sollten Sie dort sein.«

Thaddäus muß sich Mühe geben, seine Freude diesem unsympathischen Menschen nicht allzusehr merken zu lassen. Er fragt ruhig: »Und am westlichen Lagertor? Was geschieht dort?«

»Dort wartet Mister Khodi mit seinem Wagen auf Sie. Jeden Abend um neun Uhr, so lange, bis Sie an einem Abend kommen. Geben Sie sich dann als echter Offizier, bluffen Sie die Wachen und steigen Sie zu Mister Khodi, der Sie freundlich begrüßen wird, in den Wagen. Haben Sie das verstanden?«

Thaddäus würde dem verräterischen Sergeanten, den Haidar wahrscheinlich mit einer hohen Summe bestochen hat, am liebsten um den Hals fallen. Es gelingt ihm, sich zu beherrschen. Er sagt: »Vielen Dank, Sergeant.«

»Das ist allright. Ihre alten Klamotten hängen Sie draußen in meinem Arbeitszimmer zu den anderen Kleidern, die dort zur Reparatur hängen. Den Eingang zu meinem Arbeitszimmer lasse ich jeden Abend offen. Machen Sie nichts falsch und bringen Sie uns nicht an den Galgen.«

»Ich werde mir Mühe geben«, sagt Thaddäus. Er verläßt den Raum. Drüben in seiner Baracke läßt er sich rücklings auf seinen Strohsack fallen. Er schließt die Augen. Thaddäus, denkt er, das darf doch nicht wahr sein.

Aber es ist wahr und es läuft alles ab, wie Haidar es eingefädelt hat.

Schon am nächsten Abend, gegen neun Uhr, als es schon dunkel geworden ist, kann Thaddäus sich ohne Schwierigkeiten aus seinem Block A über den schmalen Sandplatz zum Block D hinüberstehlen. Die Tür, die in der Baracke der Schneiderei zum Arbeitszimmer Browns führt, ist offen. Thaddäus knipst das Licht nicht an. Der Mond scheint hell durch die kleinen Fenster. Thaddäus geht lautlos in den kleinen Nebenraum, in dem die Uniform bereitliegen soll.

Brown hat sie über einen Stuhl gehängt. Es ist die Uniform eines Leutnants. Brown hat, vom Leibriemen bis zum Tropenhelm, alles dazugelegt, was dazugehört.

In weniger als fünf Minuten hat Thaddäus sich im Mondschein, der den kleinen Raum gespensterhaft erhellt, zum Leutnant verwandelt. Seine abgetragenen Shorts und das verwaschene Hemd, das er vorher trug, hängt er draußen in der Schneiderei zu den anderen zur Reparatur bereiten Kleidungsstücken.

Eine Minute später bescheint der Mond einen jungen Leutnant, der vom Block D durch das ganze Lager zum westlichen Lagertor spaziert. Von den Soldaten ist keiner zu sehen. Von den Internierten hocken einige, die nicht in ihren Baracken Karten spielen oder auf ihren Pritschen liegen, heraußen im Mondschein; mit dem Rücken gegen die Holzwand der Baracken gelehnt, ernst vor sich hindenkend oder dem Rauch ihrer Zigaretten nachträumend, der im silbernen Mondlicht verweht. Je näher Thaddäus dem Lagertor und damit dem dreifachen Stacheldrahtzaun kommt, um so mehr wird das milde Mondlicht von den grellen, kalten Strahlen der am Stacheldrahtzaun in kurzen Abständen aufgestellten Scheinwerfer verschluckt.

Das westliche Lagertor ist viel kleiner als das Haupttor. Deshalb ist es auch mit nur zwei Posten besetzt, die das Lagertor mit ihren Gewehren bewachen.

In dem Augenblick, in dem Thaddäus sich vom Inneren des Lagers her dem Tor nähert, kommt draußen ein großer, schwarzer Wagen, gesteuert von einem turbangeschmückten Inder, an das Tor gerollt. Die beiden Lagerposten sehen erst einmal zum Wagen hin. Sie sehen, wie sich der hintere Schlag öffnet und ein elegant gekleideter Zivilist sich zur Türöffnung herausbeugt. Er winkt einem jungen Offizier zu, der vom Innern des Lagers auf das Tor und auf den Wagen zukommt.

Die beiden Posten mustern nun auch den jungen Offizier. Sie sind nicht verpflichtet, Haltung anzunehmen. Doch der Leutnant flößt ihnen Respekt genug ein, daß ihnen nicht der Gedanke kommt, hier irgend etwas unternehmen zu müssen.

Der Leutnant geht an ihnen vorbei zum Tor hinaus. Er begrüßt vergnügt den Zivilisten im Wagen. Die beiden schütteln sich die Hände.

»Come in«, lacht der Zivilist. Er rückt auf seinem Sitz zur Seite, damit der junge Offizier einsteigen und sich neben ihn setzen kann.

Die Wagentüre fällt zu. Der Fahrer gibt Gas und der Wagen rollt davon. In wenigen Sekunden ist er in der Dunkelheit verschwunden.

Die Posten gehen mit ihren geschulterten Gewehren wieder auf und ab.

»Oh Gott«, seufzt Thaddäus. Er läßt sich in das Sitzpolster zurückfallen und schließt für einen Moment die Augen.

Golam Haidar, der neben ihm sitzt, klopft ihm lächelnd auf die Schulter. »Es ist alles in Ordnung. Sie haben es wunderbar gemacht.«

Thaddäus blickt ihm in die Augen. »Und Sie, Mister Haidar? Wie soll ich Ihnen das je danken können?«

»Danken Sie es nicht mir, danken Sie es dem Glück, das uns so geholfen hat.«

Thaddäus atmet noch einmal in tiefer Erleichterung auf. Der Wagen jagt so schnell er kann auf der harten Sandstraße immer weiter vom Lager fort.

Es wird lange dauern, bis man im Camp Alarm schlagen wird. Selbst wenn die Kameraden in Thaddäus' Schlafbaracke sein Fehlen noch in der Nacht bemerken, werden sie schweigen und es dem Lagerspieß überlassen, es beim Morgenappell selber festzustellen.

»Bis dahin«, sagt Haidar zu Thaddäus, »werden wir ein paar hundert Kilometer weit von hier sein. Übermorgen sind wir in Peshawar. In meinem Haus werden Sie sicher sein. Und lange wird das Morden drüben in Europa nicht mehr dauern. Die Alliierten dringen schon von allen Seiten in Deutschland ein. Wenn der Krieg drüben zu Ende ist, müssen die Engländer den Stacheldraht für die Zivilgefangenen auch hier in Indien öffnen.«

Thaddäus lehnt sich beruhigt in die Wagenpolster zurück. Haidar hat ihm jetzt allerhand zu berichten.

»Was Sie vor allem interessieren wird – Miss Clift hat, genauso wie ich, nach Ihren ersten Briefen an uns und auch nach den zweiten, ununterbrochen versucht, Kontakt mit Ihnen zu bekommen. Wir haben Ihnen ein paarmal geschrieben, aber wir haben nie eine Antwort von Ihnen bekommen.«

»Weil ich, bald nachdem ich Ihnen und Vivian geschrieben hatte, in ein anderes Camp verlegt worden bin. Die im ersten Camp haben mir Ihre Briefe natürlich nicht nachgeschickt. So wichtig sind wir für die Herren nicht gewesen. Vom neuen Lager aus habe ich dann weder an Sie, noch an Vivian schreiben dürfen.«

»Ihre Briefe hätten Miss Clift auch nicht mehr erreicht. Die Niederlassung der Pennsylvania Corporation, für die man keinen Chef mehr gefunden hat, ist aufgelöst worden. Miss Clift mußte nach Amerika zurückfahren. Wo sie jetzt – nach so vielen Jahren – dort lebt, kann ich Ihnen nicht sagen.«

»Und Sie, Mister Haidar, wieso haben Sie mich gefunden?«

Golam Haidar lächelt. »Das ist wie in einem schönen Abenteuererfilm. Als ich nichts mehr von Ihnen hörte, blieb mir nichts anderes übrig, als anzunehmen, Sie seien aus Ihrem Lager ausgebrochen und irgendwo im Untergrund verschwunden, von wo aus Sie mir nicht schreiben konnten. Ich hoffte immer wieder, daß ich eines Tages doch noch ein Lebenszeichen von Ihnen bekommen würde.«

Er lächelt wieder. »Und dann kam es wirklich. In Jaypur, wo ich auf Geschäftsreise war. Mein Wagen war in einen Graben gefahren. Mit ein paar Bauern bemühten mein Fahrer und ich uns, den Wagen wieder auf die Straße zu bringen. Er rührte sich nur wenig. Da kam uns aus einem Zigeunerlager in der Nähe ein kleiner, stämmiger Mann zu Hilfe. Er spuckte in die Hände, griff mit an und im nächsten Augenblick...«

»... stand der Wagen auf der Straße!« setzt Thaddäus Haidars Rede fort. »Und der kleine, stämmige Mann war in Wirklichkeit kein Zigeuner, sondern ein Bayer aus der Gegend von Landshut, und er hieß Alois Ametsmeier.«

»Ja«, lacht Haidar, »der war es! Als wir alle zusammen nach der Arbeit ein paar Flaschen Whisky tranken, die ich als Geschenk für Geschäftsfreunde im Wagen hatte, sagte er mir im Vertrauen, wer er wirklich war. Er erzählte mir die Geschichte seiner abenteuerlichen Flucht aus dem Lager, und dann kamen wir – wie hätte es anders sein können – auf Sie. Und dann wußte ich, wo ich Sie zu suchen hatte.«

»Aber daß Sie sich dann zu mir ins Lager schmuggeln konnten? Als Mitglied einer Hilfsorganisation. Und daß Sie die Namen der zehn Auslandsdeutschen aus dem Iran wußten?«

»Die hab ich mir, dank meiner guten Verbindungen, von einer zuständigen Stelle verschafft. Die Hilfsorganisation, in deren Auftrag ich kam, gibt es in Wirklichkeit gar nicht. Aber der Kommandant Ihres Lagers konnte sich als guter Soldat offenbar nicht vorstellen, daß sich ein Mensch so etwas aus den Fingern saugen könne.«

Haidar schmunzelt vor sich hin. Dann sagt er: »Bei mir in Peshawar werden wir jedenfalls keine Angst mehr zu haben brauchen, daß man mich nachträglich noch entlarven wird. Mein Haus ist so sicher...«

Er hört auf zu reden. Er und Thaddäus richten sich in ihren Polstern auf. Sie blicken am Turban des Fahrers vorbei durch die Windschutzscheibe nach vorne.

Vor ihnen, auf der Straße, die durch eine Dschungelwildnis führt, sperrt ein Schlagbaum den Weg. Im Licht eines grellen Scheinwerfers stehen zwei Männer der englischen Militärpolizei davor. Einer von ihnen schwingt eine rote Kelle hin und her.

Der Wagen ist noch an die zweihundert Meter davon entfernt. Der Fahrer blickt sich erschrocken nach Haidar um. Er bremst den Wagen scharf ab.

»Thaddäus«, sagt Haidar hastig, »wir müssen...«

Er stockt, denn Thaddäus hat die Wagentür aufgerissen. »Sagen Sie, Sie hätten mich als unbekannten Anhalter mitgenommen«, stößt er hervor. Er springt aus dem abgebremsten Wagen hinaus in das hohe, weiche Dschungelgras. Er überschlägt sich, rafft sich auf, taucht in der Finsternis des Dschungels unter.

Golam Haidar braucht nicht lange, um sich zu fassen. »Come on«, ruft er dem Fahrer zu, »bleib nicht stehen.« Er läßt die Tür des Wagens, die Thaddäus aufgerissen hatte, offen.

Einer der Militärpolizisten kommt dem ausrollenden Wagen entgegengelaufen. »Wer ist der Mann, der herausgesprungen ist?! Warum ist er herausgesprungen?«

»Ich weiß es nicht«, sagt Haidar ruhig. »Er hat uns auf der Straße angehalten. Vor ungefähr dreißig Meilen. Er wollte mit uns bis nach Delhi fahren. Wir selber fahren nach Peshawar.«

»Ein Ausbrecher aus dem Camp!«, ruft der Polizist seinem Kameraden am Schlagbaum zu. Er rennt an ihm vorbei in das steinerne Häuschen der Polizeistation. Kaum zwei Minuten später kommt er, gefolgt von zwei anderen Militärpolizisten, wieder heraus. Er trägt eine Maschinenpistole in den Händen. Von den beiden anderen schleppt jeder einen riesigen Batteriescheinwerfer mit sich.

Während der eine der Polizisten an seinem Kameraden am Schlagbaum vorüberläuft, deutet er auf Golam Haidar in seinem Wagen. »Laß dir von ihm seine Papiere zeigen!«

Die drei rennen auf der Straße der Stelle zu, an der Thaddäus im nächtlichen Dschungel verschwunden ist. Im Licht der Scheinwerfer dringen sie in die Wildnis ein.

Der Polizist am Schlagbaum läßt sich Haidars Papiere geben. Seine finsteren Züge hellen sich etwas auf, als er sie gelesen hat. »Sie arbeiten im Auftrag des Handelsministeriums? Ist das eine Dienstfahrt, die Sie hier unternehmen?«

»Ja. Ich hatte in Colombo zu tun. Jetzt fahre ich zurück nach Peshawar. Dort wohne ich.«

»Und der Kerl, der aus Ihrem Wagen gesprungen ist?«

»Der hat uns unterwegs aufgehalten. Es war ein junger Offizier.«

Der Polizist schüttelt den Kopf. »Ein Offizier und springt aus dem Wagen.« Er gibt Haidar die Papiere zurück. »Es ist ein Routinestopp, den wir hier machen. Wir hätten Sie auch aufgehalten, wenn keiner aus Ihrem Wagen gesprungen wäre.«

»Natürlich«, lächelt Haidar. »Pflicht ist Pflicht. Kann ich jetzt weiterfahren?«

»Ja«, sagt der Polizist. »Ihren Offizier werden wir auch ohne Sie finden.«

Er ist ein noch sehr junger Mann. Einer, der die Khaki-Uniform und die rote Kappe der Militärpolizei noch nicht lange trägt. Er gibt Haidar die Papiere arglos zurück. Dann stößt er den Schlagbaum in die Höhe. Das Scheinwerferlicht des davonrollenden Wagens ist noch eine kurze Weile zu sehen. Dann ist es im Dunkel verschwunden.

Die Nacht liegt schweigend über dem Dschungel. Nur ab und zu kreischt zwischen dem Lianengewirr, das sich bis hoch hinauf zu den Kronen der Palmen windet, die Stimme eines erbosten Affen. Vielleicht hat ihm ein rücksichtsloser Kumpan seinen Schlafplatz streitig gemacht.

Thaddäus bahnt sich einen Weg durch das wuchernde Schlinggewächs. Er weiß nicht, wohin er irren wird, er muß nur möglichst weit weg von der Straße kommen.

Der Zweig eines dornigen Strauches reißt ihm die Haut des Handrückens auf. Sein Kopf bleibt in einer Lianenschlinge hängen.

Da geistert hinter ihm ein greller Lichtschein durch den Dschungel. Thaddäus reißt sich von der Liane los. Er hastet keuchend weiter.

Doch das Strickwerk der Lianen verbeißt sich von neuem in ihm, zerrt ihn, als er sich durch einen verzweifelten Sprung aus der Umklammerung retten will, zu Boden. Er kämpft sich wieder hoch, stolpert atemlos weiter.

Der scharfe, grellweiße Lichtkegel eines Scheinwerfers schießt auf ihn los. Eine Stimme schreit ihm befehlend zu, stehenzubleiben.

Ein zweiter Lichtkegel blitzt auf. Doch Thaddäus rennt, springt, stolpert weiter durch das Labyrinth der wuchernden Wildnis. Nicht kriegen lassen, denkt er, jetzt nicht mehr!

Bis es zu Ende ist mit allem Denken. Ein Schuß peitscht durch die Finsternis. Im gleichen Augenblick schlägt ein brennender Schmerz wie ein Blitz in Thaddäus' Hüfte. Er knickt zusammen. Es versinkt alles um ihn im Dunkel.

16

Das Queen Victoria Hospital in Bombay verfügt über einen besonderen Flügel, in dem ausschließlich kranke Sträflinge untergebracht sind, für die es im Gefängnis nicht die notwendige Behandlung und Pflege gibt.

Auch die kranken Zivilgefangenen aus dem Internierungslager, das in der Nähe Bombays liegt, sind dort untergebracht. Sie liegen in hellen Sälen, in weißen Betten. Am Kopfende der Betten hängen kleine Tafeln mit dem Namen und den Fieberkurven der Patienten darauf.

Auf einer der Tafeln, die an einem Bett im Saal C hängt, steht der Name THADDÄUS KNOPF.

Seit vierzehn Tagen liegt er, zusammen mit neun anderen Deutschen aus dem Camp, hier in diesem Saal. Man hat ihn von der Polizeistation, wo ihn im Dschungel der Schuß des Polizisten in die Hüfte traf, gar nicht erst zurück ins Camp, sondern gleich nach Bombay ins Hospital gebracht. Die Operation bedeutete ein Risiko. Die Kugel saß so problematisch in Thaddäus' Hüfte, daß nicht nur der Chirurg, sondern alle, die ihm bei der Operation halfen, erleichtert aufatmeten, als sie gelungen und der Patient nicht unter dem Messer geblieben war.

An der Kurventafel am Ende des Bettes kann man sehen, wie rasch das Fieber nach der Operation gefallen ist.

Am Bett, bei Thaddäus, steht eine junge Ärztin im weißen Kittel. »Heute ist der vierzehnte Tag, Mister Knopf«, sagt sie, »siebenunddreißigeins – nach dieser schweren Operation – ich glaube, Sie können zufrieden sein.«

Ihrer nur leicht bräunlichen Hautfarbe nach, ist die Ärztin keine reine Inderin. Ihre Augen haben nicht das tiefe Schwarz dieser Frauen, sie schimmern in warmem Braun. Sie redet mit Thaddäus nicht englisch, sie spricht ein gebrochenes deutsch.

»Ich bin ja zufrieden«, sagt Thaddäus, der mit blassem Gesicht in seinen Kissen liegt. »Ich weiß aber auch genau«, lächelt er, »wer schuld daran ist, daß ich mein Fieber so schnell verloren habe.«

»Sie müssen Ihrer eigenen Konstitution dankbar sein«, antwortet sie. »Sie haben – ich glaube so sagt man in Deutschland – eine Bärennatur.«

»Sie haben unsere Sprache in Heidelberg gut studiert. Nicht nur die Medizin.«

»Ich bin ja auch lange genug dort gewesen.«

Die Ärztin – sie heißt Sheila Bruce und ist die Tochter eines Engländers und einer Inderin – hat in Deutschland eine schöne Zeit verbracht. So freut sie sich, daß sie in Thaddäus einen Patienten gefunden hat, mit dem es sich auf deutsch so nett plaudern läßt. Dabei bleibt sie oft lange bei ihm am Bett stehen.

»Schade«, hat er schon einmal gedacht, »daß sie sich nicht zu mir auf's Bett setzt. Und vielleicht sogar ihre Hand auf die meine legt.«

Doch er ist schon froh darum, daß sie überhaupt so oft zu ihm kommt.

Dabei erzählt sie ihm immer mehr aus ihrem Leben. Ihr Vater ist als Offizier des englischen Berkshire-Regiments 1919, bei Kämpfen mit den Afridis, am Khaiberpaß gefallen. Sie war damals zwei Jahre alt. Als sie vierzehn war, starb auch ihre Mutter. Sie selbst wurde in der Familie eines Onkels, eines indischen Diplomaten, aufgezogen. Er ermöglichte es ihr 1935, zum Studium nach Heidelberg zu gehen. Von dort konnte sie im Sommer 1939, gerade noch rechtzeitig vor Ausbruch des Krieges, nach Indien zurückkehren. Hier in Bombay studierte sie weiter, machte den Doktor und arbeitet nun als Assistenzärztin im Hospital.

»Und ich hab ausgerechnet das Glück«, sagt Thaddäus, »daß mir ein Militärpolizist eine Kugel in die Hüfte jagt, damit Sie für mich sorgen müssen. Die Afghanen würden sagen: Allah hat es so gewollt.«

Sheila lächelt. Sie legt ihre Finger über sein Handgelenk. Es ist für ihr Ansehen als Ärztin keine Gefahr dabei, denn jeder der anderen neun Patienten, die im Saal liegen, kann sehen, daß sie Thaddäus nur wieder einmal den Puls fühlt.

Vier Wochen nachdem man Thaddäus mit dem Rettungswagen der Militärpolizei in das Hospital gebracht hat, scheinen die Tage gezählt zu sein, in denen er mit Sheila noch plaudern und in denen sie ihm den Puls fühlen kann.

Als sie an diesem Tag wieder bei Thaddäus am Bett steht, erscheint der Chefarzt der Abteilung im Krankensaal. Er ist ein alter, weißhaariger Inder. Auch er ist Thaddäus, dem jungen, sympathischen Camp-Ausbrecher, zugetan. Nur läßt er es, damit niemand im Saal eifersüchtig wird, nicht so sehr merken.

Er geht geradewegs auf Thaddäus' Bett zu. »Doktor Bruce«, sagt er zu Sheila, »ich habe gerade den Röntgenbefund von Mister Knopf von gestern bekommen. Meinen Sie nicht auch, daß wir ihn nun langsam einmal aufstehen lassen könnten? So, wie ich es sehe, könnte er in acht Tagen entlassen werden.«

Doktor Sheila Bruce schweigt.

»Nun«, sagt der Chefarzt, »sind Sie etwa anderer Meinung?«

»Nein«, sagt Sheila, »aber..–.« Sie stockt. Sie spricht nicht aus, was sie sagen wollte. Es gelingt ihr schnell, sich zu fassen. »Natürlich können wir ihn in acht Tagen entlassen. Es ist bestimmt kein Risiko dabei.«

»Na eben!« Der Alte legt seine Hand auf Thaddäus' Schulter. »Mister Knopf, Sie sind ein vorbildlicher Patient gewesen. Ich möchte fast sagen, mir tut es leid, daß wir Sie entlassen müssen.«

»Mir auch«, sagt Thaddäus. »Dafür wird sich der Kommandant im Camp um so mehr freuen, wenn er mich wieder hinter seinen Stacheldraht bekommt.«

Das Gesicht des Chefarztes wird ernst. Daran, daß Thaddäus aus der Geborgenheit des Hospitals in die Qual hinter dem Stacheldraht kommen wird, hat er offenbar nicht gedacht.

Er wendet sich an Sheila. »Doktor Bruce, vielleicht sollten Sie Ihre Diagnose bei dem Patienten noch einmal genau überprüfen. In vierzehn Tagen werden wir auf jeden Fall noch einmal eine Röntgenaufnahme machen. Das Risiko wäre vielleicht doch zu groß, wenn wir den Patienten zu früh entlassen würden.«

Er nickt Thaddäus zu und verläßt den Saal.

Sheila und Thaddäus sehen sich schweigend an. Dann sagt Sheila heiter: »Well, dann sehen wir uns morgen vormittag auch Ihr Blutbild noch einmal genau an.«

Noch ehe das Laboratorium den Befund des Blutbildes erstellen kann, tritt ein Ereignis ein, das nicht nur das Laboratorium, nicht nur den Chefarzt, nicht nur Sheila und Thaddäus – das die ganze Welt wie ein befreiender Schlag erschüttert.

Der Krieg in Europa ist zu Ende.

Die Übermacht der alliierten Heere, die Hunderttausende von Bomben, die auf die Städte fielen, haben Deutschland zerschmettert. Unter seinen Trümmern, verkrochen in seinem schon halb zerfetzten Bunker, hat sich Adolf Hitler, der Mann, der eine ganze Welt in Brand setzte, umgebracht.

Der Tod, dem die Millionen von Menschen auf den Schlachtfeldern, in den Städten, in den Konzentrationslagern zum Opfer gefallen sind, hat aufgehört, seine Sense zu schwingen.

Alle Kampfhandlungen in Europa sind zu Ende. Am 8. Mai 1945 soll der offizielle Friede verkündet werden.

Sheila bringt die Nachricht als erste zu Thaddäus und zu den anderen deutschen Internierten in den Saal. So schwer es für einen Menschen sein muß, sein Vaterland zerstört zu wissen: es war, seit dieser Diktator es unterjocht hatte, für alle, die noch an Recht und Freiheit glaubten, nur ein Gefängnis gewesen. Jetzt war ihr Vaterland nicht tot, jetzt war es, wenn auch blutend am Boden liegend, von einem Wahnwitzigen und seinen Horden befreit.

Auch für die Männer, die hier in ihren weißen Betten liegen, wird es keinen Stacheldrahtverhau mehr geben. Es ist keiner unter ihnen, dem die Freude und das Glück nicht aus den Augen leuchten würde.

Sheila ergreift, ebenso glücklich, Thaddäus' Hand. Daß in diesem Augenblick bestimmt keiner mehr im Saal das Gefühl hat, daß sie ihm nur den Puls fühlen will, ist ihr jetzt einerlei.

»Mister Knopf«, sagt sie, »nun brauchen Sie keine Angst mehr vor der Entlassung zu haben. Nun werden wir keine Röntgenaufnahme mehr von Ihnen machen.«

Vierzehn Tage später wird Thaddäus aus dem Hospital entlassen. Um neun Uhr morgens verabschiedet er sich vom Chefarzt, dem freundlichen Inder mit den weißen Haaren. Er dankt ihm, daß er ihn vom Rand des Todes zurückgeholt hat ins Leben. Er dankt ihm aber auch für das Papier, das er Thaddäus eben in die Hand gedrückt hat. Es ist ein Papier der zuständigen Behörde, in dem bestätigt wird, daß Thaddäus nicht mehr ins Internierungslager zurückzubringen ist, sondern sich – als Genesender – lediglich einmal in der Woche der militärischen Kontrollbehörde zu stellen hat. Das bedeutet, daß Thaddäus sich in Bombay frei bewegen darf und daß er wohnen kann, wo er will.

Der Chefarzt fragt Thaddäus nicht, wo in Bombay er zu wohnen gedenkt. Seine Assistenzärztin, Sheila Bruce, hat ihn gebeten, ihr für diesen Vormittag freizugeben. Sie würde Mister Knopf gerne behilflich sein, aus dem Hospital gut in sein Privatquartier zu kommen. Der Chefarzt ist nicht nur ein hervorragender Chirurg, er kennt sich auch mit den Herzen der Menschen gut aus. Er brauchte gar nicht zu sehen, wie Dr. Sheila Bruce dem jungen Deutschen den Puls fühlte, er wußte auch so, welche Diagnose er bei den beiden zu stellen hatte.

Sheila hat schon eine Ghari, eines der kleinen Pferdewägelchen mit dem schwarzen Lederdach, vor die Klinik bestellt.

Seit zwei Tagen hat Thaddäus sie immer wieder gebeten, ihm zu sagen, wo in Bombay er sich am besten ein Quartier suchen könne. »Warten Sie nur«, hatte sie immer lächelnd gesagt, »Sie werden ein Quartier bekommen, mit dem Sie sicher zufrieden sind.«

Statt der englischen Offiziersuniform, in der er aus dem Lager geflohen war, hatte sie ihm in einem Warenhaus einen Zivilanzug besorgt. Hose und Jacke aus einem ganz leichten Sommerstoff. Dazu einen Strohhut, in dem er – wie sie sagte – besonders gut aussah.

Nun sitzen sie beide eng nebeneinander in der Ghari. Als Gepäck hat Thaddäus nichts anderes als ein kleines Bastkörbchen bei sich. In ihm liegen seine Waschutensilien, der Kamm, die Zahnbürste und ein Pyjama, den Sheila ebenfalls für ihn besorgt hat. Das Bastkörbchen liegt auf seinen Knien; er hält es mit beiden Händen fest. Er könnte es auch nur mit einer Hand festhalten, doch dann wüßte er nicht, wie er es fertigbringen sollte, seinen anderen Arm nicht um Sheila zu legen, die so dicht neben ihm sitzt.

Das schwarze Lederdach der Ghari ist vorne so weit herabgezogen, die Seitenteile hängen so weit herunter, daß die beiden fast ganz abgeschlossen von der Welt durch die Straßen wollen.

Mein Gott, denkt Thaddäus, wie lange das her ist, daß er zum letztenmal so dicht neben einer Frau saß. Fünf Jahre müssen es sein. Vivian Clift hatte ihn damals von Kabul zu den Nomaden, zu Abdul Hag, in die Berge gefahren. Es war der Abschied für Thaddäus von ihr gewesen.

Jetzt ist es wieder eine schöne, junge Frau, die neben ihm sitzt. Er fühlt ihren Körper dicht neben dem seinen. Er lehnt sich zurück in das schäbige Polster der Ghari. Er schließt glücklich die Augen.

»Mister Knopf«, sagt Sheila erschreckt, »was haben Sie? Ist Ihnen nicht gut?«

Thaddäus schüttelt lächelnd den Kopf. »Im Gegenteil«, sagt er, »viel zu gut.«

Dann fragt er: »Wann werde ich erfahren, wohin Sie mich bringen?«

»In zwanzig Minuten werden Sie es wissen.«

Das Pferdchen der Ghari trabt durch die von Menschen, Autos, Pferdewagen wimmelnden Straßen der Stadt. Die Autos hupen, die Straßenbahnen klingeln, die dürren, dünnbeinigen Lastträger stoßen ihre schrillen Warnungsschreie aus. Thaddäus schiebt ab und zu das herabhängende Lederteil auf seiner Seite etwas zurück, damit er nicht nur hört, sondern auch sieht, was in diesem unaufhörlichen Lärm vor sich geht.

»Es ist keine besonders schöne Stadt«, sagt Sheila neben ihm. »Manchmal habe ich Angst, sie wird sich eines Tages selber zertrampeln.«

An einer Straßenecke, gegen eine überquellende Mülltonne gelehnt, sitzt das halbnackte Knochengerüst eines heiligen Mannes auf dem Pflaster. Sein Gesicht ist mit Kalk beschmiert. Die Enden seines langen, weißen Bartes sind zu einem Knoten zusammengeknüpft. Er blickt Thaddäus, der dicht an ihm vorbeifährt, aus großen, brennenden Augen an.

Thaddäus läßt das Seitenteil des Lederdaches nach vorne fallen. Doch gleich darauf schlägt er es wieder zurück.

Die Ghari ist stehen geblieben. Der ganze Verkehr ist mit einem Schlag ins Stocken geraten.

Eine heilige Kuh liegt mitten auf der Straße. Sie hat sich, offenbar plötzlich müde geworden, zur Ruhe niedergelassen.

»Wir müssen uns gedulden, bis sie wieder aufsteht«, sagt Sheila. »Oder wir müssen sehen, wie wir um sie herumkommen.«

Der ganze Verkehr versucht, die Kuh zu umrunden. Hupend, klingelnd, schreiend und fluchend nimmt jeder die Gefahr auf sich, in den anderen hineinzufahren. Daß einer das heilige Tier aus seiner Ruhe aufschrecken würde, dieser Sünde macht sich keiner schuldig.

Die Ghari biegt aus dem Strom des Verkehrs in ein Viertel ein, in dem es nur stille Straßen gibt. Jetzt rollt der Wagen ruhig dahin. Jetzt braucht Thaddäus sein Bastkörbchen nicht mehr mit beiden Händen festzuhalten. Jetzt hat er auch das Gefühl, daß Sheila es ihm nicht übel nehmen werde, wenn er seinen Arm – nur so von ungefähr – um ihre Schultern legt.

Sheila zuckt nicht zusammen. Sie greift nach seiner Hand, ihre Finger schließen sich fest um die seinen.

Die Pferdchen der Ghari müssen sich plagen, den Wagen einen langen Hügel hinaufzuziehen, auf einer schmalen Straße, die zu beiden Seiten mit Bäumen bepflanzt ist. Als sie auf der Kuppe des Hügels angekommen sind, bleiben sie stehen.

»Nun steigen Sie aus, Mister Knopf«, sagt Sheila. »Hier ist das Haus, in dem Sie wohnen werden.«

Es ist ein weißer, langgestreckter, zweistöckiger Bungalow. Er liegt in einem Park von duftenden Blumen, blühenden Sträuchern und breitblätterigen Palmen.

»Das ist das Haus, in dem ich seit dem Tod meiner Mutter lebe«, sagt Sheila. »Es gehört Mrs. Cennington. Sie und ihr Mann waren die besten Freunde meiner Eltern. Mister Cennington war Offizier. Er ist erst in diesem Krieg, in Burma, gefallen.«

»Und Mrs. Cennington will mich wirklich hier wohnen lassen? Hat sie denn Platz genug, auch noch für mich?«

»Einen so schönen Platz«, lächelt Sheila, »daß Sie staunen werden. Mrs. Cennington ist eine herzensgute Frau.«

Mrs. Cennington hat sich wirklich gefreut, Mister Knopf, diesen offenbar so sympathischen, jungen Deutschen, der aus einem Camp entsprungen ist, bei sich aufnehmen zu können. Sie konnte ja auch Sheila damit eine Freude machen. Und Sheila war für sie wie eine Tochter, der sie Gutes tun wollte, wo sie nur konnte.

Daß es vielleicht mehr sein konnte, als nur Besorgnis oder Mitleid, was Sheila für diesen Deutschen empfand, daran hatte Mrs. Cennington schon auch gedacht. Auch daran, daß es dann nicht schicklich sein könnte, die beiden unter einem Dach bei sich wohnen zu lassen. Doch Sheila war ja so gut erzogen und hatte ein so klares Bewußtsein für solche Dinge, daß sie genau wußte, wie weit sie gehen konnte, ohne Mrs. Cenningston in Schwierigkeiten mit ihrem Gewissen zu bringen. Zudem wohnt Sheila im Erdgeschoß des Bungalows, während der Raum, den Mrs. Cenningston für Thaddäus freigemacht hat – eine Art Penthouse – ganz oben auf dem Dach liegt.

Daß es für zwei Menschen, die sich lieben, einerlei ist, ob ein paar Stockwerke oder ein ganzes Weltall zwischen ihnen liegen, das hat Mrs. Cenningston – sie hat vor wenigen Tagen ihren sechzigsten Geburtstag gefeiert – offenbar ganz vergessen.

Mrs. Cenningston hat auch nicht in Betracht gezogen, daß die große Dachterrasse vor Thaddäus' Penthouse, bewachsen mit betäubend duftenden Blumen und Sträuchern, wie ein kleines Paradies ist, das vielleicht sogar Adam und Eva gerne mit dem ihren vertauscht hätten. Ein Paradies mit einem Blick über ganz Bombay bis zum Meer hin, das in der Ferne in der Sonne schimmert.

Wie hätte Mrs. Cenningston ahnen können, daß es in diesem Paradies nur einer einzigen Nacht bedurfte, um alle Schranken niederzureißen, die – brüchig genug – noch zwischen den beiden und ihrer Liebe standen.

»Sheila«, sagt Thaddäus leise, als er mit ihr unter der tiefdunklen Schale des sternenfunkelnden Firmaments in seidenen Polstern auf der Terrasse liegt. »Ich glaub, jetzt hab ich alles, was ich mir wünschen kann. Fünf Jahre lang war ich in einer Hölle – jetzt bin ich bei dir im Himmel.«

Sheila drückt seinen Kopf, der in ihrem Arm liegt, an sich. Sie küßt ihn leise auf die Stirn.

Es mögen vierzehn Tage vergangen sein, da bringt Mrs. Cenningston einen Brief für Thaddäus auf die Terrasse.

Einen Brief aus Peshawar. Absender: Golam Haidar.

Thaddäus bricht den Umschlag voller Freude auf. Schon vor einem Monat hat er einen langen Brief an Haidar geschrieben. Hat ihm die Geschichte seiner Flucht in den Dschungel, seiner Verletzung und Verhaftung, seiner Operation und Heilung im Hospital erzählt. Auch von Sheila, die so nett war, ihn bei Mrs. Cenningston unterzubringen, hat er geschrieben. Und wie glücklich er sei, daß er nicht mehr ins Lager zurück müsse, und daß er nun, wenn er wieder ganz gesund sei, ganz sicher auch wieder ein Arbeitsfeld finden würde. Was ihn, bei allem Glück und aller Zufriedenheit, aber doch sehr bedrücke, das sei die traurige Tatsache, daß er mit seiner Mutter, von der er seit fünf Jahren nichts mehr gehört hat, keinen Kontakt bekommen könne. Der Bombenkrieg hatte, wie man in den Zeitungen las, mit vielen anderen großen Städten Deutschlands auch München halb zerstört. Hunderte von Häusern mußten in Trümmern liegen, die Menschen darunter begraben sein.

Thaddäus hatte gleich nach dem Ende des Krieges an seine Mutter nach München geschrieben, doch der Brief war, noch ehe er Indien verlassen hatte, wieder an ihn zurückgekommen.

»Was Ihre Mutter betrifft«, schreibt ihm Haidar nun, »so darf ich glauben, daß ich Ihnen dabei helfen kann, wieder mit ihr in Verbindung zu kommen. Der Postverkehr mit Deutschland funktioniert zwar immer noch nicht, das Chaos, das dort drüben herrscht, ist noch zu groß. Doch ich kenne eine Stelle, der es sicher möglich sein wird, nach Ihrer Mutter zu forschen, und ihr dann auch Nachricht von Ihnen zu geben. Sobald ich etwas Sicheres weiß, werden Sie es erfahren.«

Darüber hinaus verspricht Haidar Thaddäus auch, sich um eine Arbeit für ihn umzusehen. »Sie brauchen sich keine Sorgen zu machen«, schreibt er. »Erst einmal müssen wir froh darüber sein, daß die Welt zur Ruhe kommen wird. Und daß in dieser Ruhe dann auch Sie, zusammen mit Miss Sheila Bruce, die ich von mir zu grüßen bitte, Ihr Glück finden werden.« Thaddäus faltet den Brief lächelnd zusammen. Golam Haidar ist ein Mann, der auch aus wenigem, was man ihm sagt, viel herauslesen kann.

Als Sheila am Abend nach ihrer Arbeit im Hospital zu Thaddäus auf die Terrasse kommt, setzt sie sich zwischen den duftenden Blumen neben ihn, und sie lesen Haidars Brief zusammen noch einmal. »Nun wird die Angst um deine Mutter sicher bald zu Ende sein«, sagt Sheila. »Dieser Mann wird es bestimmt schaffen. Für ihn scheint nichts unmöglich zu sein.«

Er beweist es Thaddäus und Sheila eher als sie denken. Drei Wochen sind vergangen, da steht er leibhaftig vor den beiden. Thaddäus schließt er in die Arme. Vor Sheila verneigt er sich, die Hand an die Stirne legend.

Er war am Morgen in Bombay angekommen, wo er den ganzen Tag zu tun hatte. Nun, da der Abend die Hitze erträglicher macht, kann er sich bei den beiden auf der Terrasse ausruhen.

Auch für geeisten Kaffee hat Sheila gesorgt. Haidar fühlt sich wohl bei den beiden, das kann man ihm ansehen.

Als die drei lange genug über die vergangenen Wochen geplaudert haben, sagt Haidar zu Thaddäus: »Und nun sollte ich wohl zu der Angelegenheit kommen, die für Sie jetzt das Wichtigste ist. Ich habe den Weg gefunden, auf dem Sie sehr bald zu Ihrer Mutter kommen können.«

Thaddäus starrt ihn verwirrt an. »Ich kann zu meiner Mutter kommen?«

»Ja«, sagt Haidar. »Der Mann, der die Transportflüge der Air Force nach Europa organisiert, ist ein guter Freund von mir. Er kann Ihnen in einer der Transportmaschinen, die immer wieder hinüberfliegen, ein Plätzchen verschaffen. Sie sind ja im Verlauf der Kriegshandlungen hier in Indien verletzt worden. Es wird niemand etwas dagegen haben, daß man Ihnen den Gefallen tut, sie zur vollkommenen Heilung in Ihre Heimat mitzunehmen.«

Thaddäus hat es die Sprache verschlagen. Sheila hat ihre Hand – halb voller Freude, halb im Schreck – auf seinen Arm gelegt.

Es dauert eine ganze Weile, bis Thaddäus fragen kann: »Und Sie glauben, daß das wirklich – daß das ohne Schwierigkeiten für Sie oder für mich möglich ist?«

»Es gibt überhaupt keine Schwierigkeiten. In vier Tagen startet eine der Transportmaschinen nach London. Mein Freund hat mir versprochen, daß man Sie von dort in einer Maschine nach Berlin mitnehmen wird. Wie Sie weiter nach München kommen, wird dann Ihre Sache sein.«

Thaddäus blickt Sheila ratlos an. Sie ist so verwirrt, daß sie nicht weiß, was sie sagen soll. Doch dann kommt Wärme in ihre Augen.

»Ja, Thaddäus«, sagt sie, »das ist ein großes Glück für dich. Und für deine Mutter wird es eine große Freude sein.«

Thaddäus blickt Haidar an. »Aber ich«, fragt er unsicher, »wie soll ich dann wieder zurück nach Bombay kommen?«

»Auch das wird möglich sein. Wir brauchen es ja jetzt noch nicht zu wissen. Den richtigen Weg dazu werden wir sicher finden.«

Thaddäus streckt Haidar die Hand entgegen.

»Mister Haidar, ich weiß, daß Sie mir auch dann wieder helfen werden. Ich will Ihnen jetzt schon dafür danken.«

»Damit würde ich lieber warten«, lächelt Haidar, »bis Sie wieder hier bei Miss Sheila sind.«

Auch Sheila drückt Haidar dankbar die Hand. Sie gibt sich alle Mühe, glücklich zu lächeln.

Doch die Tränen, die ihr dabei in den Augen schimmern, kann sie nicht verbergen.

17

Die Transportmaschine Y-697 CD der Royal Air Force brummt seit vielen Stunden ein paar tausend Meter hoch über den Wolken dahin.

Ob unter ihr Teheran, Ankara oder schon Sofia liegt, das wissen nur der Pilot und seine Männer vorn in der Kanzel.

Thaddäus sitzt auf einer der zahllosen Kisten, die im Transportraum der Maschine untergebracht sind. Er schaut durch ein kleines Fenster dem Schatten der Maschine zu, wie er als dunkles Kreuz über die strahlend weiße, wattige Wolkenschicht dahinfliegt.

Einer der englischen Soldaten, die zwischen den Kisten herumsitzen, ein freundlicher Sergeant, hat ihn gegen Abend mit ein paar Sandwichs und einer Flasche Bier versorgt.

Zwei der Sandwichs hat Thaddäus schon vertilgt. Als er – es ist schon lange Nacht geworden – sich nun den nächsten beiden zuwenden will, sagt ihm der Sergeant, daß man in einer halben Stunde in London landen werde.

Jetzt hat Thaddäus nicht mehr viel Ruhe, mit den Sandwichs fertig zu werden. Kurz nach Mitternacht geht die Maschine auf dem Militärflugplatz in London nieder.

Der Sergeant sorgt dafür, daß Thaddäus in einer Baracke ein eisernes Feldbett bekommt, auf dem er die paar Stunden bis zum Morgen schlafen kann.

Kaum ist die Sonne aufgegangen, wird er vom Schreiber der Kommandantur schon wieder geweckt. Er bringt Thaddäus die Nachricht, daß man ihn in einer Maschine, die in dreißig Minuten nach München startet, mitnehmen wird.

»Das hat man von ganz droben angeordnet«, sagt der Schreiber. »Du mußt irgendwo einen tollen Schutzengel haben.«

Thaddäus bekommt noch einen Feldbecher voll Kaffee und ein Stück Weißbrot auf den Tisch in der Baracke gestellt. Eine Viertelstunde später sitzt er in der Maschine nach München, die eben von der Rollbahn abgehoben hat.

Er sitzt wieder auf einer Kiste an einem der kleinen Fenster und drückt sein Gesicht gegen das Glas. Draußen scheint die Sonne. Es ist ein strahlender Sommertag.

Die Maschine fliegt brummend unter der Sonne dahin. Ab und zu wehen kleine weiße Wolkenfähnchen vorbei.

Tief unten die grüne, von Dörfern und Städtchen besprenkelte Erde.

Dann der Kanal mit den winzigen Schifflein darauf.

Die französische Küste.

Die Wiesen, die Felder, die dunklen Waldstücke.

Und dann: ein breites, silbernes Band – der Rhein!

Thaddäus starrt gebannt hinunter. Das ist Deutschland, das nun dort unten liegt.

Doch dann sieht Thaddäus die Ruinenfelder, die früher einmal deutsche Städte waren.

Zu Schutt zerfallene Häuser, Mauerreste, Bombentrichter einer neben dem andern.

Köln: ein Haufen von Schutt und Trümmern.

Frankfurt: tote Steininseln zwischen brandgeschwärzten, fensterlosen, übriggebliebenen Häusern.

Thaddäus geht vom Fenster weg. Er sieht nicht mehr hinaus, bis die Maschine nach ein paar harten Sprüngen auf der Rollbahn des amerikanischen Militärflugplatzes in München-Neubiberg stehen bleibt.

»Have a good time«, sagt der englische Soldat, der Thaddäus hilft, aus der Ladeluke der Maschine herauszukommen.

»Mit einem Taxi wollen Sie in die Stadt hineinfahren?« fragt der alte Mann, der – eine verstaubte Smokinghose an den Beinen, eine zerschlissene, feldgraue Militärjacke ohne Achselstücke am abgezehrten Körper – einen Haufen zerbrochener Ziegelsteine aufeinanderschichtet. Er lächelt resigniert. »Ich fürchte, da werden Sie ziemlich lange warten müssen, bis es so etwas wieder gibt.«

Ein anderer, ebenso mager und ebenso fadenscheinig, sagt lachend: »Zu Fuß, junger Mann, das ist das Sicherste und Schnellste.«

Thaddäus macht sich auf den Weg. An Ruinen und verkohlten Mauern vorbei. Dort, wo es zwischen den Ruinen noch unzerstörte Häuser mit Ladengeschäften gibt, stehen da und dort die Menschen in langen Schlangen vor den vom Rauch der Brandbomben angesengten Läden.

Es sind ausgehungerte Gestalten mit blassen Gesichtern. Die Kleider und Anzüge hängen ihnen, viel zu weit für sie geworden, an den Leibern.

Über eine Stunde lang muß Thaddäus gehen, bis er zu einer Straßenbahnhaltestelle kommt. Die Pflasterinsel, auf der die verbogene, verrostete Eisenstange mit dem Haltezeichen steht, ist das einzige, was auf dem ganzen Platz nicht aufgerissen, zertrümmert, zerbröselt ist.

Überall wo einst behäbige Bürgerhäuser standen, ragen ihre Ruinen wie Zahnstümpfe in den Himmel.

Der Straßenbahnwagen, der auf den verstaubten Schienen dahergerumpelt kommt, ist verbeult, zerkratzt. Nur noch schmutzige Spuren seines früheren Hellblaus, das einstmals so fröhlich durch die Straßen leuchtete, sind übriggeblieben.

Der Wagen ist gepfropft voll von Menschen. Sie sind auf der Plattform zusammengepfercht, quellen heraus bis auf die Trittbretter.

Thaddäus muß sich mit allen, die nicht zurückbleiben wollen, an das Trittbrett hängen. Er klammert sich an einem Mann fest, der sich selber an seinem Vordermann festhalten muß.

»Entschuldigen Sie«, sagt Thaddäus.

»Warum entschuldigen?« antwortet der Mann. »Sie ham den Krieg ja net g'macht.«

Nach einer langen Zeit steht Thaddäus dort, wo er vor sieben Jahren zum letztenmal gestanden hat. In der Westendstraße. Vor dem Haus seiner Mutter.

Doch es ist kein Haus mehr da. Nur ein riesiger Haufen von Mauerwerk und Ziegelsteinen ist davon übrig geblieben. Ein paar zerfetzte Balken, die daraus hervorragen.

Links und rechts des Trümmerhaufens wieder Trümmer und zersplitterte Balken und Fensterstöcke.

Schräg gegenüber, auf der anderen Seite der Straße, ist ein einzelnes Haus stehen geblieben. Die verrußten Mauern sind etwas heller gesprenkelt von den Einschlägen der Bombensplitter. Die Fenster haben keine Scheiben mehr, sie sind mit Pappe vernagelt.

Im Erdgeschoß ist noch der Milchladen, der 1932 – mit einem großen Blumenstrauß im Schaufenster – seine Eröffnung gefeiert hatte. Jetzt besteht das Schaufenster aus einer roh zusammengenagelten Bretterwand, mit einem kleinen, offenen Viereck in der Mitte, das mit dem trüben Rest einer ehemaligen Fensterscheibe des Hauses verkleidet ist.

»Ja, der Herr Knopf«, sagt die Milchfrau, die alt und grau und mager geworden ist. Sie sagt es ohne Freude. Sie hat in der Zeit, seitdem sie Thaddäus zum letztenmal gesehen hat, so viel erleben müssen, daß so ein plötzliches Wiedersehen kein Ereignis mehr für sie ist.

Sie kann ihm sagen, wo seine Mutter lebt. »In der Buttermelcherstraße wohnt sie. Da hat sie sich in einer Ruine ein Zimmer ausgebaut.«

Als Thaddäus vor der Ruine steht, blickt er zu den Fenstern empor, die in dem halb zertrümmerten Haus noch übriggeblieben sind. Auch von ihnen hat keines eine Glasscheibe mehr in seinem Rahmen. Einige sind mit Pappe, die anderen mit Ölpapier zugenagelt.

Von einem Kirchturm ganz in der Nähe, der noch stehen geblieben ist, schlägt eine Glocke die Mittagsstunde.

Über eine von Ziegelmehl und Mörtel verstaubte Holztreppe, die kein Geländer mehr hat, steigt Thaddäus zum ersten Stock hinauf.

An der ausgefaserten Tür, die schief in den Angeln hängt, ist mit einem Reißnagel ein mit der Hand beschriebenes Kärtchen festgemacht.

Rosa Kern.

Thaddäus atmet tief ein. Dann klopft er, weil es keine Klingel mehr gibt, mit der Faust gegen die Tür.

Frau Rosl muß sich am Türrahmen festhalten, als Thaddäus vor ihr steht. Sie starrt ihn an, sie öffnet den Mund, als ob sie laut hinausschreien möchte. Dann lacht sie, mitten in die Tränen hinein, die ihr über die Wangen rinnen.

»Thaddäus! Ich hab's ja gewußt, daß du kommst!«

Sie schlingt die Arme um seinen Hals. Sie klammern sich lachend aneinander.

Sie löst sich von ihm, legt ihre Hände auf seine Schultern, blickt ihm in die Augen. »Mein Gott«, sagt sie, »daß du nur da bist!«

Sie nimmt seine Hand und zieht ihn in das Zimmer, in dem sie wohnt. »Komm herein«, lacht sie, während sie ihre Wangen mit dem Handrücken trocknet, »und schau dir an, wie toll ich wohne. Weit haben wir's in Deutschland gebracht – oder nicht?«

Es ist ein enger Raum, mit Rissen in den Wänden, mit einer Decke, von der der Verputz an vielen Stellen heruntergefallen ist. Auf einem Holzbett, das lange im Freien, in Wind und Regen gestanden haben muß, liegt eine an einer Ecke angesengte Kamelhaardecke. Neben einem ehemals weiß lackierten, jetzt braun vergilbten Küchentisch steht ein wackeliges Holzregal, mit einem Spirituskocher darauf und zwei verbeulten Aluminiumtöpfen. Unter'm Tisch steht ein Hocker aus verwaschenem Korbgeflecht.

Frau Rosl nimmt Thaddäus an den Armen und blickt ihn von oben bis unten an. »Laß dich anschaun, Thaddäus!« Sie nickt lachend. »Ja, du bist noch der alte.«

»Genauso wie du!«

»Ja«, nickt Frau Rosl, »bloß, daß ich ausschau wie eine alte Hex.«

Er streichelt ihr über's Haar. Es ist nicht mehr so blond wie früher. Es leuchtet nicht mehr, es ist von grauen Fäden durchzogen.

Frau Rosl wird ernst. »Seit drei Jahren bin ich allein«, sagt sie. »Stephan ist 1943 in Rußland gefallen.«

Doch sie gibt sich Mühe, schnell wieder heiter zu werden. »Und du, Thaddäus? Jetzt erzähl aber von dir!«

Frau Rosl will alles ganz genau wissen. Thaddäus sitzt auf dem Korbhocker, Frau Rosl auf ihrem Bett.

Vom Kirchturm herüber schlägt es ein Uhr, als Thaddäus fast alles erzählt hat. Frau Rosl hat voller Spannung, voller Mitleid und voll nachträglicher Angst zugehört. Als er nun zu seiner Genesung nach der Operation und zu Sheila kommt, lächelt sie zufrieden.

»Eine Inderin«, sagt sie, »das hätt dir einer voraussagen sollen, wie du mit der Trixi beim Skifahren auf der Firstalm warst.

»No ja«, fügt sie hinzu, »ich hätt mir auch nicht träumen lassen, daß ich einmal in einer Ruine haus und froh bin, daß ich in einer Metzgerei aushelfen darf und ab und zu ein Stückerl Schweinernes krieg, das ich dann auf dem Schwarzen Markt wieder gegen ein paar Strümpfe tauschen kann.«

»Aber deine Inderin«, fragt sie, »was is dann mit der? Kommt sie vielleicht auch herüber?«

»Im Gegenteil«, lacht Thaddäus, »ich fahr wieder zu ihr hinüber. Und du fahrst mit.«

»Ja, um Gotteswillen«, sagt Frau Rosl entsetzt, »daß mich dann ein Maharadscha heiratet, und ich muß mich mit ihm auf einem Scheiterhaufen verbrennen lassen, wenn er gestorben ist.«

Nein, Indien ist nichts für sie, und daß Thaddäus wieder hinüber will, daran mag sie jetzt nicht denken. Jetzt denkt sie erst einmal daran, daß er endlich eine Art Mittagessen bekommen muß.

»Zweihundert Gramm Brot am Tag, fünf Gramm Fett, drei Kartoffeln und fünfundzwanzig Gramm Fleisch bekommen wir zugeteilt. Kartoffeln hab ich keine mehr, aber eine halbe Scheibe Hausbrot und eine schwarze Knackwurst aus meinem Metzgerladen kann ich dir anbieten. Glaubst du, daß du das zwingen kannst?«

Er kann es, und als Frau Rosl ihm nach der Mahlzeit auch noch eine Tasse Malzkaffee und eine aus Bucheckernmehl gezauberte Rohrnudel auf den wackeligen Küchentisch gestellt hat, greift er gerührt nach ihrer Hand. »Mutti«, sagt er, »das ist jetzt besser als die schönste Reistafel bei deinem Maharadscha.«

Frau Rosl muß um halb drei wieder in ihrer Metzgerei sein. Es gibt zwar kaum etwas zu verkaufen, doch die Menschen stehen auch um das Wenige, wenn es nur irgend etwas Fleischartigem ähnelt, stundenlang an.

»Wenn du magst, kannst du ja ein bisserl in der Stadt spazierengehen«, sagt Frau Rosl zu Thaddäus. »Damit du siehst, was aus ihr geworden ist. Die Zähne wirst du dabei schon zusammenbeißen müssen.«

So geht Thaddäus durch die Stadt, durch sein altes München. Es sind fast nur Trümmer, die er durchwandern muß.

Viele der einstmaligen Straßen findet er überhaupt nicht mehr. Der Schutt hat sie zu einem Trümmerfeld gemacht. Aus ein paar stehen gebliebenen Mauerresten muß er sich oft zusammenreimen, welche Häuser hier gestanden haben.

An einigen Ruinen sind Frauen, alte Männer und Kinder dabei, von den zusammengefallenen Ziegelsteinen den alten Mörtel abzuklopfen und die gesäuberten Steine nebeneinander auf die Erde zu häufen. Ein verbeulter, verrosteter Rollbahnzug, der »Mörtelexpreß«, bringt sie dann dorthin, wo irgendeiner mit Wiederaufbaugedanken auf sie wartet.

Ohne daß Thaddäus es darauf abgesehen hätte, kommt er in die Straße, in der das Haus mit der Firma Reinmeier & Schnell stand. Das Haus, in dem er als Lehrling in so engen Kontakt mit dem Totengerippe am Röntgenapparat kam. Es ragen nur noch ein paar verstaubte Grundmauern aus dem hartgestampften Sandplatz, von dem die zusammengestürzten Ziegelhaufen schon fortgeräumt sind.

Doch an den wenigen noch stehen gebliebenen Mauerresten kann Thaddäus genau erkennen, wo damals die einzelnen Räume waren. Hinten links das Kontor vom Oberbuchhalter Breinessl. Dann das Büro vom Fräulein Nüßle. Das altmodische Schreibpult, der lange Tisch mit den Ablegekörben für die Registratur, der himmelhohe Aktenschrank mit seinen hundert hölzernen Klapptürchen. Ganz hinten in der Ecke, am Fenster, das Schreibmaschinentischchen der Schrenk Luisl, die so jung, deren Liebe aber nicht stark genug war, Thaddäus zum Mann zu machen.

Von weit rechts hinten, von seinem Büro her, hört Thaddäus schon den netten, alten Direktor, mit seinem weißen Zahnbürstenschnurrbart, nach ihm rufen. »Thaddäus, bringen Sie mir den Akt vom Doktor Scheibenhammer!«

Von der Wohnung im ersten Stock, in der die neue Frau Direktor in ihrem hauchdünnen Chiffonhemd Thaddäus ein Gläschen Cognac aufdrängen wollte, ist nichts mehr zu sehen. So hoch reichen die Grundmauern, die noch stehen geblieben sind, nicht hinauf.

Thaddäus geht weiter. In der Richtung, in der er damals so oft gegangen ist. Am Ende der Schwanthaler Straße kommt er an der Theresienwiese vorbei.

Kurt Eisner, der Mann mit dem langen Bart, hat damals auf die Menschen eingeschrien. Die Schüsse haben bis hinauf in Frau Rosls Wohnung gekracht.

»Thaddäus, geh weg vom Fenster. Daß sie deinen Vater umbracht ham, das reicht.«

Dann steht Thaddäus, zum zweitenmal seit heute Morgen, vor der Ruine an der Westendstraße.

Von der Hauseinfahrt ist noch ein Stück übriggeblieben. Ein paar Mauern stehen da, durch die man hinauskommt in den Hinterhof von damals.

Jetzt ist dort, wo einmal der Hinterhof war, ein Haufen von zerbröckelten Mauerresten übereinandergetürmt.

Thaddäus blickt die Trümmer nachdenklich an. Das ist einmal sein Geburtshaus gewesen.

Er klettert auf dem Steinhaufen ein wenig in die Höhe. Er setzt sich auf ein Stück Ziegelmauer, das noch nicht auseinandergefallen ist.

Die Trümmer zu seinen Füßen riechen nach altem Kalk und faulender Erde.

Thaddäus muß an die Terrasse in Bombay denken. Dort duften jetzt die tropischen Blumen. Dort ist es jetzt Nacht. Und Sheila wird auf den seidenen Polstern ruhen.

Es wird nicht leicht sein, wieder nach Indien zu kommen. Doch Haidar hat Thaddäus versprochen, daß er ihm helfen wird.

Dann werden er und Sheila wieder beisammen sein.

Die Trümmer zu seinen Füßen haben ihren Schrecken verloren.

Sein Blick fällt auf das Ende einer verbogenen, verrosteten Eisenstange, die aus dem Steinhaufen herausragt. Das war die Teppichstange im Hinterhof, an der er – die kurzen Beine hoch in die Luft – so gerne herumgeklettert ist.

Thaddäus streckt die Hand nach der eisernen Stange aus. Vielleicht kann er sie aus den Trümmern ziehen. Sie noch einmal in Händen halten, wie damals, als er noch so klein und glücklich war.

Er zerrt mit aller Kraft, mit beiden Händen. Die Steinbrocken, aus denen die Stange hervorragt, fallen übereinander.

Ein Donnerschlag dröhnt über die Trümmer hin. Eine gewaltige Staubwolke qualmt breit auseinander. In ihr wirbeln die Mauerbrocken durch die Luft. Was die Bomben im Januar nicht geschafft haben, das hat der Blindgänger nun vollendet.

In dem Blatt, das von der Militärregierung der amerikanischen Streitkräfte für München freigegeben wurde, ist nach ein paar Tagen in einer kleinen, schwarz umränderten Anzeige zu lesen, daß Frau Rosa Kern, verwitwete Knopf, ihren Sohn Thaddäus nach einem kurzen aber erfüllten Leben verloren hat.